Diogenes Taschenbuch 20395

F. Scott Fitzgerald
Der letzte Taikun

Roman
Aus dem Amerikanischen
von Walter Schürenberg

Diogenes

Inhalt

Ich bin mit dem Film großgeworden, wenn ich auch kaum je auf der Leinwand war. Rudolf Valentino erschien zu meinem fünften Geburtstag – so hat man mir jedenfalls erzählt. Ich schreibe das nur, um anzudeuten, daß ich sogar im unvernünftigen Kindesalter schon in der Lage war, den Gang der Dinge zu beobachten.

Einmal wollte ich meine Memoiren schreiben, *Die Tochter des Produzenten,* aber mit achtzehn kommt man ja mit so etwas nie zu Rande. Ist auch nicht weiter schlimm – es wäre so fad gewesen wie eine alte Artikelserie von Lolly Parson. Mein Vater war in der Filmbranche, wie ein anderer mit Baumwolle oder Stahl handelt, und ich nahm das gelassen hin. Schlimmstenfalls ließ ich Hollywood gelten und resignierte wie ein Gespenst, dem man ein Spukhaus zugewiesen hat. Ich wußte, was man eigentlich darüber denken sollte, aber ich sträubte mich hartnäckig, entsetzt zu sein.

Das ist leicht gesagt, aber schwerer begreiflich zu machen. Als ich in Bennington war, merkte ich, daß einige Englischlehrer, die Hollywood und seinen Erzeugnissen scheinbar gleichgültig gegenüberstanden, es in Wahrheit haßten. Es abgrundtief haßten, als bedrohe es ihre Existenz. Sogar noch früher, als ich auf einer Klosterschule war, bat mich eine freundliche kleine Nonne um ein Drehbuch, damit sie ihre Schülerinnen »im Filmeschreiben unterrichten« könne, wie sie ihnen schon Essay und Short Story beigebracht hatte. Ich besorgte ihr das Drehbuch, und ich glaube, sie rätselte und rätselte daran, aber es wurde nie im Unterricht erwähnt, und sie gab es mir mit einer Miene verletzten Staunens zurück, ohne jeden Kommentar. Halb erwarte ich, daß es mir mit dieser Geschichte ebenso gehen wird.

Du kannst Hollywood selbstverständlich finden, oder du

kannst darüber hinweggehen mit jener Verachtung, die wir für das übrig haben, was wir nicht verstehen. Man kann es verstehen, aber nur unklar und momentweise. Nicht mal ein halbes Dutzend Männer ist je imstande gewesen, die ganze Gleichung des Films im Kopf zu haben. Und eine Frau kann vielleicht der Sache nur dann annähernd beikommen, wenn sie sich bemüht, einen dieser Männer zu verstehen.

Wie die Welt vom Flugzeug aussieht, wußte ich. Vater ließ uns immer zur Schule, zum College und zurück auf dem Luftwege reisen. Als meine Schwester gestorben und ich noch ein junges Semester war, flog ich allein hin und her und mußte auf der Reise immer an sie denken, was mich ein wenig feierlich stimmte und kleinlaut machte. Manchmal waren Filmleute, die ich kannte, an Bord der Maschine und gelegentlich auch ein hübscher Junge vom College, aber das kam während der Depression nicht oft vor. Selten schlief ich während des Fluges wirklich ein, teils wegen der Gedanken an Eleanor, teils in dem Gefühl der scharfen Naht zwischen Küste und Küste – zumindest nicht, ehe wir jene gottverlassenen kleinen Flughäfen in Tennessee hinter uns hatten.

Diesmal war der Flug so stürmisch, daß die Passagiere sich alsbald in die teilten, die sich sogleich schlafen legten, und die, die sich überhaupt nicht hinlegen wollten. Zwei von diesen saßen in meiner Reihe, und aus ihrer bruchstückhaften Unterhaltung schloß ich mit ziemlicher Sicherheit, daß sie aus Hollywood waren – der eine, weil er so aussah: ein Jude in mittlerem Alter, der abwechselnd mit nervöser Aufgeregtheit redete und dann wieder in quälendem Schweigen dahockte, als wolle er gleich abspringen; der andere ein blasser unauffälliger untersetzter Dreißiger, den ich bestimmt schon gesehen hatte. Er war einmal bei uns eingeladen oder so. Aber da war ich wohl noch ein kleines Mädchen, und so nahm ich es nicht übel, daß er mich nicht wiedererkannte.

Die Stewardess – sie war groß, hübsch und blendend

8

schwarz, ein Typ, auf den sie zu fliegen schienen – fragte mich, ob sie mir mein Bett richten solle.

»– und möchten Sie ein Aspirin, Baby?« Sie setzte sich auf die Armlehne und schaukelte gefährlich mit dem Juni-Hurrikan hin und her. »Oder ein Nembutal?«

»Nein.«

»Ich hatte so viel mit allen anderen zu tun, daß ich noch gar nicht dazu gekommen bin, Sie zu fragen.« Sie setzte sich neben mich und schnallte uns beide an. »Möchten Sie etwas Kaugummi?«

Das erinnerte mich an den Kaugummi im Mund, der mich schon seit Stunden ärgerte. Ich wickelte ihn in ein Stück Zeitung und stopfte ihn in den automatischen Aschenbecher.

»Daran sehe ich immer, ob Leute nett sind«, sagte die Stewardess anerkennend, »wenn sie ihren Gummi in Papier wickeln, ehe sie ihn da hineinstecken.«

Wir saßen eine Weile in dem Halbdunkel der schwankenden Maschine. Es war etwa so wie in einem eleganten Restaurant zur Dämmerstunde zwischen den Mahlzeiten. Wir waren alle müßig und etwas ziellos. Sogar die Stewardess mußte sich, glaube ich, ständig erinnern, wozu sie da war.

Sie und ich sprachen über eine junge Schauspielerin, die ich kannte und mit der sie vor zwei Jahren in den Westen geflogen war. Das war in der schlimmsten Zeit der Depression, und die junge Schauspielerin starrte unausgesetzt so angespannt aus dem Fenster, daß die Stewardess schon fürchtete, sie plane einen Absprung. Es stellte sich indessen heraus, daß sie keine Angst vor Armut, sondern nur vor einer Revolution hatte.

»Ich weiß, was Mutter und ich tun werden«, vertraute sie der Stewardess an. »Wir kommen hierher an den Yellowstone und leben da einfach so, bis alles vorbei ist. Dann kehren wir zurück. Die erschießen keine Künstler, nicht wahr?«

Die Idee gefiel mir. Ich beschwor ein niedliches Bild der Schauspielerin und ihrer Mutter, wie sie von freundlichen

Tory-Bären ernährt wurden, die ihnen Honig, und von zarten Rehkälbchen, die ihnen Extramilch von den Hindinnen brachten und dann in der Nähe blieben, um ihnen zur Nacht als Kopfkissen zu dienen. Dafür erzählte ich der Stewardess von dem Rechtsanwalt und dem Direktor, die in jenen herrlichen Zeiten eines Abends Vater ihren Plan unterbreiteten. Für den Fall, daß die Lohnkämpfer Washington eroberten, hatte der Rechtsanwalt ein Boot am Sacramento verborgen; damit wollte er für ein paar Monate stromauf rudern und dann zurückkommen, »weil Rechtsanwälte nach einer Revolution immer gebraucht werden, um die Legalität wiederherzustellen«.

Der Regisseur hatte mehr zum Defaitismus geneigt. Er besaß einen alten Anzug, Hemd und Schuhe – sagte aber nicht, ob sie ihm gehörten oder ob er sie von der PR-Abteilung bekommen hatte – damit wollte er in der Menge untertauchen. Ich weiß noch, wie Vater sagte: »Aber die werden sich Ihre Hände ansehen! Die werden merken, daß Sie seit Jahren keine Handarbeit geleistet haben. Und man wird Sie nach Ihrem Gewerkschaftsausweis fragen.« Und ich sehe noch, wie das Gesicht des Regisseurs einsank, wie verdrießlich er seinen Nachtisch aß und wie komisch klein die beiden auf mich wirkten.

»Ist Ihr Vater Schauspieler, Miss Brady?« fragte die Stewardess. »Ich hab den Namen bestimmt schon gehört.«

Bei dem Namen Brady blickten die beiden Männer jenseits des Ganges auf – schielten seitwärts mit jenem Hollywood-Blick, der immer wie über die Schulter geworfen scheint. Dann löste der junge blasse untersetzte Mann seinen Sicherheitsgurt und stand im Gang neben uns.

»Sind Sie *Cecilia Brady*?« fragte er vorwurfsvoll, als hätte ich ihm das vorenthalten. »Ich dachte doch, Sie zu kennen. Ich bin Wylie White.«

Das hätte er sich sparen können, denn im gleichen Moment sagte eine neue Stimme: »Sehen Sie sich doch vor, Wylie!«, und ein anderer Mann drängte sich an ihm vorbei und ging nach vorn auf die Kanzel zu. Wylie White fuhr zusammen und rief ihm, etwas zu spät, trotzig nach:

»Ich nehme Weisungen nur vom Piloten entgegen.«

Das war der bekannte scherzhafte Ton, der zwischen den Mächtigen in Hollywood und ihren Trabanten üblich ist.

Die Stewardess wies ihn zurecht:

»Nicht so laut, bitte – einige Passagiere schlafen.«

Ich sah jetzt, daß der andere Mann drüben, der mittelalte Jude, auch aufgestanden war und mit schamloser Profitgeilheit dem Manne nachstarrte, der eben vorbeigegangen war. Vielmehr auf den Rücken des Mannes, der mit seitlichem Winken eine Art Abschiedsgruß vollführte, während er meinem Blick entschwand.

Ich fragte die Stewardess: »Ist das der Co-Pilot?«

Sie löste gerade unseren Gurt, um mich Wylie White zu überlassen.

»Nein. Das ist Mr. Smith. Er hat das Privatabteil, das ›Braut-Appartement‹ – aber für sich allein. Der Co-Pilot ist immer in Uniform.« Sie stand auf: »Ich will mich erkundigen, ob wir in Nashville runtergehen müssen.«

Wylie White war entsetzt.

»Wieso?«

»Im Mississippi-Tal kommt ein Sturm auf.«

»Soll das heißen, wir müssen die ganze Nacht hierbleiben?«

»Wenn's so bleibt!«

Ein plötzliches Abkippen bestätigte das. Es warf Wylie White auf den Sitz mir gegenüber, brachte die Stewardess überstürzt auf den Weg zur Kanzel und ließ den jüdischen Herrn in eine sitzende Haltung plumpsen. Nach den wohlabgewogenen Ausrufen des Unmuts, wie sie alten Fluggästen anstehen, beruhigten wir uns. Es ging ans Vorstellen.

»Miss Brady – Mr. Schwartz«, sagte Wylie White. »Obendrein ein guter Freund Ihres Vaters.«

Mr. Schwartz nickte so heftig, daß ich ihn fast sagen hörte: ›Es ist wahr. Bei Gott dem Gerechten, es ist wahr!‹

So hätte er wohl irgendwann in seinem Leben im Brustton der Überzeugung sagen können – aber er war offensichtlich ein Mann, der etwas angeknackst war. Ihm zu begegnen war, als wenn man einen Freund trifft, der in einen Faustkampf oder Streit geraten und niedergeschlagen worden ist. Du starrst den Freund an und sagst: ›Was ist denn mit dir los?‹, und er antwortet zwischen zerbrochenen Zähnen und geschwollenen Lippen etwas Unverständliches. Er kann nicht mal sagen, wie es gekommen ist.

Physisch war Mr. Schwartz nichts anzusehen; die übergroße persische Nase und die schrägen Schatten unter den Augen gehörten so zu ihm wie die schräg verlaufende, irische Röte an den Nasenflügeln zu meinem Vater.

»Nashville!« rief Wylie White. »Das bedeutet, daß wir hier übernachten. Wir kommen vor morgen abend nicht an die Küste – wenn überhaupt. Mein Gott! Ich bin in Nashville geboren.«

»Ich dächte, Sie würden es gern wiedersehen.«

»Niemals – ich hab mich fünfzehn Jahre lang ferngehalten. Ich hatte gehofft, es nie wiederzusehen.«

Aber er würde es wiedersehen, denn das Flugzeug ging unverkennbar hinunter, tiefer und immer tiefer, wie Alice in den Karnickelbau.

Indem ich die hohle Hand gegen das Fenster hielt, sah ich die Stadt weit zur Linken aufschimmern. Das grüne Signal ›Fasten your belts – No smoking‹ leuchtete schon, seit wir in das Gewitter geflogen waren.

»Haben Sie gehört, was er sagte?« ließ Schwartz sich aus seinem hitzigen Schweigen von der anderen Seite des Ganges vernehmen.

»Was gehört?« fragte Wylie.

»Wie er sich nannte«, sagte Schwartz. »Mr. Smith!«

»Warum nicht?« sagte Wylie.

»Oh, nichts Besonderes«, sagte Schwartz rasch. »Ich fand es nur komisch. Smith.« Nie habe ich ein hämischeres Lachen gehört: »Smith!«

Ich glaube, seit den Tagen der Postkutsche hat es nichts den Flughäfen Vergleichbares gegeben – nichts so Verlassenes, so trostlos Schweigendes. Die alten Lagerschuppen aus rotem Backstein standen mitten in den Orten, die sie bezeichneten; an diesen entlegenen Stationen stiegen die Leute nur aus, wenn sie da wohnten. Aber Flughäfen führen uns in die Geschichte zurück wie Oasen, wie die Rastplätze an den großen Handelsstraßen. Der Anblick von Flugreisenden, die allein und zu zweien auf mitternächtige Flughafengebäude zuschlendern, läßt jede Nacht eine kleine Menschenmenge bis zwei Uhr aufbleiben. Die jungen Leute blicken auf die Flugzeuge, die älteren auf die Passagiere – mißtrauisch und ungläubig. In den großen Transkontinent-Maschinen stellten wir die reichen Küstenbewohner dar, die zufällig mitten in Amerika von einer Wolke herabgestiegen waren. Das große Abenteuer in Gestalt eines Filmstars konnte unter uns sein. Aber meistens war das nicht der Fall, und ich wünschte mir immer inständig, daß wir interessanter aussähen als in Wirklichkeit – wie ich es mir oft bei Premieren wünsche, wenn die Fans einen mit spöttischem Vorwurf ansehen, weil man kein Star ist.

Einmal auf festem Boden, waren Wylie und ich plötzlich Freunde, denn er streckte seinen Arm aus, um mich zu stützen, als ich aus dem Flugzeug kletterte. Von da an setzte er mir heftig zu, und ich hatte nichts dagegen. Mit dem Augenblick, da wir über den Flugplatz schritten, war es klar, daß wir – wenn schon gestrandet – gemeinsam gestrandet waren. (Das war nicht wie damals, als ich meinen Boy verlor – in einem Landhäuschen in Neu-England bei Bennington, als mein Boy mit jenem Mädchen, Reina, am Klavier saß und ich schließlich merkte, daß ich nicht erwünscht war. Im Radio spielte gerade Guy Lombardo *Top Hat* und *Cheek to Cheek,* und sie brachte ihm die Melodien bei. Die Tasten fielen wie Blätter, und ihre Hände waren über seine gespreizt, als sie ihm einen schwarzen Akkord zeigte. Das war in meinem ersten Semester.)

Als wir ins Flughafengebäude gingen, war auch Mr. Schwartz neben uns, aber er schien in einem traumartigen Zustand zu sein. Während wir uns am Schalter um genaue Auskunft bemühten, starrte er die ganze Zeit auf die Tür zum Flugfeld, als fürchte er, die Maschine würde ohne ihn abfliegen. Dann entschuldigte ich mich für ein paar Minuten, und irgend etwas ging vor, was ich nicht sah, aber als ich zurückkam, standen sie hart voreinander; White redete, und Schwartz sah mindestens so aus, als hätte ihn ein schwerer Lastwagen beim Zurücksetzen überrollt. Er starrte nicht mehr auf die Tür zum Flugfeld. Ich hörte gerade noch Wylie White sagen:

»– ich hab Ihnen doch gesagt, Sie sollen den Mund halten. Geschieht Ihnen recht.«

»Ich meinte nur –«

Er brach ab, als ich herankam und fragte, ob es etwas Neues gebe. Es war jetzt halb drei morgens.

»Ein bißchen was«, sagte Wylie White. »Man glaubt, wir werden vor drei Stunden nicht starten können, und so gehen einige Schwächlinge in ein Hotel. Aber ich möchte Sie mit hinausnehmen zur Eremitage, dem Haus von Andrew Jackson.«

»Wie sollen wir es denn im Dunkeln sehen?« fragte Schwartz.

»Teufel, in zwei Stunden geht die Sonne auf.«

»Sie beide gehen«, sagte Schwartz.

»Ja – und Sie nehmen den Bus zum Hotel. Der wartet noch – und *er* sitzt drin.« In Wylies Stimme klang leiser Hohn. »Vielleicht nützt es was.«

»Nein, ich werde mit Ihnen gehen«, sagte Schwartz hastig.

Wir nahmen in der plötzlichen, ländlichen Dunkelheit

draußen ein Taxi, und er schien besserer Laune zu werden. Er tätschelte aufmunternd meine Kniescheibe.

»Ich sollte mitkommen«, sagte er, »als Chaperon. Einmal, vor langer Zeit, als ich noch Finanzmann war, hatte ich eine Tochter – eine wunderschöne Tochter.«

Er sprach davon wie von einem Sachwert in der Konkursmasse, der an die Gläubiger gegangen war.

»Sie werden eine neue bekommen«, versicherte ihm Wylie. »Sie werden alles zurückbekommen. Das Rad dreht sich, und Sie werden da sein, wo Cecilias Papa ist, nicht wahr, Cecilia?«

»Wo ist denn diese Eremitage?« fragte Schwartz jetzt. »Am äußersten Ende der Welt? Wir werden das Flugzeug verpassen.«

»Wenn schon«, sagte Wylie. »Wir hätten für Sie die Stewardess mitnehmen sollen. Waren Sie nicht entzückt von der Stewardess? *Ich* fand sie sehr reizend.«

Wir fuhren eine ganze Weile durch schönes Flachland, nur Straße und Baum und eine Hütte und ein Baum, und dann plötzlich an einem gewundenen Streifen Wald entlang. Ich spürte sogar in der Dunkelheit, daß die Waldbäume grün waren – daß es ganz anders war als die staubigen Oliv-Töne von Kalifornien. Irgendwo überholten wir einen Neger, der drei Kühe vor sich hertrieb, und sie muhten, als er sie an den Straßenrand trieb. Es waren richtige Kühe, mit warmen, frischen seidigen Flanken, und der Neger löste sich als wirkliche Gestalt aus der Dunkelheit mit seinen großen braunen Augen, die dicht beim Wagen auf uns starrten, als Wylie ihm einen Vierteldollar gab. »*Danke* – dank Ihnen«, und stand da, und die Kühe muhten wieder in die Nacht, während wir weiterfuhren.

Ich dachte an die ersten Schafe, an deren Anblick ich mich erinnern kann – Hunderte auf dem rückwärtigen Gelände des alten Laemmle-Studios, und wie unser Wagen plötzlich da hineinfuhr. Sie waren gar nicht glücklich über ihre Filmrolle, aber der Mann bei uns im Wagen sagte immerfort:

»Großartig!«

»Hast du es dir so gedacht, Dick?«

»Ist es nicht großartig?« Und der Mann namens Dick stand weiter aufrecht im Wagen, als wäre er Cortez oder Balboa, und blickte über das wollige graue Gewoge. In welchem Film das war, habe ich, wenn ich's je wußte, längst vergessen.

Wir waren wohl eine Stunde gefahren. Wir überquerten einen kleinen Bach über eine alte klapprige, mit Planken belegte Brücke. Jetzt krähten Hähne, und jedes Farmhaus, das wir passierten, warf blaugrüne Schatten.

»Ich hab euch gesagt, es würde bald Morgen werden«, sagte Wylie. »Ich bin hier in der Nähe geboren – Sohn verarmter Hungerleider aus dem Süden. Unsere Wohnung wird jetzt als Schuppen benutzt. Wir hatten vier Dienstboten – meinen Vater, meine Mutter und meine beiden Schwestern. Ich weigerte mich, in diese Gewerkschaft einzutreten, und ging nach Memphis, um meine Karriere zu beginnen, die jetzt in eine Sackgasse geraten ist.« Er legte den Arm um mich: »Cecilia, wollen Sie mich heiraten, damit ich an dem Vermögen der Bradys teilhaben kann?«

Er war wirklich so entwaffnend, daß ich meinen Kopf auf seiner Schulter liegen ließ.

»Was machen Sie, Cecilia? Zur Schule gehen?«

»Ich bin in Bennington. Junges Semester.«

»Oh, Verzeihung. Hätte ich wissen sollen, doch ich hatte nie den Vorzug einer College-Erziehung. Aber junges Semester – wieso, ich lese im *Esquire,* daß die nichts mehr zu lernen haben, Cecilia.«

»Warum glauben die Leute eigentlich, daß College-Girls –«

»Keine Schande – Wissen ist Macht.«

»So wie Sie reden, weiß man gleich, daß wir nach Hollywood unterwegs sind«, sagte ich. »Es ist immer um Jahre hinter der Zeit zurück.«

Er tat entsetzt.

»Sie meinen, die Mädchen im Osten haben kein Privatleben?«

»Das ist's. Sie *haben* ein Privatleben. Darum fallen Sie mir lästig, lassen Sie mich los.«

»Kann ich nicht. Wir würden Schwartz aufwecken, und ich glaube, er schläft seit Wochen zum erstenmal. Hören Sie, Cecilia: ich hatte einmal ein Verhältnis mit der Frau eines Produzenten. Eine ganz kurze Affäre. Als es aus war, drückte sie sich mir gegenüber sehr deutlich aus, sie sagte: ›Sprich nur nie darüber, oder ich lasse dich aus Hollywood rauswerfen. Mein Mann ist bedeutend einflußreicher als du!‹«

Jetzt mochte ich ihn wieder leiden, und eben bog das Taxi in eine lange Allee ein, die von Geißblatt und Narzissen duftete, und hielt neben dem großen grauen Klotz des Andrew-Jackson-Hauses. Der Fahrer wandte sich um und wollte uns etwas darüber erzählen, aber Wylie machte Psst, indem er auf Schwartz wies, und wir stiegen leise aus dem Wagen.

»Sie können jetzt nicht in das Haus«, sagte der Taxifahrer zuvorkommend.

Wylie und ich gingen hin und setzten uns gegen die weißen Treppenpfeiler.

»Was ist mit Mr. Schwartz?« fragte ich. »Wer ist er?«

»Zum Teufel mit Schwartz. Er stand einmal an der Spitze irgendeines Konzerns – First National? Paramount? United Artists? Jetzt ist er unten und draußen. Aber er wird wiederkommen. Aus dem Film verschwindet man nicht einfach, wenn man nicht gerade süchtig oder ein Trunkenbold ist.«

»Sie mögen Hollywood nicht?« meinte ich.

»Doch, schon. Bestimmt. Aber hören Sie! Das ist doch kein Gesprächsstoff auf den Stufen von Andrew Jacksons Haus – bei Tagesanbruch.«

»Ich mag Hollywood gern«, beharrte ich.

»Schon recht. Ein Goldgräbernest im Land des Lotus. Wer hat das gesagt? Ich. Ein guter Ort für Rohlinge, aber ich war aus Savannah, Georgia, gekommen. Am ersten Tag ging ich auf eine Garden Party. Die Gastgeberin schüttelte mir die Hand und ließ mich dann stehen. Nichts fehlte – der Swimming-pool, grüner Rasen, ein Dollar pro Quadratzentimeter, wundervolle Pantherkatzen, die sich bei Drinks amüsierten –

– und kein Mensch redete mit mir. Nicht eine Seele. Ich sprach ein halbes Dutzend Leute an, aber sie antworteten nicht. Das ging so weiter, eine Stunde, zwei Stunden – dann stand ich von dem Platz, wo ich gerade saß, auf und trollte mich, rannte hinaus wie von Sinnen. Mir war, als hätte ich keinerlei rechtmäßige Identität, bis ich ins Hotel zurückkam und der Portier mir einen namentlich an mich adressierten Brief aushändigte.«

Mir war so etwas natürlich nie begegnet, aber wenn ich an Parties zurückdachte, auf denen ich gewesen war, wurde mir klar, daß solche Dinge vorkommen konnten. Wir in Hollywood machen uns nichts aus Fremden, es sei denn, sie tragen ein Schild, das besagt, daß sie mit ihrer Axt in eine andere Kerbe hauen und jedenfalls nicht uns ins Genick treffen werden – mit anderen Worten, sie müssen schon sehr prominent sein. Und selbst dann sollten sie sich lieber in acht nehmen.

»Sie hätten darüber erhaben sein sollen«, sagte ich blasiert. »Es ist keine Abfuhr für Sie, wenn die Leute sich schlecht benehmen – es richtet sich gegen solche, denen sie früher begegnet sind.«

»So ein hübsches Mädchen – und redet so klug daher.«

Der Himmel im Osten geriet in heftige Bewegung, und Wylie konnte mich deutlich sehen – schmal, gutes Gesicht, viel Schick und ein embryonaler Verstand. Ich frage mich, wie ich an jenem Morgen vor fünf Jahren aussah. Ein bißchen zerknittert und blaß, nehme ich an, aber in jenem Alter, wenn man die frische Illusion hat, daß die meisten Abenteuer einem guttun, genügte für mich ein Bad und Kleiderwechsel, um noch Stunden weiterzumachen.

Wylie sah mich mit wirklich schmeichelhaftem Wohlwollen an – und dann waren wir plötzlich nicht mehr allein. Mr. Schwartz kam unter Entschuldigungen in die nette Szene hereinspaziert.

»Ich habe mich an einem großen Metallknauf gestoßen«, sagte er und rieb sich den Augenwinkel.

Wylie sprang auf.

»Gerade rechtzeitig, Mr. Schwartz«, sagte er. »Der Rundgang beginnt soeben. Heimat von Old Hickory – Amerikas siebtem Präsidenten. Der Sieger von New Orleans, der Gegner der National Bank und der Erfinder des Futterkrippensystems.«

Schwartz blickte zu mir wie zur Geschworenenbank.

»Da haben Sie einen Schriftsteller«, sagte er. »Weiß alles und weiß doch nichts.«

»Was soll das?« sagte Wylie ungehalten.

Da ahnte ich zum erstenmal, daß er ein Schriftsteller war. Und während ich sonst Schriftsteller gern mag – man bekommt meistens eine Antwort, wenn man einen Schriftsteller nach etwas fragt –, so verkleinerte es ihn doch in meinen Augen. Schriftsteller beim Film sind nicht eigentlich Menschen. Oder, wenn überhaupt, sind sie eine ganze Gruppe von Menschen, die sich krampfhaft bemüht, *eine* Person zu sein. Das ist wie mit Schauspielern, die so traurige Anstrengungen machen, nicht in den Spiegel zu blicken, die sich deshalb weit zurücklehnen – nur um ihre Gesichter in den reflektierenden Kronleuchtern zu sehen.

»Sind Schriftsteller nicht so, Cecilia?« fragte Schwartz. »Ich kann es nicht ausdrücken. Ich weiß nur, es ist so.«

Wylie blickte mit wachsendem Unmut zu ihm hin. »Das habe ich schon mal gehört«, sagte er. »Hören Sie, Manny, ich finde mich im Leben noch jederzeit besser zurecht als Sie! Ich habe in einem Büro gesessen und einem Schwafler zugehört, der vor mir auf und ab stelzte, stundenlang, und ein Zeug von sich gab, das ihn an jedem Ort außerhalb Kaliforniens in eine Klapsmühle gebracht hätte, und schließlich sagte er mir, wie praktisch er sei, und ich sei ein Träumer – und ob ich nicht freundlichst hingehen wolle und mir auf das, was er gesagt habe, einen Vers machen.«

Mr. Schwartz' Gesicht zerfiel in seine disparateren Einzelzüge. Ein Auge blickte aufwärts durch die hohen Ulmen. Er hob eine Hand und biß uninteressiert auf der Haut des Zeigefingers herum. Ein Vogel flatterte um den Schornstein des Hauses, und er folgte ihm mit dem Blick. Er ließ sich auf dem Schornstein nieder wie ein Rabe, und Mr. Schwartz' Augen blieben auf ihn geheftet, während er sagte: »Wir können nicht hinein, und für euch beide ist es Zeit, zurück zum Flugzeug zu fahren.«

Es war immer noch nicht Morgen. Die Eremitage sah hübsch aus, wie ein großer weißer Kasten, aber etwas einsam und verlassen, selbst nach hundert Jahren. Wir gingen zum Wagen zurück. Erst als wir eingestiegen waren und Mr. Schwartz überraschend die Tür des Taxis zugeschlagen hatte, wurde uns klar, daß er nicht beabsichtigte mitzukommen.

»Ich werde nicht weiter nach Westen reisen – diesen Entschluß habe ich beim Aufwachen gefaßt. Also bleibe ich hier, und der Fahrer kann mich später holen kommen.«

»Zurück in den Osten?« sagte Wylie überrascht. »Nur weil –«

»Ich habe mich entschieden«, sagte Schwartz, mühsam lächelnd. »Früher war ich ganz normal, ein Mann von Entschlüssen – da hätten Sie gestaunt.« Er suchte in seiner Tasche, während der Fahrer den Motor warmlaufen ließ. »Wollen Sie diesen Zettel Mr. Smith aushändigen?«

»Soll ich in zwei Stunden wiederkommen?« fragte ihn der Fahrer.

»Ja … gewiß. Ich werde mich hier gern ein wenig umschauen.«

Während der ganzen Rückfahrt zum Flughafen mußte ich an ihn denken – ich versuchte, ihn mit dieser frühen Stunde und dieser Landschaft in Einklang zu bringen. Er war weither aus irgendeinem Getto gekommen, um sich an diesem geweihten Schrein einzufinden. Manny Schwartz und Andrew Jackson – es war schwer, sie in einem Atem zu nennen. Es war zweifelhaft, ob er bei seinem Umherwandern wußte, wer Andrew Jackson war, aber vielleicht stellte er sich vor, daß Andrew Jackson, wenn die Leute sein Haus ehrfürchtig bewahrt hatten, jemand gewesen sein mußte, der großzügig und gnädig und voller Verständnis war. An beiden Enden des Lebens brauchte der Mensch etwas Nährendes: eine Brust – einen Schrein. Etwas, um sich niederzulegen, wenn man seiner nicht mehr bedurfte, und sich eine Kugel durch den Kopf zu schießen.

Natürlich wußten wir davon die nächsten zwanzig Stunden nichts. Als wir zum Flughafen kamen, sagten wir dem Zahlmeister, daß Mr. Schwartz nicht weiter mitfliegen wolle, und vergaßen ihn dann. Der Sturm hatte sich ins östliche Tennessee entfernt und an dem Gebirge gebrochen, und wir starteten in weniger als einer Stunde. Verschlafene Reisende erschienen, vom Hotel kommend, und ich döste ein paar Minuten auf einem jener Marterinstrumente, die als Couch dienen. Allmählich bildete sich aus dem Bodensatz unseres gescheiterten Fluges die Vorstellung einer gefahrvollen Reise: eine neue Stewardess, groß, hübsch, blendend schwarz, genau wie die andere, nur daß sie statt des französischen Blaurot ein gestreiftes Leinenkostüm trug, ging mit ihrem Suitcase forsch an uns vorbei. Wylie saß während der Wartezeit neben mir.

»Haben Sie Mr. Smith den Zettel gegeben?« fragte ich halb im Schlaf.

»Jaaa.«

»Wer ist Mr. Smith? Ich vermute, er hat Mr. Schwartz die Reise versalzen.«

»Es war Schwartz' eigene Schuld.«

»Ich hab was gegen Dampfwalzen«, sagte ich. »Mein Vater versucht im Haus die Dampfwalze zu spielen, und ich sag ihm immer, er soll sich das fürs Studio aufsparen.«

Ich fragte mich, ob das wohl fair sei; in solcher Morgenfrühe sind Worte die schäbigsten Münzen. »Immerhin dampfwalzte er mich nach Bennington, und das habe ich ihm stets gedankt.«

»Das gäbe einen schönen Krach«, sagte Wylie, »wenn Dampfwalze Brady auf Dampfwalze Smith stieße.«

»Ist Mr. Smith ein Konkurrent von Vater?«

»Nicht unbedingt. Ich würde sagen nein. Aber wenn er ein Konkurrent wäre, wüßte ich, auf wen ich mein Geld setzte.«

»Auf Vater?«

»Ich fürchte nein.«

Für streitbaren Familiensinn war es zu früh am Morgen. Der Pilot stand mit dem Zahlmeister am Pult und schüttelte den Kopf über einen angehenden Passagier, der zwei Nickel in das elektrische Grammophon gesteckt hatte und, betrunken auf einer Bank liegend, gegen den Schlaf ankämpfte. Der erste Schlager, den er gewählt hatte, *Lost,* dröhnte durch den Raum, nach kurzer Pause gefolgt von seinem anderen Lieblingsstück, *Gone,* das nicht minder dogmatisch und endgültig war. Der Pilot schüttelte nachdrücklich den Kopf und ging zu dem Fluggast hinüber.

»Fürchte, wir werden Sie diesmal nicht mitnehmen können, mein Freund.«

»Wa–a?«

Der Betrunkene setzte sich auf, schauerlich aussehend, aber entschieden anziehend, und er tat mir leid trotz seiner musikalischen Geschmacksverirrung.

»Gehen Sie zurück ins Hotel und schlafen Sie ein bißchen. Heute abend geht noch eine Maschine.«

»Ich will doch nur in die Luft.«

»Diesmal nicht, alter Freund.«

In seiner Enttäuschung fiel der Betrunkene von der Bank, und ein Lautsprecher, das Grammophon übertönend, rief uns reputierliche Reisende nach draußen. Im Mittelgang des Flugzeugs stieß ich mit Monroe Stahr zusammen und fiel über ihn oder wäre gern gefallen. Das war ein Mann, auf den jedes Mädchen flog, auch ohne dazu ermuntert zu sein. Ich war es entschieden nicht, aber er mochte mich leiden und setzte sich bis zum Start mir gegenüber.

»Verlangen wir lieber unser Geld zurück«, schlug er vor. Seine dunklen Augen nahmen von mir Besitz, und ich fragte mich, wie sie wohl aussähen, wenn er verliebt wäre. Sie blickten freundlich, abwesend und, obwohl sie einen manchmal sanft zu überzeugen versuchten, etwas überlegen. Es war nicht ihre Schuld, daß sie so viel sahen. Er schlüpfte in die Rolle des ›patenten Jungen‹ und geschickt wieder heraus – aber im ganzen, würde ich sagen, war er das nicht. Er verstand eben auch zu schweigen, sich im Hintergrund zu halten, zuzuhören. Von seinem Standort (scheinbar immer hoch oben, obwohl er nicht groß war) beobachtete er die vielfältigen Praktiken dieser Welt wie ein stolzer junger Schafhirt, dem Nacht oder Tag nie etwas ausgemacht hatten. Er war von Natur schlaflos, ohne das Talent zum Ausruhen oder den Wunsch danach.

Wir saßen in unbefangenem Schweigen – ich kannte ihn, seit er vor zwölf Jahren Vaters Partner geworden war, als ich sieben und Stahr zweiundzwanzig war. Wylie saß auf der anderen Seite des Ganges, und ich wußte nicht, ob ich sie einander vorstellen sollte oder nicht, aber Stahr drehte so geistesabwesend an seinem Ring, daß ich mir klein und unsichtbar vorkam, und es war mir auch gleich. Ich wagte nie ganz von ihm weg- oder ihn voll anzublicken, sofern ich nichts Wichtiges vorzubringen hatte – und ich wußte, daß er auf viele andere Menschen ebenso wirkte.

»Ich werde dir diesen Ring schenken, Cecilia.«

»Entschuldigen Sie, aber ich wußte nicht, daß ich –«

»Ich habe ein halbes Dutzend davon.«

Er reichte ihn mir, massives Gold mit dem Buchstaben S in Reliefprägung. Ich hatte über den komischen Kontrast zu seinen Fingern nachgedacht, die zart und schlank waren wie sein übriger Körper und wie sein hageres Gesicht mit den gewölbten Augenbrauen und dem dunklen gelockten Haar. Er sah manchmal durchgeistigt aus, aber er war eine Kampfnatur – jemand, der ihn von früher kannte, als er zu einer Horde von Kindern in The Bronx gehörte, beschrieb ihn mir, wie er, ein etwas zarter Junge, immer an der Spitze der Horde marschierte und gelegentlich aus dem Mundwinkel einen Befehl nach hinten gab.

Stahr schloß meine Hand über dem Ring, stand auf und sprach Wylie an.

»Kommen Sie mit ins Brautappartement«, sagte er. »Bis nachher, Cecilia.«

Noch bevor sie außer Hörweite waren, drang Wylies Frage an mein Ohr: »Haben Sie das Briefchen von Schwartz geöffnet?« Und Stahr darauf:

»Noch nicht.«

Ich bin wohl etwas schwer von Begriff, denn erst da ging mir auf, daß Stahr Mr. Smith war.

Später sagte mir Wylie, was in der Mitteilung stand. Sie war im Scheinwerferlicht des Taxis geschrieben und nahezu unleserlich.

Lieber Monroe, Sie sind von denen allen der beste ich habe Ihr geistiges Format immer bewundert wenn Sie also gegen mich sind weiß ich es hat keinen Zweck! Ich muß wohl nichts taugen und werde die Reise nicht fortsetzen lassen Sie sich noch mal von mir warnen passen Sie auf! Ich weiß bescheid.
Ihr Freund *Manny*

Stahr las das zweimal und hob die Hand an sein morgendlich stoppliges Kinn.

»Er ist 'n Nervenbündel«, sagte er. »Da kann man nichts machen – absolut nichts. Tut mir leid, daß ich ihn kurz abfahren ließ, aber ich mag nicht, wenn man sich an mich heranmacht und sagt, es sei zu meinem Besten.«

»Vielleicht war es so«, sagte Wylie.

»Nur ein taktischer Kniff.«

»Ich würde drauf reinfallen«, sagte Wylie. »Ich bin eitel wie eine Frau. Wenn jemand vorgibt, sich für mich zu interessieren, will ich noch mehr. Ich laß mir gern raten.«

Stahr schüttelte mißbilligend den Kopf. Wylie setzte ihm weiter zu – er war einer von denen, die sich das erlauben konnten.

»Für manche Arten von Schmeichelei sind auch Sie anfällig«, sagte er. »Die Sache mit dem ›kleinen Napoleon‹.«

»Da wird mir übel«, sagte Stahr, »aber das ist nicht so schlimm wie manche Leute, die einem helfen wollen.«

»Wenn Sie keinen Rat mögen, weshalb bezahlen Sie dann mich?«

»Da geht es um die Ware«, sagte Stahr. »Ich bin Kaufmann. Ich will nur kaufen, was in Ihrem Kopf ist.«

»Sie sind kein Kaufmann«, sagte Wylie. »Ich habe viele gekannt, als ich noch Werbetexter war, und ich halte es mit Charles Francis Adams.«

»Was hat der gesagt?«

»Er kannte sie alle – Gould, Vanderbilt, Carnegie, Astor – und er sagte, da gäbe es nicht einen, dem er im Jenseits wiederbegegnen möchte. Nun – die haben sich seitdem nicht gebessert, und darum sage ich, Sie sind kein Kaufmann.«

»Wahrscheinlich war Adams ein Griesgram«, sagte Stahr. »Er wollte selbst an der Spitze sein, aber es fehlte ihm an Urteilskraft oder Charakter.«

»Er hatte was los«, sagte Wylie fast schroff.

»Es braucht mehr als das. Ihr Schriftsteller und Künstler verausgabt euch und geratet alle aneinander, und jemand muß kommen und euch wieder hinbiegen.« Er zuckte die

Achseln. »Ihr nehmt anscheinend die Dinge zu persönlich, verabscheut die Menschen und verehrt sie – immer in dem Glauben, sie seien so wichtig und besonders ihr selbst. Ihr verlangt geradezu danach, herumgeschubst zu werden. Ich mag die Menschen und mag es, wenn sie mich mögen, aber mein Herz trage ich, wo Gott es hingetan hat – auf der Innenseite.«

Er brach ab.

»Was habe ich auf dem Flughafen zu Schwartz gesagt? Erinnern Sie sich – genau?«

»Sie sagten, ›Was immer Sie bezwecken, meine Antwort ist Nein!‹«

Stahr schwieg.

»Er war niedergeschlagen«, sagte Wylie, »aber ich half ihm mit Lachen darüber hinweg. Wir haben Billy Bradys Tochter auf einen Ausflug mitgenommen.«

Stahr klingelte nach der Stewardess.

»Hätte dieser Pilot«, sagte er, »wohl etwas dagegen, wenn ich mich eine Zeitlang zu ihm nach vorn setzte?«

»Das ist gegen die Bestimmungen, Mr. Smith.«

»Bitten Sie ihn auf eine Minute her, wenn er frei ist.«

Stahr saß den ganzen Nachmittag vorn in der Kanzel. Unterdessen glitten wir von der endlosen Wüste ab und über die Tafelberge hin, die in vielen Farben getönt waren wie die weißen Sandflächen, die wir als Kinder mit Farben anmalten. Dann am späten Nachmittag schoben sich die Gipfel selbst – die Berge der Frozen Saw – unter unsere Propeller, und wir waren der Heimat nahe.

Wenn ich nicht gerade schlummerte, dachte ich immer, daß ich Stahr heiraten, ihn in mich verliebt machen wollte. Oh, diese Einbildung! Was in aller Welt hatte ich zu bieten? Aber so dachte ich damals nicht. Ich hatte den Stolz junger Mädchen, der seine Kraft aus solchen erhabenen Gedanken zieht wie »Ich bin mindestens so gut wie *sie*«. Für mein Vorhaben war ich mindestens so schön wie die großen Beautés, die sich

26

ihm unweigerlich an den Hals geworfen hatten. Mit meinem kleinen Anlauf zu geistigen Interessen könnte ich natürlich jedem Salon zur Zierde gereichen.

Ich weiß jetzt, wie albern das war. Obwohl Stahrs Bildung sich auf nichts weiter gründete als einen Abendkursus in Stenographie, war er doch schon vor langer Zeit durch unwegsame Wüsteneien intuitiver Erkenntnis vorausgeeilt in Gefilde, in die nur wenige Männer ihm zu folgen vermochten. Aber in meiner rastlosen Einbildung hielt ich voller List meine grauen Augen gegen seine braunen, meine jungen Golf-und-Tennis-Herzschläge gegen seine, die wohl nach Jahren der Überarbeitung etwas langsamer geworden waren. Und ich spann meine Pläne und Ränke – jede Frau weiß davon zu erzählen –, aber es kam nie zu etwas, wie ihr noch sehen werdet. Immer noch denke ich gern, ich hätte es schaffen können, wenn er ein armer Junge und meinem Alter näher gewesen wäre, aber natürlich verhielt es sich in Wahrheit so, daß ich nichts zu bieten hatte, was er nicht schon besaß; einige meiner romantischeren Ideen stammten lediglich aus Filmen – *Die 42. Straße* zum Beispiel hatte mich stark beeinflußt. Es ist mehr als wahrscheinlich, daß einige der von Stahr selbst konzipierten Filme mich zu dem gemacht hatten, was ich war.

Also stand es nahezu hoffnungslos. Zumindest seelisch können die Menschen nicht jeder vom Waschwasser des anderen leben.

Doch zu jener Zeit war es noch anders: Vater konnte helfen, die Stewardess konnte helfen. Sie konnte nach vorn in die Kanzel gehen und zu Stahr sagen: ›Wenn ich je Verliebtheit gesehen habe, dem Mädchen guckt sie aus den Augen.‹

Der Pilot konnte helfen: ›Mann, sind Sie blind? Warum gehen Sie nicht nach hinten zu ihr?‹

Wylie White konnte helfen – statt da im Gang zu stehen und mich unschlüssig anzublicken, ob ich wohl wach war oder schliefe.

»Setzen Sie sich«, sagte ich. »Was Neues? – wo sind wir?«

»Oben in der Luft.«

»Was Sie nicht sagen. Setzen Sie sich.« Ich versuchte, mich freundlich interessiert zu zeigen: »Woran schreiben Sie gerade?«

»Heiliger Himmel, ich schreibe über einen Pfadfinder – *den* Pfadfinder.«

»Ist das Stahrs Idee?«

»Ich weiß nicht – er sagte mir, ich solle es mal probieren. Womöglich hat er zehn, die vor mir oder nach mir daran schreiben, ein System, das er vorsorglich erfunden hat. Sie sind also in ihn verliebt?«

»Ich würde sagen nein«, sagte ich entrüstet. »Ich kenne ihn schon mein ganzes Leben.«

»Hoffnungslos, wie? Nun, ich werde das arrangieren, wenn Sie all Ihren Einfluß gebrauchen, mich weiterzubringen. Ich möchte ein eigenes Team haben.«

Ich schloß die Augen und war weg. Als ich aufwachte, war die Stewardess dabei, mir eine Decke überzulegen.

»Bald sind wir da«, sagte sie.

Durch das Fenster konnte ich in der Abendsonne sehen, daß wir in einem grüneren Land waren.

»Ich hab eben etwas Komisches gehört«, fuhr sie unaufgefordert fort, »vorne in der Kanzel – dieser Mr. Smith oder Mr. Stahr – ich erinnere mich nicht, seinen Namen gelesen zu haben –«

»Er erscheint nie auf der Leinwand«, sagte ich.

»Oh. Nun ja, er wollte von den Piloten eine Menge über das Fliegen wissen – ich meine, interessiert er sich dafür? Wissen Sie's?«

»Ich weiß.«

»Ich glaube, einer von ihnen sagte mir, jede Wette, er könne Mr. Stahr in zehn Minuten das Alleinfliegen beibringen. Er habe so eine fabelhafte Auffassungsgabe, ja, das sagte er.«

Ich wurde ungeduldig.

»Schön, und was war so komisch?«

»Nun, am Ende fragte einer der Piloten Mr. Smith, ob er seinen Beruf liebe, und Mr. Smith sagte: ›Gewiß. Gewiß. Ich liebe ihn. Es ist fein, in einem Hutvoll geknackter Nüsse die einzige heile zu sein.‹«

Die Stewardess bog sich vor Lachen – und ich hätte sie anspucken können.

»Ich meine, daß er all diese Leute 'nen Hutvoll Nüsse nannte. Und *geknackte* Nüsse.« Ihr Lachen verstummte mit unerwarteter Plötzlichkeit, und mit ernstem Gesicht stand sie auf. »So, ich muß noch meinen Bericht fertig machen.«

»Auf Wiedersehen.«

Offenbar hatte Stahr die Piloten zu sich auf den Thron geholt und sie eine Weile mit ihm regieren lassen. Jahre später flog ich mit einem dieser Piloten, und er berichtete mir etwas, das Stahr gesagt hatte.

Stahr schaute hinunter auf die Berge.

»Angenommen, Sie wären ein Eisenbahner«, sagte er. »Sie müssen mit einem Zug da irgendwo durch. Nun, Sie bekommen Ihre Berichte vom Streckendienst und sehen, daß es da drei oder vier oder ein halbes Dutzend Schluchten gibt, und keine ist besser als die andere. Sie müssen sich entscheiden – auf Grund wovon? Sie können nicht ausprobieren, welche Strecke die beste ist, es sei denn, Sie befahren sie. Und so fahren Sie eben los.«

Der Pilot glaubte etwas überhört zu haben.

»Wie meinen Sie das?«

»Sie wählen eine von den Strecken – ohne jeden Grund, weil jener Berggipfel so rosig ist oder die Blaupause ein schöneres Blau zeigt. Verstehen Sie?«

Der Pilot überlegte, daß dieser Tip sehr wertvoll wäre. Aber er zweifelte, ob er je in der Lage sein würde, ihn anzuwenden.

»Was ich wissen wollte«, sagte er mir kleinlaut, »wie hat er es dahin gebracht, Mr. Stahr zu sein?«

Ich fürchte, Stahr hätte die Frage nicht beantworten können; denn ein Embryo ist nicht mit Gedächtnis ausgestattet. Aber ich könnte ein bißchen Auskunft geben. Er hatte sich, als er noch jung war, auf starken Flügeln hoch hinaufgeschwungen, um sich umzuschauen. Und während er dort oben war, hatte er mit jener Art von Augen, die geradewegs in die Sonne blicken können, alle Königreiche überschaut. Indem er ausdauernd und schließlich wie wahnwitzig mit den Flügeln schlug und immer weiter flügelschlug, hatte er sich da oben länger gehalten als die meisten von uns, und dann hatte er sich, eingedenk alles dessen, was er aus seiner großen Höhe vom Stand der Dinge gesehen hatte, allmählich zur Erde herabgelassen.

Die Motoren waren gedrosselt, und alle unsere fünf Sinne begannen sich auf die Landung einzustellen. Ich konnte voraus eine Lichterkette als Marinestation von Long Beach und zur Linken und Rechten einen blinkenden Schimmer als Santa Monica ausmachen. Der kalifornische Mond war, riesengroß und orangerot, über dem Pazifik aufgegangen. Welche Gefühle ich auch immer dabei haben mochte – und schließlich bedeutete das alles Heimat –, so weiß ich doch, daß Stahr sehr viel mehr gefühlt haben muß. Es waren die Dinge, auf die beim ersten Augenaufschlagen mein Blick gefallen war, wie die Schafe hinter dem alten Laemmle-Studio; für Stahr aber war dies der Ort, an dem er nach jenem ungewöhnlich erleuchtenden Flug wieder zur Erde gekommen war und sah, welchen Weg wir eingeschlagen hatten, wie wir uns dabei ausnahmen und was überhaupt daran war. Man könnte sagen, daß ein zufälliger Windstoß ihn hierher geblasen hätte, aber ich glaube das nicht. Ich möchte eher denken, daß er ›in der Totalen‹ einen neuen Weg fand, unsere krampfhaften Hoffnungen, netten Schurkereien und widrigen Kümmernisse abzuschätzen, und daß er aus freien Stücken hierherkam, um bis ans Ende bei uns zu bleiben. Wie das Flugzeug, das jetzt im Flughafen von Glendale in der warmen Dunkelheit niederging.

Es war um neun an einem Juliabend, und ein paar Komparsen waren noch in dem Drugstore gegenüber dem Studio – ich konnte sie drinnen über die Lochbillards gebeugt sehen, als ich meinen Wagen parkte. Der ›alte‹ Johnny Swanson stand in seiner Cowboy-Aufmachung an der Ecke und starrte düster dem Mond nach. Er war einmal eine Filmgröße gewesen wie Tom Mix oder Bill Hart – jetzt war es zu traurig, mit ihm zu reden, und so überquerte ich eilig die Straße und ging durch das Haupttor.

Ein Studio ist zu keiner Zeit absolut ruhig. Immer ist eine Nachtschicht von Technikern in den Laboratorien und Kopierräumen, und die Leiter vom Dienst schauen in die Kantine hinein. Aber die Laute sind völlig andere – das gedämpfte Rauschen der Pneus, das ruhige Pochen eines Motors im Leerlauf, der nackte Schrei einer Sopranistin, die für eine Nachtaufnahme ins Mikrophon singt. Um die Ecke kommend, stieß ich auf einen Mann in Gummistiefeln, der in strahlend hellem Licht einen Wagen wusch – eine Fontäne zwischen den toten Schatten des Industriebetriebes. Als ich sah, wie Mr. Marcus vor dem Verwaltungsgebäude in seinen Wagen gehoben wurde, verlangsamte ich meinen Schritt, weil er soviel Zeit brauchte, um irgend etwas oder auch nur Guten Abend zu sagen – und indes ich da stand, erkannte ich, was der Sopran sang, *Come, come, I love you only*, wieder und wieder; ich erinnere mich daran, weil sie immerfort dieselbe Zeile während des Erdbebens sang. Aber das trat erst fünf Minuten später ein.

Vaters Büro war in dem Altbau mit den langen Balkons, die mit ihren eisernen Geländern an einen ständigen Seiltänzerakt erinnerten. Vater saß im ersten Stock, mit Stahr auf der einen und Mr. Marcus auf der anderen Seite. Heute abend war die ganze Front erleuchtet. Mir wurde etwas komisch im Magen wegen der Nähe zu Stahr, aber dieser Punkt war jetzt einigermaßen geregelt – ich hatte Stahr in dem Monat, seit ich zu Hause war, nur einmal gesehen.

Es gab allerlei Befremdliches an Vaters Büro, doch ich will's kurz machen. Die äußere Region bildeten drei poker-gesichtige Sekretärinnen, die dort gehockt hatten wie Hexen, solange ich zurückdenken konnte – Birdy Peters, Maude Soundso und Rosemary Schmiel; ich weiß nicht, ob sie wirk-lich so hieß, aber sie war sozusagen die Rangälteste des Trios, und unter ihrem Schreibtisch befand sich die Fußtaste, durch die allein man in Vaters Thronsaal eingelassen wurde. Alle drei Sekretärinnen waren geschworene Kapitalistinnen, und Birdy hatte die Regel eingeführt, daß Stenotypistinnen, die man mehr als einmal in der Woche beim Essen zusammen gesehen hatte, einen Rüffel bekamen. Damals fürchtete man in den Studios die Diktatur des Proletariats.

Ich ging hinein. Heutzutage haben alle Abteilungschefs gewaltige Empfangssalons, aber mein Vater hatte das als erster. Er war auch der erste, dessen hohe Fenstertüren so verglast waren, daß man nur von innen hindurchsehen konnte, und ich habe sogar etwas von einer Falltür im Fuß-boden gehört, durch die unangenehme Besucher in ein darun-ter befindliches Verlies fielen, aber das halte ich für eine Erfindung. Ein riesiges Porträt von Will Rogers war so auf-gehängt, daß es in die Augen sprang, und sollte, glaube ich, auf Vaters Wesensverwandtschaft mit Hollywoods Heiligem Franziskus hindeuten; weiter ein signiertes Foto von Minna Davis, Stahrs verstorbener Frau, und Fotos anderer Filmbe-rühmtheiten und große Pastellbilder von Mutter und mir. Heute abend waren die Fenstertüren geöffnet, und ein großer rotgoldener Mond mit einem Hof war hilflos in einem der Fenster eingekeilt. Vater und Jacques La Borwitz und Rose-mary Schmiel saßen am Ende des Raums um einen großen runden Tisch.

Wie sah Vater eigentlich aus? Ich könnte ihn nicht beschreiben, außer das eine Mal in New York, als ich ihn traf, wo ich es nicht erwartet hatte; ich gewahrte einen klobigen Mann mittleren Alters, der etwas beschämt über sich selbst aussah, und ich wünschte mir, daß er weiterginge – da erst sah ich, es war mein Vater. Nachher war ich über meinen Eindruck entsetzt. Vater kann sehr anziehend wirken; er hatte ein kräftiges Kinn und ein irisches Lächeln.

Aber mit Jacques La Borwitz – da will ich euch verschonen. Laßt mich nur sagen, daß er ein Regieassistent war, so etwas wie ein Kommissar, und lassen wir es dabei. Wo Stahr solche geistigen Wracks aufgetrieben oder sich hatte aufdrängen lassen – und vor allem, wie er auch nur den geringsten Nutzen aus ihnen zog –, das hat mich immer erstaunt, wie es jeden erstaunte, der neu aus dem Osten kam und auf diese Leute stieß. La Borwitz hatte seine besonderen Merkmale, zweifellos, aber die haben auch die mikroskopischen Protozoen und die hat auch ein Hund, der nach einer Hündin und einem Knochen winselt. Jacques La – oh, la-la!

Ihrem Gesichtsausdruck entnahm ich mit Sicherheit, daß sie über Stahr gesprochen hatten. Stahr hatte etwas angeordnet oder etwas untersagt oder hatte Vater brüskiert oder einen von La Borwitz' Filmen heruntergemacht oder sonst etwas Katastrophales getan, und sie saßen da nächtlicherweile protestierend in gemeinschaftlicher Rebellion und Hilflosigkeit. Rosemary Schmiel saß mit dem Block in der Hand, gleichsam bereit, ihre Niedergeschlagenheit zu Papier zu bringen.

»Ich soll dich tot oder lebendig nach Hause fahren«, sagte ich zu Vater. »Die ganzen Geburtstagsgeschenke verfaulen in ihrer Verpackung!«

»Geburtstag!« rief Jacques und überstürzte sich vor Entschuldigungen. »Wie alt? Habe nichts gewußt.«

»Dreiundvierzig«, sagte Vater prononciert.

Er war älter – um vier Jahre –, und Jacques wußte das; ich sah, wie er das in seinem Hauptbuch vermerkte, um irgend-

33

wann Gebrauch davon zu machen. Solche Hauptbücher trägt man hierzulande offen in der Hand. Man kann die Eintragungen verfolgen, ohne sie von den Lippen ablesen zu müssen, und Rosemary Schmiel, ihm nacheifernd, mußte sich auch einen Vermerk auf ihrem Block machen. Als sie ihn wieder ausradierte, bebte unter uns die Erde.

Wir bekamen nicht den ganzen Stoß ab wie in Long Beach, wo die Obergeschosse der Läden auf die Straße geschleudert wurden und kleinere Hotels aufs Meer hinaustrieben – doch für eine volle Minute waren unsere Eingeweide eins mit den Eingeweiden der Erde, als versuche ein Nachtmahr gewaltsam, unsere Nabelschnüre wieder zu befestigen und uns zurück in den Mutterleib der Schöpfung zu zerren.

Mutters Bild fiel herab und enthüllte ein kleines Safe in der Wand, Rosemary und ich suchten wie wild Halt aneinander und vollführten einen grotesken Walzer quer durch den Raum. Jacques fiel in Ohnmacht oder war jedenfalls nicht mehr zu sehen, und Vater klammerte sich an seinen Schreibtisch und brüllte: »Ist euch nichts passiert?« Draußen erreichte die Sängerin den Höhepunkt von *I love you only*, hielt den Ton einen Moment und begann dann, ich schwöre, wieder ganz von vorn. Kann auch sein, daß man's ihr gerade vom Tonband wieder hineinspielte.

Der Raum stand still, zitterte ein wenig nach. Wir bahnten uns den Weg zur Tür, inklusive Jacques, der plötzlich wieder aufgetaucht war, und torkelten benommen durch das Vorzimmer und weiter zu dem eisernen Balkon. Fast alle Lichter waren aus, von da und dort konnten wir Schreie und Rufe hören. Wir verhielten in Erwartung eines zweiten Erdstoßes – dann gingen wir, aus einem gemeinsamen Impuls, auf Stahrs Tür zu und hindurch zu seinem Büro.

Das Büro war groß, aber nicht so groß wie das von Vater. Stahr saß seitlich auf seiner Couch und rieb sich die Augen. Als das Beben einsetzte, hatte er geschlafen, und er war auch jetzt noch nicht sicher, ob er es nicht geträumt hatte. Als wir ihn überzeugten, fand er alles eher komisch – bis die Telefone zu klingeln begannen. Ich beobachtete ihn so unauffällig wie möglich. Er war grau vor Übermüdung, während er ins Telefon und ins Abhörgerät lauschte; doch als dann die Berichte einlangten, wurden seine Augen wieder blank.

»Einige Hauptwasserrohre sind geborsten«, sagte er zu Vater, »– in Richtung auf das rückwärtige Freigelände.«

»Gray dreht im Französischen Dorf«, sagte Vater.

»Auch rings um den ›Bahnhof‹, und der ›Dschungel‹ und die ›Straßenkreuzung‹ sind überflutet. Teufel auch – 's scheint niemand verletzt zu sein.« Im Vorbeigehen drückte er mir feierlich die Hände: »Wo waren Sie denn, Cecilia?«

»Wollen Sie da hinaus, Monroe?« fragte Vater.

»Sobald ich alle Meldungen habe. Auch eine der Stromleitungen ist ausgefallen – ich habe nach Robinson geschickt.«

Ich mußte mich neben ihn auf die Couch setzen und ihm wieder von dem Erdstoß erzählen.

»Sie sehen müde aus«, sagte ich, nett und bemutternd.

»Ja«, gab er zu, »ich weiß abends nicht wohin, und so arbeite ich eben.«

»Ich werde ein paar Abende für Sie arrangieren.«

»Ich habe immer mit einer Bande gepokert«, sagte er nachdenklich, »vor meiner Heirat. Aber sie haben sich alle zu Tode gesoffen.«

Miss Doolan, seine Sekretärin, kam mit neuen Hiobsbotschaften herein.

»Robby wird sich um alles kümmern, wenn er kommt«, versicherte Stahr Vater. Dann wandte er sich an mich. »Das ist noch mal 'n Mann – dieser Robinson. Er arbeitete auf einer Störungsstelle, hat im Schneesturm in Minnesota die Telefonleitungen geflickt – nichts bringt ihn aus der Fassung. Er kommt in einer Minute – Robby wird Ihnen gefallen.«

Er sagte das, als hätte er sein Leben lang die Absicht gehabt, uns zusammenzubringen, und das ganze Erdbeben nur zu diesem Zweck arrangiert.

»Ja, Robby wird Ihnen gefallen«, wiederholte er. »Wann gehen Sie aufs College zurück?«

»Ich bin gerade erst heimgekommen.«

»Den ganzen Sommer Ferien?«

»Tut mir leid«, sagte ich. »Ich werde, sobald ich kann, wieder zurückfahren.«

Ich war in Verlegenheit. Natürlich hatte ich mit dem Gedanken gespielt, daß er irgendwelche Absichten auf mich haben könnte, aber wenn das zutraf, dann nur im ärgerlichen Sinne eines Anfangsstadiums – ich war lediglich ›ein gutes Versatzstück‹. Und die Idee schien auch jetzt nicht mehr so verlockend – wie wenn man einen Arzt heiratet. Er kam selten vor elf aus dem Studio.

»Wie lange noch bis zum Examen?« fragte er meinen Vater. »Das meinte ich nämlich.«

Und ich glaube, ich wollte schon herausjubeln, daß ich überhaupt nicht zurück müßte, daß ich schon vollkommen gebildet sei – als der schlechthin bewundernswerte Robinson eintrat. Er war ein o-beiniger junger Rotschopf, voller Tatendrang.

»Das ist Robby, Cecilia«, sagte Stahr. »Also los, Robby.«

So lernte ich Robby kennen. Ich kann nicht sagen, daß es mir schicksalhaft vorkam – aber es war's. Denn von Robby erfuhr ich später, wie Stahr in jener Nacht seiner Liebe begegnet war.

Unter dem Mond bot sich das Freigelände als fünfzig Morgen Märchenland dar – nicht weil die Areale wirklich wie afrikanischer Dschungel und französische Châteaus und vor Anker liegende Schoner und Broadway bei Nacht aussahen, sondern weil sie aussahen wie die zerrissenen Bilderbücher der Kinderzeit, wie Bruchstücke von Geschichten, die in einem offenen Feuer auf und nieder tanzten. Ich habe nie in einem Haus mit einer Rumpelkammer gewohnt, aber das Drum und Dran eines Filmateliers muß so ähnlich sein, und bei Nacht wird alles auf eine verzauberte und verzerrte Art lebendig.

Als Stahr und Robby ankamen, hatten Bündel von Scheinwerfern schon die Gefahrenpunkte in der Wasserflut herausgepickt.

»Wir werden das in den Morast bei der 36. Straße hinauspumpen«, sagte Robby nach einem Augenblick. »Städtischer Besitz – aber ist das nicht eine göttliche Fügung? Da – schauen Sie nur!«

Oben auf einem gewaltigen Haupt des Gottes Shiva schwebten zwei Frauen in einer plötzlich entstandenen Strömung abwärts. Das Götzenbild hatte sich aus einer Szenerie von Burma gelöst und geriet auf seiner Bahn ernstlich ins Schlingern, stockte manchmal und wackelte in Kollision mit dem anderen Treibgut des Stromes. Die beiden Flüchtlinge hatten an der Verzierung einer Haarlocke auf der kahlen Stirn einen Halt gefunden und schienen auf den ersten Blick auf einer Besichtigungsfahrt durch die Szenerie der Überschwemmung begriffen zu sein.

»Sehen Sie sich das an, Monroe!« sagte Robby. »Sehen Sie nur diese beiden Damen!«

Mit den Füßen durch plötzliche Moraste schleifend, machten sie ihren Weg zum Ufer des Stromes. Jetzt sah man die beiden Frauen, ein bißchen verängstigt, aber strahlend bei der Aussicht auf Rettung.

»Wir sollten sie weitertreiben lassen hinaus in das große Abflußrohr«, sagte Robby galant, »aber DeMille braucht das Götterhaupt nächste Woche.«

Dabei hätte er keiner Fliege etwas zuleide getan, und jetzt stand er bis an die Hüften im Wasser und angelte nach ihnen mit einer Stange, ohne indessen mehr auszurichten, als sie in einem Kreis herumzuwirbeln. Hilfe traf ein, und es bildete sich rasch der Eindruck, daß die eine von beiden besonders hübsch sei, und dann, daß es sich um prominente Personen handle. Aber sie waren nur verirrte Schafe, und während das

Ding endlich unter Kontrolle und zum Stranden gebracht wurde, wartete Robby ärgerlich, ihnen den Marsch zu blasen.

»Schaffen Sie den Kopf zurück an seinen Platz«, rief er ihnen zu. »Glauben Sie, das is'n Souvenir?«

Eine der Frauen glitt geschmeidig an der Wange des Idols herab, und Robby fing sie auf und stellte sie auf festen Grund; die andere zögerte und folgte dann. Robby wandte sich an Stahr wegen eines Urteilsspruchs.

»Was sollen wir mit ihnen machen, Chef?«

Stahr gab keine Antwort. Aus kaum anderthalb Meter Entfernung lächelte ihn schwach das Gesicht seiner verstorbenen Frau an, sogar mit ganz dem gleichen Ausdruck. Über die anderthalb Meter Mondlicht hinweg erwiderten die Augen, die er kannte, seinen Blick, eine Locke wehte leise auf einer wohlbekannten Stirn; das Lächeln blieb, wandelte sich ganz leicht nach dem Vorbild; die Lippen teilten sich – das Gleiche. Eine fürchterliche Angst überfiel ihn, und er hätte laut schreien mögen. Zurückgekehrt aus dem immer noch muffigen Raum, dem gedämpften Gleiten des Leichenautos, dem Fallen der verhüllenden Blumen, von da draußen im Dunkel – und jetzt hier, lebenswarm und strahlend. Der Fluß zog rauschend an ihm vorbei, die großen Spotlights stießen hernieder und blinkten – und dann hörte er eine andere Stimme, die nicht Minnas Stimme war.

»Tut uns leid«, sagte die Stimme. »Wir sind hinter einem Lastwagen durchs Tor hereingekommen.«

Eine kleine Menschenmenge hatte sich versammelt – Elektriker, Bühnenarbeiter, Lkw-Fahrer, und Robby begann sie anzutreiben wie ein Schäferhund.

»... schafft die großen Pumpen zu den Tanks von Bühne 4 ... legt ein Drahtseil um seinen Kopf ... flößt es hinauf auf Brettern zweimal vier ... erst das Wasser aus dem Dschungel abziehen ... das große A-Rohr, hinlegen ... das ganze Zeug ist doch Plastikmasse ...«

Stahr stand da und beobachtete die beiden Frauen, die hinter einem Wachmann her zu einem der Ausgangstore tappten. Dann machte er versuchsweise einen Schritt, um zu sehen, ob die Schwäche aus seinen Knien gewichen wäre. Ein lauter Traktor kam rumpelnd durch den Matsch, und Männer begannen an ihm vorbeizuziehen – jeder zweite blickte nach ihm hin, lächelte, rief: »Halloh, Monroe ... Halloh, Mr. Stahr ... feuchter Abend, Mr. Stahr ... Monroe ... Monroe ... Stahr ... Stahr ... Stahr.«

Er rief und winkte zurück, während die Leute in der Dunkelheit an ihm vorbeizogen, und es muß wohl ein bißchen so ausgesehen haben wie der Kaiser und die Alte Garde. Es gibt keine Welt, sie hätte denn ihre Helden, und Stahr war der Held. Die meisten dieser Männer waren schon lange da, hatten die Anfänge mitgemacht und den großen Schock, als der Tonfilm kam, und die drei Jahre der Depression hindurch hatte er dafür gesorgt, daß ihnen kein Schaden erwuchs. Das alte Treueverhältnis war jetzt ins Wanken geraten, alles stand auf tönernen Füßen; aber immer noch war er ihr Mann, der letzte der Fürsten. Und ihr Gruß im Vorbeiziehen war eine Art verhaltener Huldigung.

In der Zeit zwischen dem Abend meiner Ankunft zu Hause und dem Erdbeben stellte ich allerlei Beobachtungen an.

Über Vater, zum Beispiel. Ich liebte Vater – in einer Art unregelmäßiger Kurve mit vielen Tiefpunkten –, aber mir wurde allmählich klar, daß sein starker Wille ihn nicht ausfüllte wie einen durchschnittlichen Mann. Die meisten seiner Verdienste liefen auf Schläue hinaus. Mit Glück und Schlauheit hatte er einen Viertelanteil an einem gutgehenden Zirkus erworben – zusammen mit dem jungen Stahr. Das war die Leistung seines Lebens; alles weitere war nur Beharrungsinstinkt. Natürlich redete Vater in Wall Street geschwollen daher, wie geheimnisvoll es sei, einen Film zu drehen, aber er beherrschte nicht einmal das ABC des Sychronisierens oder auch nur Cuttens. Als Barkellner im Ballyhegan war er nicht besonders tief in das Wesen Amerikas eingedrungen, und von einer Story verstand er nicht im geringsten mehr als ein Reisevertreter. Immerhin hatte er keine schleichende Paralyse wie –. Er pflegte kurz vor Mittag ins Studio zu kommen, und bei seinem Scharfblick, den er wie einen Muskel trainiert hatte, war es schwer, ihm irgend etwas vorzumachen.

Stahr war sein Glücksfall gewesen – doch Stahr war auch noch etwas anderes. Er war ein Schrittmacher in der Branche, wie Edison und Lumière, Griffith und Chaplin. Er führte den Film empor, über die Macht und Reichweite des Theaters hinaus, und schuf gleichsam ein Goldenes Zeitalter, bis dann die Zensur kam.

Seine führende Rolle erwies sich darin, daß man um ihn herumspionierte – nicht gerade nach Betriebsgeheimnissen oder Patentverfahren, sondern seinem Sinn für eine neue Geschmacksrichtung, seiner Vorahnung vom künftigen Lauf der Dinge nachspürte. Das bloße Parieren dieser Anschläge nahm allzuviel von seiner Kraft in Anspruch. Dadurch blieb seine Leistung teilweise im Dunkeln, brauchte Umwege und Zeit und ließ sich schwer beschreiben, wie die Pläne eines Generals, bei denen die psychologischen Faktoren sich verflüchtigen und wir am Ende nur noch die Erfolge und Mißerfolge gegeneinander aufrechnen können. Dennoch habe ich vor, euch einen Einblick in seine Arbeit zu geben, was zugleich alles Folgende entschuldigen mag. Ich beziehe mich dabei teils auf einen Aufsatz über ›A Producer's Day‹, den ich auf dem College schrieb, und teils auf meine Einbildungskraft. Mehr als einmal habe ich die gewöhnlichen Vorkommnisse frei skizziert, während die ungewöhnlicheren auf Wahrheit beruhen.

Am frühen Morgen nach der Überschwemmung ging ein Mann hinauf auf den äußeren Balkon des Verwaltungsgebäudes. Nach dem Bericht eines Augenzeugen zögerte er dort eine Weile, stieg dann auf das eiserne Geländer und stürzte sich kopfüber hinab. Ergebnis – ein Armbruch.

Miss Doolan, Stahrs Sekretärin, berichtete ihm darüber, als er sie um neun hereinrief. Er hatte in seinem Büro geschlafen und nichts von der Aufregung gehört.

»Pete Zavras!« rief Stahr, – »der Kameramann?«

»Man hat ihn zu einem Arzt gebracht. Es wird nicht in die Presse kommen.«

»Verfluchte Geschichte«, sagte er. »Ich wußte, daß er zusammengeklappt war, weiß aber nicht, weshalb. Als wir vor zwei Jahren mit ihm gearbeitet haben, war er noch ganz auf der Höhe – was hat ihn hergeführt? Wie ist er hereingekommen?«

»Er bluffte mit seinem alten Studio-Ausweis«, sagte Catherine Doolan. Sie war ein hagerer Raubvogel, mit einem Regieassistenten verheiratet. »Vielleicht hatte das Erdbeben etwas damit zu tun.«

»Er war weit und breit der beste Kameramann«, sagte

Stahr. Auch als er von den Hunderten von Toten in Long Beach gehört hatte, bedrückte ihn doch dieser mißlungene Selbstmord am frühen Morgen. Er wies Catherine Doolan an, der Sache nachzugehen.

In dem warmen Morgen kamen die ersten Meldungen über das Abhörgerät herein. Während er sich rasierte und Kaffee trank, redete er und hörte zu. Robby hatte eine Botschaft hinterlassen: »Wenn Mr. Stahr nach mir verlangt, soll er sich zum Teufel scheren, ich bin im Bett.« Ein Schauspieler war krank oder bildete es sich ein; der Gouverneur von Kalifornien wollte eine Party veranstalten; ein Abteilungsleiter hatte seine Frau verprügelt wegen der Kopien und mußte ›zum Schreiber‹ degradiert werden. Diese drei Sachen fielen in Vaters Bereich, falls der Schauspieler nicht von Stahr persönlich in Kontrakt genommen war. Auf einer Farm in Canada war Neuschnee gefallen, während der Aufnahmestab schon dort war – Stahr erwog hastig die Möglichkeit eines Auswegs und ging die Story des Films durch. Nichts. Stahr ließ Catherine Doolan kommen.

»Ich möchte mit dem Wachmann sprechen, der gestern abend zwei Frauen vom Grundstück befördert hat. Ich glaube, er hieß Malone.«

»Jawohl, Mr. Stahr. Ich habe hier Joe Wyman – wegen der Hosen.«

»Halloh, Joe«, sagte Stahr. »Hören Sie zu – zwei Leute bei der Probevorführung beklagten sich darüber, daß Morgans Hosenschlitz den halben Film hindurch offenstand ... natürlich übertreiben sie, aber wenn's nur drei Meter sind ... nein, wir kennen die Leute nicht, aber ich wünsche, daß der Film immer wieder durchläuft, bis Sie dieses Stück finden. Holen Sie möglichst viele Leute in den Projektionsraum – irgendwer wird's merken.«

»Tout passe. – L'art robuste
Seul a l'éternité.«

»Und dann ist da dieser dänische Prinz«, sagte Catherine Doolan. »Er ist sehr hübsch.« Und ohne jeden Sinn glaubte sie hinzufügen zu müssen, »– für so einen großen Mann.«

»Danke«, sagte Stahr. »Schönen Dank, Catherine, ich weiß es zu würdigen, daß ich somit der hübscheste kleine Mann hier im Studio bin. Schicken Sie den Prinzen raus ins Aufnahmegelände und sagen Sie ihm, wir träfen uns um eins zum Lunch.«

»Und dann Mr. George Boxley – er scheint sehr böse zu sein, auf die britische Art.«

»Ich will ihn für zehn Minuten sehen.«

Als sie hinausging, fragte er: »Hat Robby angerufen?«

»Nein.«

»Lassen Sie ihn ausrufen, und wenn er sich meldet, sprechen Sie mit ihm und fragen Sie ihn. Fragen Sie ihn dies – ob er gestern abend den Namen von der Frau gehört hat? Von einer der beiden Frauen. Oder irgend etwas, daß man sie ausfindig machen kann.«

»Sonst noch etwas?«

»Nein, aber sagen Sie ihm, es ist wichtig, solange er sich noch erinnert. Wer waren sie? Ich meine, was für 'ne Art Leute – fragen Sie ihn das auch. Ich meine, waren es –«

Sie wartete, kritzelte seine Worte auf den Block ohne aufzublicken.

»– hm, waren es fragwürdige Personen? Waren sie vom Theater? Gleichviel. Lassen Sie das weg. Nur fragen, ob er weiß, wie man sie aufspüren kann.«

Der Polizist, Malone, hatte nichts gewußt. Zwei Damen, er hatte sie hinausbefördert, und wie! Die eine war wütend. Welche? Eine von beiden. Sie hatten einen Wagen, einen Chevrolet – er dachte schon daran, den Führerschein einzubehalten. War es die Attraktive, die wütend war? Es war eine von beiden. Nicht die oder die – er hatte nichts bemerkt. Sogar hier im Studio war Minna vergessen. Nach drei Jahren. So war das also.

Stahr lächelte Mr. George Boxley an. Es war ein wohlwollendes väterliches Lächeln, das Stahr sich paradoxerweise zugelegt hatte, als er, noch jung, in hohe Stellungen gelangt war. Ursprünglich war es ein achtungsvolles Lächeln gegenüber seinen Vorgesetzten gewesen, aber als dann seine eigenen Entscheidungen rasch an die Stelle der ihren traten, diente das Lächeln dazu, es sie nicht fühlen zu lassen – und schließlich entpuppte es sich als das, was es war: ein Lächeln aus Freundlichkeit – manchmal etwas gehetzt und erschöpft, aber immer parat für jeden, über den er sich zur Stunde nicht gerade geärgert hatte, oder für jeden, den er nicht gerade vorsätzlich zu attackieren und zu beleidigen gedachte.

Mr. Boxley lächelte nicht zurück. Er kam herein, als würde er mit aller Gewalt geschleppt, obwohl offensichtlich niemand Hand an ihn gelegt hatte. Er stand vor einem Sessel, und wieder war es, als ergriffen zwei unsichtbare Begleiter seine Arme und zwängten ihn hinein. Mürrisch saß er da. Noch als er sich, von Stahr aufgefordert, eine Zigarette anzündete, hatte man den Eindruck, das Streichholz würde von äußeren Kräften gehalten, über die er sich keine Rechenschaft geben wollte.

Stahr sah ihn verbindlich an.

»Irgend etwas nicht nach Wunsch, Mr. Boxley?«

Der Romancier sah ihn in unheildrohendem Schweigen an.

»Ich habe Ihren Brief gelesen«, sagte Stahr. Der Ton des freundlichen jungen Chefs war geschwunden. Er sprach wie zu einem Gleichgestellten, mit einem Anflug von zweischneidiger Hochachtung.

»Ich kann meine Ideen nicht zu Papier bringen«, brach Boxley los. »Sie haben sich sehr großzügig gezeigt, aber es ist wie eine Verschwörung. Diese beiden literarischen Tagelöhner, die Sie mit mir zusammengespannt haben, hören zwar auf das, was ich sage, aber sie entstellen es – anscheinend haben sie einen Wortschatz von etwa hundert Worten.«

»Warum schreiben Sie es denn nicht selbst auf?« fragte Stahr.

»Habe ich. Etwas davon habe ich Ihnen geschickt.«

»Aber das war nur Gerede, hin und her«, sagte Stahr nachsichtig. »Interessantes Gerede, aber nichts weiter.«

Jetzt konnten die zwei gespenstischen Begleiter Boxley nur noch in dem tiefen Sessel festhalten. Er versuchte krampfhaft aufzustehen; er bellte einmal leise auf, was ein wenig wie Lachen klang, aber alles andere als heiter, und sagte:

»Ich glaube, ihr könnt gar nicht richtig lesen. Die Männer ringen während des Gesprächs miteinander. Am Ende fällt der eine in einen Brunnen und muß mit einem Eimer heraufgezogen werden.«

Er bellte wieder und verstummte dann.

»Würden Sie das in einem Ihrer Romane schreiben, Mr. Boxley?«

»Wie? Natürlich nicht.«

»Sie fänden das zu trivial.«

»Das Filmniveau ist eben anders«, sagte Boxley ausweichend.

»Gehen Sie je in Filme?«

»Nein – fast nie.«

»Etwa wegen der ewigen Zweikämpfe, wobei einer in einen Brunnen fällt?«

»Ja – und dabei machen sie angestrengte Gesichter und sprechen unglaublich geschraubte Dialoge.«

»Lassen wir mal den Dialog beiseite«, sagte Stahr. »Zugegeben, Ihr Dialog ist eleganter, als diese Tagelöhner ihn schreiben können – deshalb haben wir Sie ja hergeholt. Aber denken wir uns einmal etwas aus, das weder schlechter Dialog ist noch ein Sprung in den Brunnen. Hat Ihr Zimmer ein Öfchen, das man mit einem Streichholz anzündet?«

»Ich glaube schon«, sagte Boxley unwirsch, »aber ich mache nie davon Gebrauch.«

»Nehmen wir an, Sie sind in Ihrem Zimmer. Sie haben den ganzen Tag Kämpfe ausgefochten oder geschrieben und sind zu müde, um weiterzukämpfen oder noch eine Zeile zu schreiben. Sie sitzen da und starren vor sich hin – abgestumpft, wie wir alle manchmal sind. Eine hübsche Stenotypistin, die Sie schon mal gesehen haben, kommt ins Zimmer, und Sie beobachten sie – aus Langeweile. Sie bemerkt Sie nicht, obwohl Sie ihr ganz nahe sind. Sie zieht ihre Handschuhe aus, öffnet ihre Geldbörse und leert sie auf einem Tisch aus –«

Stahr stand auf und warf sein Schlüsselbund auf den Schreibtisch.

»Sie hat zwei Zehn-Cent-Stücke und einen Nickel – und ein Streichholzbriefchen. Sie läßt den Nickel auf dem Tisch, tut die zwei Münzen wieder in ihre Börse und trägt ihre schwarzen Handschuhe zum Öfchen, öffnet es und steckt sie hinein. Es ist noch ein Streichholz in dem Briefchen, und sie zündet es, beim Ofen kniend, an. Sie bemerken, daß ein starker Luftzug durchs Fenster kommt – aber gerade da klingelt Ihr Telefon. Das Mädchen nimmt den Hörer auf, sagt ›Halloh‹ – horcht und sagt mit Bedacht ins Telefon, ›Ich habe nie im Leben ein Paar schwarze Handschuhe besessen.‹ Sie legt auf, kniet wieder am Ofen, und als sie eben das Streichholz anzündet, blicken Sie plötzlich umher und sehen, daß noch ein Mann im Zimmer steht und jede Bewegung des Mädchens beobachtet –«

Stahr hielt inne. Er nahm die Schlüssel auf und steckte sie in die Tasche.

»Weiter«, sagte Boxley lächelnd. »Was geschieht nun?«

»Ich weiß nicht«, sagte Stahr. »Ich dachte mir nur eben 'nen Film aus.«

Boxley spürte, daß er ins Unrecht gesetzt wurde.

»Nur Melodrama«, sagte er.

»Nicht unbedingt«, sagte Stahr. » Jedenfalls hat niemand heftig gestikuliert oder trivialen Dialog gesprochen oder irgendein Gesicht gemacht. Da war nur eine schlechte Zeile, und ein Schriftsteller wie Sie könnte sie leicht verbessern. Aber es hat Sie interessiert.«

»Wozu sollte der Nickel dienen?« fragte Boxley ablenkend.

»Weiß nicht«, sagte Stahr. Und auf einmal lachte er. »Oh, ja – der Nickel war fürs Kino.«

Die beiden unsichtbaren Begleiter schienen Boxley freizugeben. Er entspannte sich, lehnte sich zurück und lachte.

»Teufel, wozu bezahlen Sie mich eigentlich?« fragte er, »ich verstehe nichts von dem verdammten Zeug.«

»Sie werden«, sagte Stahr grinsend, »sonst hätten Sie nicht nach dem Nickel gefragt.«

Als sie herauskamen, wartete im Vorzimmer ein dunkler glotzäugiger Mann.

»Mr. Boxley, das ist Mike Van Dyke«, sagte Stahr. »Was gibt's, Mike?«

»Nichts«, sagte Mike. »Ich kam nur herauf, um mich von Ihrem wirklichen Vorhandensein zu überzeugen.«

»Weshalb machen Sie sich nicht an die Arbeit?« sagte Stahr. »Ich habe schon seit Tagen beim Durchlauf im Vorführraum nicht mehr gelacht.«

»Ich fürchte, ich bekomme einen Nervenzusammenbruch.«

»Sie müssen in Form bleiben«, sagte Stahr. »Lassen Sie uns mal was sehen.« Er wandte sich an Boxley: »Mike ist *gag-man* – er war schon hier, als ich noch in der Wiege lag. Mike, zeig Mr. Boxley einmal den Trick Schwingtür-Knall-und-Fall-und-raus.«

»Hier?« fragte Mike.

»Hier.«

»Ist aber nicht viel Platz. Ich wollte Sie wegen –«

»Jede Menge Platz.«

»Schön«, er sah sich prüfend um. »Sie machen den Schuß.«

Miss Doolans Gehilfin, Katy, nahm eine Papiertüte und blies sie auf.

»'ne Routine«, sagte Mike zu Boxley, »– aus der guten

alten Keystone-Zeit.« Er wandte sich an Stahr: »Weiß er, was 'ne Routine ist?«

»Heißt soviel wie 'n alter Trick«, erläuterte Stahr. »George Jessel spricht von ›Lincolns Routine bei Gettysburg‹.«

Katy hatte die aufgeblasene Tüte am Mund. Mike stand mit dem Rücken zu ihr.

»Fertig?« fragte Katy. Sie brachte mit den Händen die Tüte zum Knallen. Im selben Moment griff sich Mike mit beiden Händen an den Hosenboden, machte einen Luftsprung, rannte, mit den Füßen ausrutschend, auf der Stelle, wobei er wie ein Vogel mit den Armen schlug –

»Schwingtür«, sagte Stahr.

– und dann rannte er durch die Tür, die der Bürodiener für ihn offenhielt, und entschwand durch die Fenstertür des Balkons.

»Mr. Stahr«, sagte Miss Doolan, »ich habe Mr. Hanson am Telefon aus New York.«

Zehn Minuten später drückte er auf den Knopf, und Miss Doolan kam herein. Im Vorzimmer warte ein Starschauspieler und wolle ihn sprechen, sagte Miss Doolan.

»Sagen Sie ihm, ich bin zum Balkon hinausgeflogen«, riet Stahr.

»Schön. Aber er war schon viermal diese Woche da. Es scheint sehr dringend zu sein.«

»Irgendeine Andeutung, was er will? Kann er nicht bei Mr. Brady deswegen vorsprechen?«

»Er hat nichts gesagt. Ihre Konferenz steht an. Miss Meloney und Mr. White warten draußen. Mr. Broaca ist nebenan in Reinmunds Büro.«

»Lassen Sie Mr. Roderiguez herein«, sagte Stahr. »Sagen Sie ihm, ich habe nur eine Minute für ihn.«

Als der schöne Mann hereinkam, blieb Stahr gleich stehen. »Was gibt's denn so Dringliches?« fragte er munter.

Der Schauspieler wartete peinlichst, bis Miss Doolan hinaus war.

»Monroe, ich bin erledigt«, sagte er. »Ich mußte zu Ihnen.«

»Erledigt!« sagte Stahr. »Haben Sie *Variety* gesehen? Ihr Film ist im Roxy verlängert worden und hat letzte Woche in Chicago siebenunddreißigtausend eingespielt.«

»Das ist's ja eben. Das ist die Tragödie. Ich kriege alles, was ich will, und jetzt bedeutet es mir nichts.«

»Nur weiter, sprechen Sie sich aus.«

»Zwischen Esther und mir ist nichts mehr los. Kann nie wieder werden.«

»Krach?«

»Ach nein – schlimmer – ich ertrag's nicht, darüber zu reden. Mir ist ganz wirr im Kopf. Ich laufe herum wie ein Verrückter. Ich spiele meinen Part wie im Schlaf.«

»Habe nichts davon bemerkt«, sagte Stahr. »Sie waren ganz groß in den Takes von gestern.«

»So? Das beweist nur, daß die Leute nie was merken.«

»Wollen Sie mir etwa erzählen, daß Sie und Esther sich scheiden lassen?«

»Ich vermute, es wird dahin kommen. Ja – unvermeidlich.«

»Was hat's denn gegeben?« fragte Stahr ungeduldig. »Ist sie ohne anzuklopfen hereingekommen?«

»Oh, es ist niemand sonst im Spiel. Nur – ich. Ich bin fertig.«

Plötzlich begriff Stahr.

»Wie wollen Sie das wissen?«

»Es ist schon sechs Wochen so.«

»Das bilden Sie sich ein«, sagte Stahr. »Waren Sie beim Arzt?«

Der Schauspieler nickte.

»Ich habe alles versucht. Einmal – in meiner Verzweiflung – war ich sogar in der Stadt bei – bei Claris. Aber es nützte nichts. Mit mir ist's aus.«

Stahr kam die teuflische Idee, ihn damit zu Brady zu schicken. Brady bearbeitete alles, was *public relations* betraf. Oder fiel dies unter *private relations*? Er wandte sich einen

Augenblick ab, um sein Gesicht in seine Gewalt zu bringen, wandte sich ihm dann wieder zu.

»Ich war schon bei Pat Brady«, sagte der Star, als hätte er den Gedanken geahnt. »Der riet mir alles Mögliche und Unmögliche, und ich hab alles versucht, aber nichts half. Esther und ich sitzen einander beim Essen gegenüber, und ich schäme mich, sie anzusehen. Sie hat sich fabelhaft benommen in der Sache, aber ich schäme mich. Ich schäme mich den ganzen Tag. Ich denke daran, daß *Rainy Day* in Des Moines fünfundzwanzigtausend brutto einspielte und in St. Louis alle Rekorde brach und in Kansas City siebenundzwanzigtausend eingebracht hat. Die Post meiner Verehrerinnen stapelt sich, und da habe ich Angst, abends zu Hause zu sein, fürchte mich, ins Bett zu gehen.«

Stahr fühlte sich nachgerade leicht bedrückt. Als der Schauspieler zuerst hereinkam, wollte er ihn schon zu einer Cocktailparty einladen, aber jetzt schien das kaum angebracht. Was sollte der mit einer Cocktailparty anfangen, wo dies auf ihm lastete? Im Geiste sah er ihn schon mit einem Cocktail in der Hand von einem Gast zum andern gehen, und das mit einem Bruttoeinkommen von siebenundzwanzigtausend.

»So kam ich denn zu Ihnen, Monroe. Ich kenne keine Situation, aus der Sie nicht einen Ausweg wüßten. Ich sagte mir: und wenn er mir zum Selbstmord rät, ich frage Monroe.«

Auf Stahrs Schreibtisch ertönte der Summer – er schaltete das Diktaphon ein und hörte Miss Doolans Stimme.

»Fünf Minuten, Mr. Stahr.«

»Bedaure«, sagte Stahr. »Ich werde noch ein paar Minuten mehr brauchen.«

»Fünfhundert Höhere Schülerinnen marschierten vor meinem Haus auf«, fuhr der Schauspieler düster fort, »und ich stand hinter dem Fenster und beobachtete sie. Hinausgehen – unmöglich.«

»Setzen Sie sich mal hin«, sagte Stahr. »Wir werden uns reichlich Zeit nehmen und die Sache besprechen.«

Im Vorzimmer warteten zwei Mitglieder der Konferenz schon zehn Minuten – Wylie White und Jane Meloney. Sie war eine kleine blonde, etwas vertrocknete Fünfzigerin, über die man den wohlassortierten Hollywood-Klatsch von fünfzig verschiedenen Meinungen hören konnte – »eine sentimentale Närrin«, »die beste Treatmentschreiberin von Hollywood«, »ein altes Reff«, »diese alte Schreibzicke«, »die klügste Frau in der Filmstadt«, »die flinkste Plagiatorin der Branche«; und natürlich wurde sie zu alledem abwechselnd bezeichnet als Nymphomanin, als alte Jungfer, als leichte Pflanze, als Lesbierin und als treue Ehefrau. Ohne eine alte Jungfer zu sein, war sie, wie die meisten Selfmade-Frauen, ziemlich altjüngferlich. Sie litt an Magengeschwüren, und ihr Gehalt betrug über hunderttausend Dollar im Jahr. Darüber, ob sie das wert war oder noch mehr oder überhaupt nichts, hätte man eine spitzfindige Abhandlung schreiben können. Ihr Wert lag in so gewöhnlichen Vorzügen wie der schlichten Tatsache, daß sie eine Frau und anstellig, rasch von Begriff und vertrauenswürdig war, daß sie ›wußte wie der Hase lief‹ und ihre Person zurückstellte. Sie war mit Minna eng befreundet gewesen, und über Jahre hin hatte Stahr es fertiggebracht, so etwas wie einen starken physischen Widerwillen zu unterdrücken.

Sie und Wylie warteten schweigend, richteten nur gelegentlich eine Bemerkung an Miss Doolan. Alle paar Minuten rief Reinmund, der Abteilungsleiter, von seinem Büro an, wo er mit Broaca, dem Regisseur, wartete. Nach zehn Minuten drückte Stahr den Knopf, und Miss Doolan rief Reinmund und Broaca an; zugleich kamen Stahr und der Schauspieler aus Stahrs Büro, wobei Stahr ihn am Arm führte. Der Mann war jetzt so aufgelöst, daß er, als Wylie ihn nach seinem Ergehen fragte, den Mund auftat und ihm auf der Stelle berichten wollte.

»Oh, ich habe Fürchterliches durchgemacht«, sagte er, aber Stahr unterbrach ihn schroff.

»Nein, das haben Sie gar nicht. Nun gehen Sie nur und spielen die Rolle so, wie ich gesagt habe.«

»Ich danke Ihnen, Monroe.«

Jane Meloney blickte ihm schweigend nach.

»Hat ihm jemand die Fliegen weggeschnappt?« fragte sie – ein Ausdruck für ›die Schau gestohlen‹.

»Tut mir leid, daß ich Sie warten ließ«, sagte Stahr. »Kommen Sie.«

Es war schon Mittag, und solche Konferenzen hatten Anspruch auf genau eine Stunde von Stahrs Zeit. Weniger nicht, weil so eine Konferenz nur durch einen Regisseur unterbrochen werden konnte, der mit seinen Aufnahmen nicht weiterkam; aber auch selten mehr, denn die Filmgesellschaft mußte alle acht Tage eine Produktion herausbringen, die so kompliziert und kostspielig war wie Max Reinhardts *Mirakel*.

Manchmal, wenn auch nicht so oft wie vor fünf Jahren, saß Stahr die ganze Nacht über einem einzigen Film. Doch nach solchen Exzessen fühlte er sich tagelang nicht wohl. Konnte er hingegen von einem Problem zum anderen übergehen, so stellte sich mit jedem Wechsel eine gewisse Erneuerung seiner Vitalität ein. Und wie jene Schläfer, die jederzeit nach Wunsch aufwachen können, hatte er seine physische Uhr für genau eine Stunde in Gang gesetzt.

Zu der versammelten Mannschaft gehörten, außer den Drehbuchschreibern, Reinmund, einer der aussichtsreichsten Abteilungsleiter, und John Broaca, der Regisseur des Films.

Broaca war nach außen hin ganz Fachmann – massiv und ohne Nerven, zäh entschlossen, beliebt. Er war ein Ignorant, und Stahr ertappte ihn oft dabei, wie er wieder und wieder die gleichen Szenen baute. In allen seinen Filmen kam eine Szene mit einem reichen jungen Mädchen vor, die gleiche Handlung, die gleiche Sache. Ein Rudel großer Hunde kam ins Zimmer gerannt und umsprang das Mädchen. Später ging das Mädchen in einen Stall und klopfte einem Pferd auf den Rumpf. Das ließ sich wohl nicht mit Freud erklären; vielmehr hatte er wahrscheinlich in einem trüben Moment in seiner Jugend durch ein Gatter geblickt und ein wunderschönes Mädchen mit Hunden und Pferden gesehen. Das hatte sich ihm als eine Kennmarke für Luxus auf immer eingeprägt.

Reinmund war ein hübscher junger Karrieremacher und leidlich gebildet. Von Haus aus ein Mann von einigem Charakter, wurde er durch seine seltsame Zwischenstellung tagaus, tagein zu abwegigem Handeln und Denken gezwungen. Jetzt war er, an anderen Männern gemessen, ein schlechter Mensch. Mit dreißig verfügte er über keine der Tugenden, die freisinnigen Amerikanern oder Juden als bewundernswert hingestellt werden. Aber er brachte seine Produktionen fristgemäß heraus und hatte anscheinend durch Hervorkehren einer nahezu homosexuellen Bindung an Stahr dessen gewohnten Scharfblick eingeschläfert. Stahr mochte ihn leiden – betrachtete ihn als einen brauchbaren, allseitig beschlagenen Mann.

Wylie White hätte man natürlich in jedem Land der Welt als einen Intellektuellen zweiter Ordnung erkannt. Er war gebildet und redegewandt, sowohl arglos wie klug, halb erstaunt und halb verdrossen. Seine Eifersucht auf Stahr blitzte nur manchmal unwillkürlich auf und vermischte sich mit Bewunderung und sogar Zuneigung.

»Der Film geht Samstag in vierzehn Tagen ins Atelier«, sagte Stahr. »Ich finde ihn in der Anlage richtig – sehr viel besser geworden.«

Reinmund und die beiden Drehbuchschreiber beglückwünschten einander mit einem Blick.

»Nur eins«, sagte Stahr nachdenklich. »Ich sehe nicht ein, weshalb er überhaupt gedreht werden sollte, und bin entschlossen, ihn abzusetzen.«

Es gab einen Augenblick betretenen Schweigens und dann gemurmelten Protest, betroffene Fragen.

»Es ist nicht Ihre Schuld«, sagte Stahr. »Ich dachte, es sei etwas daran, was nicht daran war – das ist alles.« Er zögerte mit einem bedauernden Blick auf Reinmund. »Es ist einfach zu schlecht – und es war ein gutes Stück. Wir haben fünfzigtausend dafür bezahlt.«

»Was stimmt denn nicht, Monroe?« fragte Broaca rundheraus.

»Nun, mir scheint, es lohnt sich kaum, daranzugehen«, sagte Stahr.

Reinmund und Wylie White dachten beide an die beruflichen Konsequenzen. Reinmund hatte in diesem Jahr zwei Filme gut, aber Wylie brauchte einen Vertrauensvorschuß für sein Come-back. Jane Meloney beobachtete Stahr intensiv aus verkniffenen Augen.

»Könnten Sie uns nicht einen Wink geben«, bat Reinmund. »Das ist ein ganz schöner Schock, Monroe.«

»Ich möchte einfach nicht Margaret Sullivan dafür einsetzen«, sagte Stahr. »Auch Colman nicht. Ich würde denen nicht raten, das zu spielen –«

»Mehr im einzelnen, Monroe«, flehte Wylie White, »was hat Ihnen nicht gefallen? Die Szenen? Der Dialog? Der Humor? Der Aufbau?«

Stahr nahm das Drehbuch vom Schreibtisch auf und ließ es wieder fallen, als sei es ihm rein physisch zu schwer.

»Ich mag die Menschen nicht«, sagte er. »Ich möchte ihnen nicht begegnen – wenn ich wüßte, sie führen irgendwo hin, würde ich anderswohin fahren.«

Reinmund lächelte, aber mit kummervollem Blick.

»Nun, das ist ein vernichtendes Urteil«, sagte er. »Ich dachte, die Leute seien einigermaßen interessant.«

»Dachte ich auch«, sagte Broaca. »Ich fand Em sehr sympathisch.«

»So?« fragte Stahr scharf. »Ich konnte kaum glauben, daß sie lebendig sei. Und als ich an den Schluß kam, fragte ich mich, was soll's?«

»Da muß sich doch etwas machen lassen«, sagte Reinmund. »Natürlich ist uns das sehr unangenehm. Aber es ist der Handlungsaufbau, über den wir uns einig waren –«

»Es ist aber nicht die Story«, sagte Stahr. »Ich habe Ihnen immer wieder gesagt, daß ich mich zuallererst für die Art von Story entscheide, die ich haben will. In allem sonst ändern wir noch, aber wenn das einmal feststeht, müssen wir mit jeder Dialogzeile und jeder Einstellung darauf hinarbeiten. Dies ist nun nicht die Art von Story, die ich will. Die Story, die wir kauften, hatte Glanz und Wärme – es war eine freundliche Story. Das hier ist alles voller Skepsis und Unentschlossenheit. Der Held und die Heldin hören wegen kleinlicher Dinge auf, einander zu lieben; dann finden sie durch Kleinigkeiten wieder zueinander. Nach der ersten Runde ist es einem egal, ob sie ihn je wiedersieht oder er sie.«

»Da bin ich schuld«, sagte Wylie plötzlich. »Sehen Sie, Monroe, ich glaube eben nicht, daß Stenotypistinnen für ihre Chefs noch die gleiche stumme Bewunderung hegen wie im Jahre 1929. Es hat Entlassungen gegeben, sie haben ihre Chefs als Nervenbündel erlebt. Die Welt hat sich weitergedreht, das ist alles.«

Stahr sah ihn ungeduldig an und nickte kurz.

»Das steht nicht zur Diskussion«, sagte er. »Die Story geht davon aus, daß das Mädchen für seinen Chef eine stumme Bewunderung hegt, wenn Sie es so nennen wollen. Und es gibt auch keinen Anhaltspunkt dafür, daß er je die Nerven verloren hat. Wenn Sie ihn für sie irgendwie fragwürdig machen, dann kommen Sie zu einer anderen Art von Story. Oder vielmehr, Sie kommen zu gar nichts. Diese Leute sind extrovertiert – verstehen Sie das wörtlich –, und sie sollen weiter extrovertieren, den ganzen Film hindurch. Wenn ich ein Stück von O'Neill drehen will, kaufe ich eins.«

Jane Meloney, die Stahr nicht aus ihrem Blick gelassen hatte, wußte, daß nun alles in Ordnung käme. Wenn er den Film wirklich hätte absetzen wollen, wäre er nicht so darauf eingegangen. Sie kannte dieses Spiel länger als jeder andere, ausgenommen Broaca, mit dem sie vor zwanzig Jahren eine Drei-Tage-Liebschaft gehabt hatte.

Stahr wandte sich an Reinmund.

»Sie hätten doch aus der Besetzung entnehmen können, Reiny, was für eine Art von Film ich haben wollte. Ich fing an, die Zeilen anzustreichen, die Corliss und McKelway keinesfalls sprechen könnten, und dann bekam ich es satt. Denken Sie künftig daran: wenn ich eine Limousine bestelle, wünsche ich diese Art von Wagen. Und das schnellste Kleinauto, das es gibt, würde mir nichts nützen. Nun« – er blickte umher – »sollen wir noch dabeibleiben? Jetzt, wo ich euch gesagt habe, daß mir nicht mal diese Art von Film gefällt? Sollen wir weitermachen? Wir haben noch zwei Wochen Zeit. Nach dieser Frist werde ich Corliss und McKelway für dies oder etwas anderes ansetzen – lohnt es sich also noch?«

»Ja, natürlich«, sagte Reinmund, »ich glaube schon. Mich ärgert die Sache. Ich hätte Wylie warnen sollen. Ich dachte, er hätte ein paar gute Einfälle.«

»Monroe hat recht«, sagte Broaca plump. »Ich spürte die ganze Zeit, daß da etwas nicht stimmte, aber ich konnte nicht sagen, wo.«

Wylie und Jane sahen ihn voll Verachtung an und tauschten einen Blick.

»Glaubt denn ihr Scriptmenschen, daß ihr an der Sache noch mal Feuer fangt?« fragte Stahr, nicht unfreundlich. »Oder soll ich's mit jemand neuem versuchen?«

»Ich möcht's noch einmal versuchen«, sagte Wylie.

»Und Sie, Jane?«

Sie nickte kurz.

»Was halten Sie denn von dem Mädchen?« fragte Stahr.

»Nun – natürlich bin ich für es eingenommen.«

»Das lassen Sie lieber bleiben«, sagte Stahr warnend. »Zehn Millionen Amerikaner würden dieses Mädchen verurteilen, wenn es über die Leinwand daherkäme. Wir haben eine Stunde und fünfundzwanzig Minuten auf der Leinwand; Sie zeigen eine Frau, die einem Mann für ein Drittel dieser Zeit untreu ist, und erwecken damit den Eindruck, daß sie zu einem Drittel eine Hure ist.«

»Ist das eine zu große Proportion?« fragte Jane hinterhältig.

Alle lachten.

»Jedenfalls für mich«, sagte Stahr nachdenklich, »wenn schon nicht für das Hays Office*. Wenn Sie ihr einen roten Zettel hinten anheften wollen, schön und gut, aber das ist eine andere Story. Nicht diese. Die hier ist eine künftige Ehefrau und Mutter. Und dennoch – dennoch –« Er zielte mit seinem Bleistift auf Wylie White. »– die da hat nicht mehr Leidenschaft als dieser Oscar auf meinem Schreibtisch.«

»Teufel auch!« sagte Wylie. »Sie platzt vor Leidenschaft. Deshalb geht sie doch –«

»Sie ist hinreichend unsolide«, sagte Stahr, »– aber das ist auch alles. Es gibt eine Szene in dem Stück, besser als alles, was ihr zusammengebraut habt, und die habt ihr nicht gebracht. Wenn sie versucht, die Zeit schneller verstreichen zu lassen, indem sie ihre Uhr vorstellt.«

»Das schien uns nicht hineinzupassen«, entschuldigte sich Wylie.

»Hört zu«, sagte Stahr, »ich habe an die fünfzig Ideen. Ich werde Miss Doolan kommen lassen.« Er drückte auf einen Knopf. »Und wenn ihr irgend etwas nicht versteht, sagt es –«

Miss Doolan glitt nahezu unbemerkt herein. Rasch auf- und abgehend begann Stahr. Zuallererst wolle er ihnen sagen, was für eine Art von Frau das sei – als was für eine Art von Frau er sie gelten lasse. Sie sei ein vollendetes Geschöpf mit einigen kleinen Fehlern, aber sie sei nicht so, weil die Öffentlichkeit sie so haben wollte, sondern weil das die Art von Frau war, die er, Stahr, in einem Film dieser Art

* *Selbstzensur des amerikanischen Films in den dreißiger Jahren.*

zu sehen wünschte. War das klar? Es war keine Charakter-
rolle. Sie verkörperte Gesundheit, Vitalität, Ehrgeiz und
Liebe. Seine Bedeutung erhielt das Stück lediglich durch eine
Situation, in die sie geriet. Sie kam in den Besitz eines
Geheimnisses, das sehr viele Menschenleben berührte. Es gab
eine richtige und eine falsche Entscheidung; anfangs war
nicht klar, ob die oder die, aber sobald das klar war, ging sie
stracks hin und tat das Richtige. Solcher Art war diese
Geschichte – leicht, sauber und hell. Nichts von Zwiespalt.

»Sie hat das Wort Lohnkämpfe nie gehört«, sagte er mit
einem Seufzer. »Sie könnte im Jahr 1929 leben. Ist nun klar,
was für eine Art von Frau ich will?«

»Völlig klar, Monroe.«

»Nun zu ihren Taten«, sagte Stahr. »Die ganze Zeit, in
jedem Augenblick, da wir sie auf der Leinwand sehen,
möchte sie mit Ken Willard schlafen. Ist das einleuchtend,
Wylie?«

»Mächtig einleuchtend.«

»Was immer sie tut, geschieht, statt mit Ken Willard zu
schlafen. Wenn sie die Straße hinuntergeht, geht sie, um mit
Ken Willard zu schlafen; wenn sie ihre Mahlzeit einnimmt,
dann um Kräfte für die Nacht mit Ken Willard zu sammeln.
Aber in keinem Augenblick dürft ihr den Eindruck erwecken,
als erwäge sie auch nur, mit Ken Willard zu schlafen, ohne in
aller Form getraut zu sein. Es widerstrebt mir, daß ich euch
diese Kindergarten-Wahrheiten erst sagen muß, aber sie sind
irgendwie aus der Geschichte herausgesickert.«

Er schlug das Drehbuch auf und begann es Seite für Seite
durchzugehen. Miss Doolans Notizen würden mit fünf
Durchschlägen getippt und ihnen zugeleitet werden, aber
Jane Meloney machte sich ihre eigenen Notizen. Broaca hob
die Hand an seine halbgeschlossenen Augen – er erinnerte
sich der Zeiten, als ›ein Regisseur hier noch etwas galt‹, als
die Schreiber nur *gag-men* waren oder übereifrige, leicht
verschämte junge Reporter, die immer unter Whisky standen

– ein Regisseur bedeutete damals alles. Nichts von einem Direktor – kein Stahr.

Broaca schrak auf, als er seinen Namen hörte.

»Es wäre fein, John, wenn Sie den Jungen auf ein Spitzdach stellen und da umherwandeln lassen könnten; die Kamera immer auf ihn gerichtet. Sie könnten da eine hübsche Wirkung herausholen – nicht Gefahr, nicht Spannung, nicht auf irgend etwas abzielend – ein kleiner Junge im Morgenlicht auf dem Dach.«

Broaca zwang sich in den Raum zurück.

»Verstehe«, sagte er, »– nur so als Gefahrenmoment.«

»Nicht unbedingt«, sagte Stahr. »Er droht nicht vom Dach zu fallen. Blenden Sie damit in die nächste Szene über.«

»Durchs Fenster«, schlug Jane Meloney vor. »Er könnte bei seiner Schwester ins Fenster klettern.«

»Ein guter Übergang«, sagte Stahr. »Mitten in die Tagebuch-Szene.«

Broaca war jetzt hellwach.

»Ich werde zu ihm raufschießen«, sagte er. »Ich laß ihn von der Kamera weggehen. Nur eine fixe Einstellung aus ziemlichem Abstand – laß ihn von der Kamera weggehen, folge ihm nicht. Dann in Nahaufnahme und laß ihn wieder weggehen. Kein Augenmerk auf ihn, nur das ganze Dach und der Himmel.« Diese Einstellung liebte er, das war ein Regie-Trick, der nicht alle Tage vorkam. Er könnte einen Kran einsetzen, das käme am Ende billiger als das Dach auf ebener Erde aufzubauen mit einem vorbeiziehenden Himmel. Das war typisch für Stahr – der buchstäbliche Himmel, soweit ging's. Er hatte zu lange mit Juden zusammengearbeitet, um das Märchen zu glauben, sie knauserten mit Geld.

»Im dritten Akt soll er dem Priester eins draufgeben«, sagte Stahr.

»Was!« rief Wylie, »– dann haben wir die Katholiken auf dem Hals!«

»Ich habe mit Joe Breen gesprochen. Priester haben schon öfter was abbekommen. Es berührt sie nicht mehr.«

Seine Rede ging weiter – brach unvermittelt ab, als Miss Doolan nach der Uhr schielte.

»Ist das zu viel bis Montag?« fragte er Wylie.

Wylie blickte auf Jane, und sie erwiderte den Blick, ließ sich nicht einmal zu einem Nicken herbei. Er sah ihr Wochenende dahinschmelzen, aber er war ein anderer, seit er das Zimmer betreten hatte. Wenn man dir fünfzehnhundert die Woche zahlt, bist du mit Überstunden nicht gerade kleinlich, vor allem nicht, wenn dein Film in Gefahr ist. Als ›free-lancer‹ war Wylie gescheitert aus Mangel an Fürsorge, aber hier war Stahr, der sich sorgte, für sie alle. Die Wirkung davon würde nicht nachlassen, wenn er aus dem Büro ginge – noch irgendwo sonst innerhalb des Studiobereichs. Er sah ein großes Ziel vor sich. Die Mischung aus gesundem Menschenverstand, Fingerspitzengefühl, szenischem Einfallsreichtum und dazu eine gewisse halbnaive Konzeption des allgemeinen Wohls, die Stahr soeben laut bekundet hatte, feuerte ihn an, das Seine beizutragen, seinen Steinblock an Ort und Stelle zu schaffen, selbst wenn über sein Bemühen schon das Urteil gesprochen, das Ergebnis so langweilig sein sollte wie eine Pyramide.

Jane Meloney beobachtete durch das Fenster den dünnen Menschenstrom, der sich zur Kantine bewegte. Sie würde den Lunch in ihrem Büro einnehmen und bis dahin ein paar Reihen stricken. Um Viertel nach eins kam der Mann mit dem über die mexikanische Grenze geschmuggelten französischen Parfüm. Das war kein Vergehen, es war wie unter der Prohibition.

Broaca sah, wie Reinmund um Stahr herumschwänzelte. Er spürte, daß Reinmund im Aufsteigen begriffen war. Er bekam siebenhundertfünfzig die Woche für seine begrenzte Autorität über Regisseure, Drehbuchschreiber und Stars, die sehr viel mehr verdienten. Er hatte ein Paar billige englische

Schuhe an, die er in der Nähe des Beverly Wilshire Hotels gekauft hatte, und Broaca hoffte, sie würden ihn drücken; aber nächstens würde er seine Schuhe bei Peel bestellen und sein grünes Alpenhütchen mit der Feder ablegen. Broaca war ihm um Jahre voraus. Er hatte sich im Krieg sehr hervorgetan, aber er war mit sich selbst nicht mehr im Einklang, seit er von Ike Franklin eine schallende Ohrfeige hatte hinnehmen müssen.

Zigarrenrauch stand im Zimmer, und dahinter, hinter seinem mächtigen Schreibtisch schien Stahr weiter und weiter zurückzuweichen, in aller Höflichkeit, hier Reinmund und da Miss Doolan noch ein Ohr leihend. Die Konferenz war beendet.

Stahr hätte hier noch den dänischen Prinzen Agge empfangen sollen, der den Film ›von der Pike auf kennenlernen‹ wollte und der in dem Personenregister des Autors als ein ›früher Faschist‹ bezeichnet ist.

»Ein Anruf von Mr. Marcus aus New York«, sagte Miss Doolan.

»Wieso? Was soll das heißen?« sagte Stahr. »Ich habe ihn noch gestern abend hier gesehen.«

»Nun, er ist am Apparat – ein Gespräch aus New York und Miss Jacobs Stimme. Es ist sein Büro.«

Stahr lachte.

»Ich treffe ihn beim Lunch«, sagte er. »So schnell ist kein Flugzeug, ihn hierher zu bringen.«

Miss Doolan ging wieder ans Telefon. Stahr wartete auf das Ergebnis.

»Schon aufgeklärt«, sagte Miss Doolan jetzt. »Es war ein Mißverständnis. Mr. Marcus rief heute morgen in New York an, um denen über das Erdbeben und die Überschwemmung zu berichten, und anscheinend hat er sie aufgefordert, Näheres bei Ihnen zu erfragen. Es war eine neue Sekretärin, die

Mr. Marcus nicht richtig verstanden hat. Ich glaube, sie war ein bißchen durcheinander.«

»Das scheint mir auch«, sagte Stahr grimmig.

Prinz Agge verstand weder ihn noch sie, aber da er auf fabelhafte Dinge aus war, hielt er das für etwas eminent Amerikanisches. Mr. Marcus, dessen Räume man über die Straße sehen konnte, hatte sein New Yorker Büro angerufen, das sich bei Stahr nach dem Stand der Flut erkundigen sollte. Der Prinz stellte sich irgendwelche verzwickten Zusammenhänge vor, ohne zu merken, daß die Transaktion sich ganz und gar innerhalb von Mr. Marcus' einst glänzend funktionierendem, hart zuschnappendem Verstand abgespielt hatte, der ihn nun zeitweise im Stich ließ.

»Die Sekretärin war wohl ganz neu«, wiederholte Stahr. »Sonst noch Bestellungen?«

»Mr. Robinson rief an«, sagte Miss Doolan, die schon zur Kantine gehen wollte. »Eine der Frauen hat ihm ihren Namen gesagt, aber er hat ihn vergessen – er meint, es war Smith oder Brown oder Jones.«

»Das ist eine enorme Hilfe.«

»Und er erinnert sich, daß sie sagte, sie sei eben erst nach Los Angeles zugezogen.«

»Ich erinnere mich, daß sie einen silbernen Gürtel trug«, sagte Stahr, »mit durchbrochenem Sternenmuster.«

»Ich versuche noch immer, mehr über Pete Zavras herauszubekommen. Ich habe mit seiner Frau gesprochen.«

»Was hat sie gesagt?«

»Oh, sie haben Schlimmes durchgemacht – ihr Haus aufgegeben – und sie war krank –«

»Ist das Augenleiden hoffnungslos?«

»Sie schien über den Zustand seiner Augen überhaupt nichts zu wissen. Sie wußte nicht mal, daß er blind werden würde.«

»Komisch.«

Auf dem Weg zum Lunch dachte er darüber nach, aber es war ebenso verwirrend wie der Kummer des Schauspielers heute morgen. Sorge um die Gesundheit der Menschen schien nicht in seinem Bereich zu liegen – er dachte auch nie an seine eigene. Auf dem Weg zur Kantine trat er beiseite, als ein offener Elektrokarren, vollgepfropft mit Mädchen in den strahlenden Kostümen der Régence-Zeit, vom Aufnahmegelände hereingerollt kam. Die Gewänder flatterten im Wind, die jungen geschminkten Gesichter blickten ihn neugierig an, und er lächelte, als sie vorbeifuhren.

Elf Männer und ihr Gast, Prinz Agge, saßen in dem privaten Speisesaal der Studiokantine beim Lunch. Sie waren die Finanzmänner – sie waren die Herrscher, und wenn kein Gast dabei war, aßen sie in gedrücktem Schweigen, erkundigten sich manchmal wechselseitig nach Frau und Kindern oder gaben manchmal etwas preis, was ihr vordergründiges Bewußtsein absorbiert hatte. Acht von den zehn waren Juden – fünf von den zehn waren von Geburt Ausländer, darunter ein Grieche und ein Engländer; und sie alle kannten einander seit langem. Es gab eine Rangabstufung in der Gruppe, von dem alten Marcus bis herab zu dem alten Leanbaum, der das günstigste Aktienpaket in der Branche gekauft hatte und dem man nie erlaubte, mehr als eine Million im Jahr für eine Produktion auszugeben.

Der alte Marcus funktionierte immer noch mit beunruhigender Elastizität. Irgendein nie verkümmernder Instinkt warnte ihn vor Gefahr, vor Umtrieben gegen ihn – er war nie gefährlicher als dann, wenn die anderen ihn schon überwunden glaubten. Seine grauen Züge hatten es zu solcher Unbeweglichkeit gebracht, daß selbst die, die gewohnheitsmäßig die Reflexe in seinen Augenwinkeln beobachteten, nichts mehr bemerkten. Die Natur hatte ihm an dieser Stelle zur Tarnung kleine weiße Haarbüschel wachsen lassen; seine Schutzschicht war vollkommen.

Wie er der älteste, so war Stahr der jüngste der Gruppe – nicht so sehr an Jahren zu diesem Zeitpunkt, obwohl er zuerst mit den meisten dieser Männer als ein Wunderknabe von zweiundzwanzig zusammengesessen hatte. Damals, mehr als heute, war er ein Geldmann unter Geldmännern gewesen. Damals war er imstande gewesen, Kosten mit einer Geschwindigkeit und Genauigkeit zu überschlagen, die sie verblüffte, denn sie waren – trotz der allgemeinen Meinung über die Juden in Finanzdingen – keine Hexenmeister und nicht einmal Experten darin. Die meisten verdankten ihren Erfolg verschiedenartigen und widersprüchlichen Eigenschaften. Doch in einer Gruppe zieht die Tradition auch die weniger Befähigten mit durch, und alle waren es zufrieden, die höheren Rechenkünste von Stahr zu erwarten und dabei eine Art von Begeisterung zu verspüren, als hätten sie es selbst vollbracht, wie Schlachtenbummler bei einem Fußballspiel.

Stahr war, wie man noch sehen wird, über dieses besondere Talent hinausgewachsen, obwohl es immer noch vorhanden war.

Prinz Agge saß zwischen Stahr und Mort Fleishacker, dem Justitiar der Gesellschaft, und gegenüber von Joe Popolos, dem Kinobesitzer. Er war ganz allgemein und ohne besonderen Grund gegen die Juden eingestellt, war aber bemüht, sich davon zu heilen. Als ungestümer Mann, der seine Zeit in der Fremdenlegion abgedient hatte, fand er, daß den Juden ihre eigene Haut zu lieb sei. Aber er war bereit zuzugeben, sie seien in Amerika unter anderen Lebensumständen vielleicht anders, und Stahr war für ihn ganz gewiß ein richtiger Mann in jeder Beziehung. Im übrigen hielt er sich – die meisten Geschäftsleute betrachtete er ohnehin als langweiliges Pack – letztlich immer an das Blut der Bernadotte in seinen Adern.

Mein Vater – ich werde ihn, wie Prinz Agge bei seinem Bericht von diesem Lunch, Mr. Brady nennen – machte sich Sorge um einen Film, und als Leanbaum vorzeitig hinausging, kam er und setzte sich Stahr gegenüber.

»Wie steht's mit dem Projekt des Südamerika-Films, Monroe?«

Prinz Agge konstatierte ein wachsames Aufblicken zu ihnen herüber, so deutlich und hörbar wie ein Flügelschlag von einem Dutzend Paar Augendeckeln. Dann wieder Stille.

»Wir kommen gut voran«, sagte Stahr.

»Mit demselben Budget?« fragte Brady.

Stahr nickte.

»Das steht in keinem Verhältnis«, sagte Brady. »Es gibt keine Wunder mehr in diesen schlechten Zeiten – keine *Hell's Angels* oder *Ben Hur*, als man noch das Geld hinauswarf, und es kam wieder herein.«

Wahrscheinlich war der Angriff geplant, denn Popolos, der Grieche, griff das Thema in seinem Kauderwelsch auf:

»Das ist nicht akzeptibel, Monroe, insofern wir uns diesen Zeiten anpassen wollen, insofern sie sich ändern. Das, was man noch machen konnte, als wir die Leiter der Prosperity rannten, ist jetzt kaum konzeptierbar.«

»Was meinen Sie, Mr. Marcus?« fragte Stahr.

Alle Augen folgten seinem Blick den Tisch hinunter, aber Mr. Marcus hatte bereits, gleichsam vorgewarnt, seinen Privatkellner hinter sich gewinkt, weil er sich zu erheben wünschte, und hing jetzt wie in einem Korb in den Armen des Kellners. Er sah alle mit solcher Hilflosigkeit an, daß man sich nur schwer vorstellen konnte, er gehe gelegentlich abends mit seiner jungen kanadischen Freundin zum Tanzen.

»Monroe ist unser Produktionsgenie«, sagte er. »Ich setze auf Monroe und verlasse mich ganz auf ihn. Ich habe die Überschwemmung selbst nicht gesehen.«

Einen Augenblick herrschte Stille, während er sich aus dem Zimmer bewegte.

»Zwei Millionen brutto sind jetzt nicht mehr drin im Land«, sagte Brady.

»Ist nicht«, pflichtete Popolos bei. »Selbst als wenn Sie die Leute am Kopf packen könnten und los und hinein, – ist nicht.«

»Wahrscheinlich nicht«, gab Stahr zu. Er zögerte, wie um

sicher zu sein, daß alle ihm zuhörten. »Ich denke, wir können auf ein und eine Viertelmillion aus dem Verleih rechnen. Vielleicht anderthalb Millionen insgesamt. Und eine Viertelmillion im Ausland.«

Wieder herrschte Schweigen – diesmal ein ratloses, etwas verdutztes Schweigen. Über die Schulter bat Stahr den Kellner, ihn mit seinem Büro zu verbinden.

»Und Ihr Budget?« sagte Fleishacker. »Ihr Budget beträgt eine Million siebenhundertfünfzigtausend, soviel ich weiß. Und Ihre Erwartungen belaufen sich nur auf eben diese Summe, ohne Profit.«

»Das sind nicht meine Erwartungen«, sagte Stahr. »Mit mehr als anderthalb Millionen können wir nicht sicher rechnen.«

Nichts regte sich mehr in dem Raum, so daß Prinz Agge hören konnte, wie mitten in der Luft ein Stück Asche von einer Zigarre fiel. Fleishacker setzte mit entgeistertem Gesicht zum Sprechen an, aber da wurde Stahr über die Schulter der Telefonhörer gereicht.

»Ihr Büro, Mr. Stahr.«

»Oh, ja – halloh, Miss Doolan. Ich bin mir über Zavras klar geworden. Es ist eins dieser lausigen Gerüchte – ich wette mein Hemd darauf ... Oh, Sie haben schon ... Gut – gut. Hören Sie, was jetzt zu tun ist: schicken Sie ihn heute nachmittag zu meinem Augenarzt – Dr. John Kennedy – und sorgen Sie, daß er einen Befund mitbekommt, und den lassen Sie fotokopieren – verstanden?«

Er hing auf – wandte sich mit einiger Lebhaftigkeit dem ganzen Tisch zu.

»Hat jemand von Ihnen je davon gehört, daß Pete Zavras erblinden werde?«

Ein paar nickten. Aber die meisten der Anwesenden waren atemlos gespannt, ob Stahr in der Minute zuvor sich in seinen Zahlen geirrt hätte.

»Es ist pures Geschwätz. Er sagt, er ist überhaupt niemals

bei einem Augenarzt gewesen – er habe keine Ahnung gehabt, weshalb man im Studio plötzlich gegen ihn war«, sagte Stahr. »Irgendwer mochte ihn nicht oder irgendwer hat zuviel geredet, und schon war er für ein Jahr kaltgestellt.«

Ein schickliches Murmeln des Mitgefühls erhob sich. Stahr zeichnete die Rechnung gegen und machte Anstalten sich zu erheben.

»Entschuldigen Sie, Monroe«, beharrte Fleishacker, während Brady und Popolos dabeistanden. »Ich bin relativ neu hier und verstehe vielleicht nicht, was implizit und explizit gesagt ist.« Er sprach sehr rasch, aber seine Stirnadern schwollen vor Stolz bei dem hochtrabenden Universitätsjargon. »Soll ich Sie so verstehen, daß Sie mit einer Roheinnahme rechnen, die um eine Viertelmillion hinter Ihrem Budget zurückbleibt?«

»Es handelt sich hier um Qualität«, sagte Stahr mit gespielter Unschuld.

Das war ihnen allen schon aufgegangen, aber sie meinten immer noch, es stecke etwas dahinter. Stahr glaube in Wahrheit, der Film werde Geld machen. Doch bei vernünftiger Überlegung –

»Zwei Jahre lang sind wir auf Nummer Sicher gegangen«, sagte Stahr. »Es wird Zeit, daß wir einen Film mit einer kleinen Unterbilanz machen. Schreiben wir's ab als eine freundliche Geste – der Film wird uns neue Kunden werben.«

Einige dachten immer noch, er halte den Film für einen Favoriten und einen äußerst günstigen dazu, aber Stahr ließ sie nicht im Zweifel.

»Es wird ein Verlustgeschäft«, sagte er im Aufstehen, das Kinn ein wenig vorgereckt und mit einem strahlenden Lächeln in den Augen. »Wenn er sich gerade trägt, wäre das ein größeres Wunder als *Hell's Angels*. Aber wir haben eine gewisse Verpflichtung der Öffentlichkeit gegenüber, wie Pat Brady bei Akademie-Essen immer betont hat. Es macht sich gut im Produktionsplan, einen Film einzuschmuggeln, der ein Defizit ergibt.«

Er nickte Prinz Agge zu. Dieser versuchte unter raschen Verbeugungen mit einem letzten Blick die allgemeine Wirkung von Stahrs Worten zu eruieren, freilich ohne Erfolg. Aller Augen, nicht gesenkt, sondern vielmehr auf einen unbestimmten Punkt nur eben über Tischhöhe gerichtet, leuchteten jetzt kurz auf, aber kein Flüstern war im Raum.

Aus dem privaten Speisesaal kommend, durchquerten sie an einer Ecke die eigentliche Kantine. Prinz Agge saugte alles gierig auf. Es wimmelte heiter von Zigeunerinnen, Bürgern und Soldaten mit den Koteletten und betreßten Uniformröcken des Ersten Kaiserreichs. Aus einiger Entfernung nahmen sie sich wie Männer aus, die vor hundert Jahren gelebt hatten, und Agge fragte sich, wie wohl er und seine Zeitgenossen als Edelkomparsen in einem künftigen Kostümfilm aussehen würden.

Dann erblickte er Abraham Lincoln, und mit einemmal kehrte sich sein ganzes Gefühl um. Er war in den Anfängen des skandinavischen Sozialismus aufgewachsen, als Nicolays Lincoln-Biographie viel gelesen wurde. Man hatte ihm Lincoln als einen großen Mann hingestellt, den er bewundern müsse, und statt dessen haßte er ihn, weil er ihm aufgedrängt worden war. Als er ihn aber jetzt da sitzen sah, mit übergeschlagenen Beinen, das freundliche Gesicht über einem Vierzig-Cent-Menu, Dessert inbegriffen, mit einem Shawl vermummt wie zum Schutz gegen die unberechenbaren Luftstöße des Ventilators – da riß Prinz Agge, obwohl er sich immerhin in Amerika befand, die Augen auf wie ein Tourist beim Anblick der Lenin-Mumie vor dem Kreml. Das also war Lincoln. Stahr war weit vorausgegangen und drehte sich wartend um – aber Agge glotzte immer noch. Das also war der Mann, dachte er, für den sie sich alle gern hielten.

Lincoln hob plötzlich ein Pfannkuchendreieck und stopfte

es sich in den Mund, und Prinz Agge, leicht entsetzt, beeilte sich Stahr einzuholen.

»Ich hoffe, Sie kommen auf Ihre Kosten«, sagte Stahr in dem Gefühl, ihn vernachlässigt zu haben. »In einer halben Stunde haben wir ein paar Muster anzusehen und danach können Sie in so viele Studios zu Aufnahmen gehen, wie Sie wollen.«

»Ich würde lieber bei Ihnen bleiben«, sagte Prinz Agge.

»Mal sehen, was vorliegt«, sagte Stahr. »Dann werden wir zusammen weitermachen.«

Da war der japanische Konsul wegen der Freigabe einer Spionage-Story, die für die nationale Empfindlichkeit der Japaner verletzend sein könnte. Es gab Anrufe und Telegramme. Es gab auch eine weitere Auskunft von Robby.

»Er erinnert sich jetzt an den Namen der Frau. Er ist sicher, daß es Smith war«, sagte Miss Doolan. »Er fragte sie, ob sie ins Atelier kommen und sich trockene Schuhe geben lassen wolle, und sie sagte nein – also kann sie keine Klage einreichen.«

»Ziemlich faul, wenn das alles ist – ›Smith‹. Das hilft uns ungeheuer.« Er überlegte einen Augenblick. »Bitten Sie die Telefongesellschaft um eine Liste der Smiths, die im letzten Monat neue Anschlüsse bekommen haben. Rufen Sie sie alle an.«

»Sehr wohl.«

Guten Tag, Monroe«, sagte Red Ridingwood. »Nett, daß Sie heruntergekommen sind.«

Stahr schritt an ihm vorbei und quer über die große Bühne in Richtung auf eine prächtige Zimmer-Dekoration, die morgen gebraucht würde. Regisseur Ridingwood folgte ihm, merkte aber nach einem Augenblick, daß, wie sehr er sich auch beeilte, Stahr es fertigbrachte, ihm immer einen oder zwei Schritte voraus zu sein. Er erkannte darin ein Anzeichen von Mißfallen – er hatte es selbst so gemacht. Er hatte einst sein eigenes Studio gehabt und sich all dieser Schliche bedient. Kein Register, das Stahr ziehen könnte, würde ihn im geringsten überraschen. Seine Aufgabe bestand darin, Situationen herzustellen, und darin konnte Stahr ihm auf seinem eigenen Felde nichts vormachen. Goldwyn war ihm einmal dazwischengefahren, und Ridingwood hatte Goldwyn dazu gebracht, vor fünfzig Leuten eine Rolle zu markieren – mit dem Ergebnis, das er vorausgesehen hatte: seine eigene Autorität war wiederhergestellt.

Stahr kam an die Prachtdekoration und blieb stehen.

»Taugt nichts«, sagte Ridingwood. »Keine Phantasie. Ganz gleich, wie man das ausleuchtet –«

»Warum haben Sie mich deswegen angerufen?« fragte Stahr, dicht vor ihm. »Weshalb haben Sie das nicht mit Art besprochen?«

»Ich habe Sie ja nicht herunter gebeten, Monroe.«

»Sie wollten Ihr eigener Produktionsleiter sein.«

»Bedaure, Monroe«, sagte Ridingwood geduldig, »aber ich habe Sie nicht herunter gebeten.«

Stahr machte plötzlich kehrt und ging zurück zu den Kameras. Die Augen und offenen Münder einer Gruppe wandten sich für einen Moment von der Heldin des Films ab, hefteten sich auf Stahr und kehrten dann stumpfsinnig zu der Heldin zurück. Sie waren Ritter im Gefolge von Columbus. Sie hatten die Hostie in der Prozession gesehen, dies aber war der fleischgewordene Wunschtraum.

Stahr blieb neben ihrem Sessel stehen. Sie trug ein ausgeschnittenes Kleid, das ihre Ekzeme auf Brust und Rücken deutlich sehen ließ. Vor jedem Take wurden die Verunstaltungen mit einer Schminkschicht bedeckt, die sogleich nach der Aufnahme wieder entfernt wurde. Ihr Haar hatte die Farbe und Konsistenz von gerinnendem Blut, aber es gab Sterne, deren Leuchten sich faktisch in ihren Augen fotografieren ließ.

Ehe Stahr noch etwas sagen konnte, hörte er hinter sich eine hilfreiche Stimme: »Sie ist grandios. Einfach grandios.«

Das kam von einem Regieassistenten und war als feinsinniges Kompliment gedacht. Ein Kompliment für die Schauspielerin, die so ihre arme Haut nicht anspannen mußte, um sich vorzubeugen und zu lauschen. Ein Kompliment für Stahr, daß er sie im Vertrag hatte. Ein schwaches Kompliment auch für Ridingwood.

»Klappt alles?« fragte Stahr aufgeräumt.

»Oh, großartig«, stimmte sie zu, »— bis auf die Scheißkerle von der Propaganda.«

Er zwinkerte ihr freundlich zu.

»Die werden wir fernhalten«, sagte er.

Ihr Name wurde nachgerade allgemein als Synonym für das Wort ›Hure‹ gebraucht. Vermutlich hatte sie sich eine jener Königinnen in den Comic strips von Tarzan zum Vorbild genommen, die wunderbarerweise über einen schwarzen Volksstamm herrschen. Sie betrachtete die ganze übrige Welt als Schwarze. Sie war ein notwendiges Übel, für diesen einen Film ausgeliehen.

Ridingwood schritt mit Stahr auf den Bühnenausgang zu.

»Alles bestens«, sagte der Regisseur. »Sie ist so gut, wie sie überhaupt sein kann.«

Sie waren jetzt außer Hörweite, und Stahr blieb plötzlich stehen und sah Red mit funkelnden Augen an.

»Sie haben Schund gedreht«, sagte er. »Wissen Sie, woran sie mich in den Probestreifen erinnert – ›Miss Puddingpulver‹.«

»Ich versuche, das Beste aus ihr herauszuholen –«

»Kommen Sie mit«, sagte Stahr unvermittelt.

»Mit Ihnen? Soll ich eine Pause einlegen lassen?«

»Lassen Sie's, wie es ist«, sagte Stahr und stieß eine gepolsterte Außentür auf. Sein Wagen mit Chauffeur wartete draußen. Die Minuten waren meistens kostbar.

»Steigen Sie ein«, sagte Stahr.

Jetzt wußte Red, daß es ernst war. Er wußte sogar plötzlich, woran es lag. Das Mädchen hatte ihn vom ersten Tag an unter ihre Fuchtel bekommen mit ihrem kalten bissigen Mundwerk. Er war ein friedliebender Mensch und hatte sie ihren Part lieber ohne Gefühl spielen lassen, statt einen Krach heraufzubeschwören.

Stahr sprach nur aus, was er selbst dachte.

»Sie können nicht mit ihr umgehen«, sagte er. »Ich habe Ihnen gesagt, was ich haben wollte. Sie sollte *gemein* wirken, und sie wirkt nur gelangweilt. Ich fürchte, wir müssen die Sache abblasen, Red.«

»Den ganzen Film?«

»Nein. Ich werde Harley daransetzen.«

»In Ordnung, Monroe.«

»Tut mir leid, Red. Wir werden ein andermal etwas anderes versuchen.«

Der Wagen fuhr an Stahrs Büro vor.

»Soll ich die Einstellung zu Ende drehen?« sagte Red.

»Das geschieht schon«, sagte Stahr grimmig. »Harley ist dort drinnen.«

»Wie zum Teufel –«

»Er ging hinein, als wir herauskamen. Ich habe ihm das Script gestern nacht zu lesen gegeben.«

»Nun hören Sie aber, Monroe –«

»Ich habe heute meinen anstrengenden Tag, Red«, sagte Stahr kurz angebunden. »Sie haben Ihre Chance schon vor etwa drei Tagen verspielt.«

Ein trauriges Desaster, dachte Ridingwood. Es bedeutete eine kleine, ganz kleine Verschlechterung seiner Position – es bedeutete wahrscheinlich, daß er eben jetzt nicht, wie geplant, zum drittenmal heiraten konnte. Es bot sich nicht einmal die Genugtuung, wegen der Sache Lärm zu schlagen – eine Meinungsverschiedenheit mit Stahr hing man nicht an die große Glocke. Stahr war in seiner Welt der erste Kunde und daher immer – fast immer – im Recht.

»Was ist mit meinem Mantel?« fragte er plötzlich. »Ich hatte ihn auf der Bühne über einen Stuhl gehängt.«

»Ich weiß«, sagte Stahr. »Hier ist er.«

In seinem verzweifelten Bemühen, Ridingwoods Fall schonend zu behandeln, hatte er ganz vergessen, daß er den Mantel über dem Arm trug.

›Mr. Stahrs Vorführraum‹ war ein Miniaturkino mit vier Reihen dickgepolsterter Sessel. Vor der ersten Reihe liefen Tische entlang mit kleinen Lämpchen, Klingelknöpfen und Telefonen. An der Wand stand ein Klavier, das dort seit den frühen Tagen des Tonfilms zurückgeblieben war. Der Raum war erst vor einem Jahr renoviert und die Polster neu bezogen worden, aber schon waren sie wieder abgewetzt von vielen Arbeitsstunden.

Hier saß Stahr um halb drei und noch einmal um halb sieben und sah sich die während des Tages gedrehten Filmstreifen an. Oft war dabei die Atmosphäre merkwürdig gespannt – man hatte es mit *faits accomplis* zu tun, den Netto-Ergebnissen von Monaten des Ankaufens, Planens, Schreibens und Umschreibens, Besetzens, Bauens, Ausleuchtens, Probens und Drehens – die Frucht brillanter Einfälle oder verzweifelter Beratungen, von Lethargie, Verschwörung und Schweiß. An diesem Punkt nun war das undurchsichtige Manöver in Szenen umgesetzt und zum Stillstand gekommen – die Frontberichte lagen vor.

Außer Stahr waren die Vertreter aller technischen Abteilungen anwesend, zusammen mit den Produktions- und Aufnahmeleitern der betreffenden Filme. Die Regisseure erschienen nicht zu diesen Vorführungen – offiziell, weil ihre Arbeit als abgeschlossen betrachtet wurde, in Wahrheit aber, weil man hier nicht gerade zurückhaltend war, wo sich Geld in versilberter Form abspulte. So hatte sich eine feinfühlige Taktik des Fernbleibens entwickelt.

Der Stab war schon versammelt. Stahr erschien, nahm rasch seinen Platz ein, und die gemurmelte Unterhaltung erstarb. Während er sich bequem hinsetzte und sein mageres Knie neben sich auf den Sessel zog, ging das Licht aus. In der hintersten Reihe flammte noch ein Streichholz auf – dann Stille.

Auf der Leinwand schob ein Trupp französischer Canadier seine Kanus über Stromschnellen hinauf. Die Szene war in einem Studio-Tank gedreht worden, und am Ende einer jeden Einstellung, nachdem man das »Gestorben« des Regisseurs gehört hatte, machten die Schauspieler auf der Leinwand es sich bequem, wischten sich die Stirn und lachten manchmal vergnügt – und das Wasser in dem Tank strömte nicht mehr und die Illusion war dahin. Stahr machte, abgesehen davon, daß er aus jeder Gruppe von Takes seine Wahl traf und einen »guten Fortschritt« konstatierte, keine Bemerkung.

Die folgende Szene, ebenfalls in den Stromschnellen, erforderte Dialog zwischen dem canadischen Mädchen (Claudette Colbert) und dem Waldläufer (Ronald Colman), wobei sie von einem Kanu zu ihm hinabblickte. Nachdem ein paar Meter durchgelaufen waren, griff Stahr plötzlich ein.

»Ist der Tank schon abgebaut?«

»Jawohl, Sir.«

»Monroe – man brauchte ihn für –«

Stahr unterbrach gebieterisch.

»Lassen Sie ihn sofort wieder aufbauen. Nochmal den zweiten Take.«

Das Licht ging unverzüglich aus. Einer der Aufnahmeleiter erhob sich, kam nach vorn und stand bei Stahr.

»Eine wundervoll gespielte Szene verschenkt«, zürnte Stahr leise, »kein zentraler Blickpunkt. Die Kamera war so aufgebaut, daß sie die ganze Zeit, während Claudette sprach, ihren wunderschönen Kopf erfaßte. Eben das wollten wir haben, nicht wahr? Eben das wollen die Leute sehen – einen schönen Mädchenkopf von oben. Sagen Sie Tim, er hätte sich viel Ach und Weh ersparen können, wenn er ihr Double eingesetzt hätte.«

Das Licht ging wieder aus. Der Aufnahmeleiter hockte sich neben Stahrs Sessel, um nicht im Wege zu sein. Der Take lief wieder durch.

»Sehen Sie es jetzt?« fragte Stahr. »Und da ist ein Haar im Bild – da rechts, sehen Sie's? Stellen Sie fest, ob es im Projektor oder im Film ist.«

Dann am Ende der Einstellung hob Claudette Colbert langsam den Kopf, und man sah groß ihre feuchten Augen.

»Das hätten wir eigentlich die ganze Zeit haben sollen«, sagte Stahr. »Obendrein eine gute Leistung von ihr. Sehen Sie zu, ob Sie das für morgen oder heute abend hineinschneiden können.«

Pete Zavras wäre ein solcher Schnitzer nicht unterlaufen. Es gab keine sechs Kameramänner in der Branche, auf die man sich ganz verlassen konnte.

Das Licht ging an; der Produzent und der Aufnahmeleiter für diesen Film gingen hinaus.

»Monroe, das ist gestern gedreht worden – es wurde spät abends angeliefert.«

Der Raum verdunkelte sich. Auf der Leinwand erschien Shivas Haupt, ungeheuer groß und unerschütterlich, erhaben über die Tatsache, daß es binnen weniger Stunden von einer Flut hinweggeschwemmt werden sollte. Rundum wimmelte eine Masse von Gläubigen.

»Wenn Sie die Szene wiederholen«, sagte Stahr plötzlich, »setzen Sie ein paar kleine Kinder oben darauf. Erkundigen Sie sich lieber, ob das pietätvoll ist oder nicht, aber ich glaube, es läßt sich machen. Kinder bringen alles zuwege.«

»Ja, Monroe.«

Ein Silbergürtel mit perforiertem Sternenmuster ... Smith, Jones oder Brown ... Vermischte Anzeigen – die Dame mit dem Silbergürtel, die ... wird gebeten –

Mit einem anderen Film wechselte die Szene hinüber nach New York – eine Gangstergeschichte, und mit einemmal wurde Stahr unangenehm.

»Die Szene ist reiner Kitsch«, rief er plötzlich in das Dunkel. »Sie ist schlecht geschrieben, falsch besetzt und wirkt überhaupt nicht. Diese Typen sind nicht schurkisch. Sie sehen aus wie lauter verkleidete Lollypops – was zum Teufel ist denn da passiert, Lee?«

»Die Szene ist erst heute morgen auf der Probe geschrieben worden«, sagte Lee Kapper. »Burton wollte alles auf Bühne 6 drehen.«

»Nun – es ist Kitsch. Und auch das da. Sinnlos, solch einen Dreck zu kopieren. Sie glaubt nicht, was sie sagt – Cary auch nicht. ›Ich liebe dich‹ in Großaufnahme – ein Geturtel zum Davonlaufen! Und das Mädchen ist viel zu fein angezogen.«

Man gab durch das Dunkel ein Zeichen, der Projektor hielt an, es wurde hell. Der Raum wartete in äußerster Stille. Stahrs Miene war undurchdringlich.

»Wer hat die Szene geschrieben?« fragte er nach einer Minute.

»Wylie White.«

»Ist er nüchtern?«

»Ja, das ist er.«

Stahr überlegte.

»Setzen Sie heute nacht bis zu vier Schreiber an diese Szene. Erklären Sie Ihnen, was ich da haben will. Das Mädchen ist in tödlicher Angst – sie sitzt in der Klemme. Weiter nichts als das. Menschen haben nicht drei Gefühle gleichzeitig. Und Kapper –«

Der Ausstatter beugte sich aus der zweiten Reihe vor.

»Jaa.«

»Irgendwas an der Szenerie stimmt nicht.«

Verstohlene Blicke gingen im Raum hin und her.

»Was ist denn, Monroe?«

»Das fragen Sie mich?« sagte Stahr. »Alles zu gedrängt. Kein Auslauf fürs Auge. Es sieht billig aus.«

»Das war's aber nicht.«

»Ich weiß. Viel ist's nicht, aber irgend etwas. Gehen Sie heute abend mal rüber und sehen Sie sich's an. Vielleicht zuviel Möbel – oder die falschen. Vielleicht würde ein Fenster gut sein. Könnten Sie nicht die Perspektive in dem Raum etwas mehr betonen?«

»Ich will sehen, was sich machen läßt.« Kapper wand sich aus der Reihe, mit einem Blick auf die Uhr.

»Ich werde mich gleich daranmachen«, sagte er. »Ich werde die Nacht arbeiten, und morgen früh bauen wir's auf.«

»Schön. Lee, Sie können die Szenen noch einmal schießen, nicht wahr?«

»Ich hoffe, Monroe.«

»Ich nehme die Schuld auf mich. Habt ihr die Sache mit dem Boxkampf da?«

»Die kommt jetzt.«

Stahr nickte. Kapper eilte hinaus, und der Raum verdunkelte sich wieder. Auf der Leinwand mimten vier Männer eine fürchterliche Keilerei in einem Keller. Stahr lachte.

»Sehen Sie nur Tracy an«, sagte er. »Sehen Sie nur, wie er sich hinter dem Burschen versteckt. Ich wette, er war schon ein paarmal in so was verwickelt.«

Die Männer kämpften wieder und wieder. Immer derselbe

Kampf. Jedesmal am Ende lächelten sie sich an, klopften manchmal dem Gegner freundlich auf die Schulter. Der einzige in Gefahr war der Untersetzte: ein Boxer, der die anderen drei leicht hätte umlegen können. Er kam nur in Gefahr, wenn die wie wild um sich schlugen und nicht die Schläge führten, die er ihnen beigebracht hatte. Immerhin fürchtete der jüngste der Akteure für sein Gesicht, und der Regisseur hatte sein Kneifen durch raffinierte Schwenks abgedeckt.

Danach stießen zwei Männer endlos in einer Tür zusammen, erkannten einander und gingen weiter. Sie trafen sich, stutzten, gingen weiter.

Dann kam ein lesendes Mädchen unter einem Baum, und ein Junge saß lesend auf einem Ast des Baumes über ihr. Das Mädchen langweilte sich und wollte sich mit dem Jungen unterhalten. Er hörte nicht hin. Der Griebsch des Apfels, den er aß, fiel dem Mädchen auf den Kopf.

Eine Stimme ließ sich im Dunkeln vernehmen:

»Etwas lang geraten, nicht wahr, Monroe?«

»Kein bißchen«, sagte Stahr. »Sehr hübsch. Das hat Stimmung.«

»Ich dachte nur, es sei etwas lang.«

»Manchmal können drei Meter zu lang sein – manchmal ist eine siebzig Meter lange Szene zu kurz. Ich möchte mit dem Cutter sprechen, ehe er an diese Szene geht. Das ist etwas, das von dem Film haften bleibt.«

Das Orakel hatte gesprochen. Da war nichts mehr zu fragen oder einzuwenden. Stahr mußte immer recht haben, nicht meistens, sondern immer – oder der ganze Bau sank zusammen, wie ein Stück Butter dahinschmilzt.

Noch eine Stunde verging. Träume kamen in Bruchstücken vom anderen Ende des Raumes, wurden analysiert, zogen vorüber – zu Träumen für die große Masse bestimmt oder aber verworfen. Das Ende kündigte sich an mit zwei Probeaufnahmen: ein Charakterschauspieler und ein Mädchen. Nach den Durchläufen, die ihren eigenen spannungsvollen

Rhythmus hatten, waren diese Tests eine glatte Sache und schnell abgetan; die Zuschauer lehnten sich bequem zurück; Stahrs Fuß glitt auf den Boden. Meinungsäußerungen waren erwünscht. Einer von der Technik ließ wissen, daß er gern bereit sei, mit dem Mädchen zu schlafen; die übrigen Anwesenden hatten keine Meinung.

»Irgendwer hat schon vor zwei Jahren Probeaufnahmen von dem Mädchen vorgelegt. Sie muß mittlerweile ganz schön herumgereicht worden sein, aber sie ist davon nicht im geringsten besser geworden. Doch der Mann ist gut. Können wir ihn nicht als alten russischen Fürsten in *Steppe* verwenden?«

»Er ist ein ehemaliger russischer Fürst«, sagte der Besetzungschef, »aber davon will er nichts wissen. Er ist'n Roter. Und gerade die Rolle, sagt er, würde er nie spielen.«

»Das ist aber die einzige Rolle, die er wirklich spielen kann«, sagte Stahr.

Das Licht ging an. Stahr rollte seinen Kaugummi ins Papier und stopfte ihn in einen Aschenbecher. Er wandte sich fragend zu seiner Sekretärin um.

»Die Trickaufnahmen in Studio 2«, sagte sie.

Er tat einen kurzen Blick hinein: Filme, die mittels einer genialen Vorrichtung gegen einen Hintergrund anderer Filme aufgenommen wurden. Dann war eine Besprechung in Marcus' Büro über einen *Manon*-Film mit Happy-End, und Stahr vertrat seine Ansicht, die er schon früher vertreten hatte – der Stoff hatte seit anderthalb Jahrhunderten auch ohne Happy-End Geld eingebracht. Er blieb hartnäckig. Dies war seine beredsame Stunde am Nachmittag, und die Opposition verblaßte bei einem anderen Thema: man wollte ein Dutzend Stars für eine Wohltätigkeitsveranstaltung für die Obdachlosen des Erdbebens von Long Beach ausleihen. In einem plötzlichen Anfall von Freigebigkeit brachten fünf der Anwesenden die Summe von fünfundzwanzigtausend Dollar zusammen. Sie spendeten reichlich, aber nicht wie arme Leute. Es geschah nicht aus Barmherzigkeit.

In seinem Büro war eine Nachricht von dem Augenarzt eingetroffen, zu dem er Pete Zavras geschickt hatte. Sie besagte, daß die Augen des Kameramannes 19–20 waren, also nahezu perfekt. Der Augenarzt hatte einen Brief geschrieben, den Pete Zavras fotokopieren ließ. Stahr ging hochgemut in seinem Büro umher, während Miss Doolan ihn bewunderte. Prinz Agge schaute herein, um sich bei ihm für den Nachmittag in den Studios zu bedanken, und während sie noch sprachen, kam ein geheimnisvoller Wink von einem Produktionsleiter, daß irgendwelche Script-Leute namens Tarleton ›dahintergekommen‹ seien und im Begriff zu kündigen.

»Das sind gute Schriftsteller«, erklärte Stahr Prinz Agge, »und gute Schriftsteller sind hier rar.«

»Wieso, Sie können doch jeden beliebigen engagieren!« rief sein Besucher überrascht aus.

»O ja, wir engagieren sie, aber wenn sie dann kommen, sind es keine guten Schriftsteller. Also müssen wir mit denen arbeiten, die wir haben.«

»Zum Beispiel?«

»Mit jedem, der das System akzeptiert und sich einigermaßen nüchtern hält – wir haben Leute aller Art – enttäuschte Dichter, Dramatiker mit einem Eintagserfolg, College-Girls. Wir setzen sie paarweise auf eine Idee an, und wenn sie nachlassen, setzen wir zwei weitere Schriftsteller dahinter. Ich habe schon bis zu sechs paarweise, unabhängig voneinander, an derselben Idee arbeiten lassen.«

»Tun die das gern?«

»Wenn sie es wissen, nicht. Es sind keine Genies – keiner von ihnen könnte auf irgendeine andere Weise soviel Geld verdienen. Aber diese Tarletons sind ein Mann-und-Frau-Team aus dem Osten, leidlich gute Stückeschreiber. Sie haben nun herausgefunden, daß sie nicht allein an der Story sitzen, und das schockiert sie – schockiert ihre Auffassung von Einheit – so werden sie es ausdrücken.«

»Aber worin liegt denn die – die Einheit?«

Stahr zögerte – sein Ausdruck war grimmig, nur seine Augen zwinkerten.

»Die Einheit liegt bei mir«, sagte er. »Kommen Sie uns wieder besuchen.«

Er empfing die Tarletons. Er sagte ihnen, daß er ihre Arbeit schätze, dabei blickte er Mrs. Tarleton an, als erkenne er in dem Schreibmaschinenmanuskript ihre Handschrift. Er sagte ihnen in netter Weise, daß er sie aus dem Film herausnehmen und an einen anderen setzen werde, bei dem es nicht so dränge, mehr Zeit sei. Wie er halb erwartet hatte, baten sie, bei dem ersten Film bleiben zu dürfen, weil sie dabei rascher Anerkennung fänden, wenn sie sie auch mit anderen teilen müßten. Das System sei eine Schmach, gab er zu – roh, kommerziell, bedauerlich. Er selbst hatte es eingeführt, aber diese Tatsache erwähnte er nicht.

Als sie gegangen waren, kam Miss Doolan triumphierend herein.

»Mr. Stahr, die Dame mit dem Gürtel ist am Apparat.«

Stahr ging allein in sein Büro, setzte sich an seinen Schreibtisch und nahm mit einem sehr unbehaglichen Gefühl in der Magengegend den Hörer auf. Er wußte nicht, was er eigentlich wollte. Er hatte sich darüber nicht soviel Gedanken gemacht wie über die Angelegenheit von Pete Zavras. Zunächst hatte er nur wissen wollen, ob sie ›vom Bau‹ wären, ob die Frau eine Schauspielerin war, die sich auf Minna zurechtgemacht hatte, wie er einmal eine junge Schauspielerin erlebt hatte, die auf Claudette Colbert machte und die er aus dem gleichen Blickwinkel fotografieren ließ.

»Halloh«, sagte er.

»Halloh.«

Während er noch ein kurzes, eher überraschtes Wort für den Erdstoß von gestern nacht suchte, schlich sich das Gefühl des Entsetzens bei ihm ein, das er mit einer Willensanstrengung ersticken mußte.

»Nun – Sie haben sich schwer ausfindig machen lassen«, sagte er. »*Smith* – und erst vor kurzem zugezogen. Das war alles. Und ein silberner Gürtel.«

»Oh, ja«, tönte die Stimme, immer noch gehemmt, unverbindlich, »ich trug gestern abend einen silbernen Gürtel.«

Wo sie denn jetzt sei?

»Wer sind Sie denn?« ließ sich die Stimme vernehmen, mit einem Anflug von aufgeregter Kleinbürgerlichkeit.

»Ich heiße Monroe Stahr«, sagte er.

Pause. Es war ein Name, der nie auf der Leinwand erschien, und sie hatte offenbar Mühe, ihn unterzubringen.

»Ach, ja – ja. Sie waren mit Minna Davis verheiratet.«

»Ja.«

War das ein Trick? Während die ganze Vision von gestern abend wieder vor ihm stand – dieselbe Haut mit jener besonderen Ausstrahlung, als wäre sie mit Phosphor in Berührung gekommen – dachte er, ob das nicht ein Trick sei, irgendwie an ihn heranzukommen. Nicht Minna und doch Minna. Die Vorhänge wurden plötzlich ins Zimmer geweht, die Papiere raschelten auf seinem Schreibtisch, und sein Herz verzagte ein wenig vor der intensiven Wirklichkeit des Tages da draußen. Wenn er jetzt einfach zum Fenster hinausgehen könnte, was dann, wenn er sie wiedersähe – der strahlende, verschleierte Ausdruck, der kräftige Mund, wie gemacht für ein einfaches rechtschaffenes menschliches Lachen.

»Ich möchte Sie gerne sehen. Wäre es Ihnen recht, ins Studio zu kommen?«

Wieder das Zögern – dann eine glatte Absage.

»O nein, ich glaube, besser nicht. Tut mir leid.«

Letzteres war rein formell, ein Abwimmeln, eine endgültige Abfuhr. Die normale oberflächliche Eitelkeit kam Stahr zu Hilfe und fügte seinem Drängen die Überredung hinzu.

»Ich möchte Sie wirklich sehen«, sagte er. »Ich habe einen Grund.«

»Ja – ich fürchte nur –«

»Könnte ich zu Ihnen hinkommen?«

Wieder eine Pause, nicht aus Zögern, wie er merkte, sondern um ihre Antwort zu formulieren.

»Da ist noch etwas, das Sie nicht wissen können«, sagte sie schließlich.

»Oh, Sie sind wahrscheinlich verheiratet.« Er wurde ungeduldig. »Es hat nichts damit zu tun. Ich bat Sie herzukommen, in aller Offenheit; bringen Sie Ihren Mann mit, wenn Sie einen haben.«

»Das ist – das ist ganz unmöglich.«

»Wieso?«

»Schon daß ich mit Ihnen rede, ist unrecht, aber Ihre Sekretärin bestand darauf – ich dachte, ich hätte bei der Überschwemmung gestern abend etwas verloren und Sie hätten es gefunden.«

»Ich möchte Sie aber dringend für fünf Minuten sehen.«

»Um mich beim Film unterzubringen?«

»Das war nicht gerade meine Absicht.«

Es folgte eine so lange Pause, daß er schon glaubte, sie verletzt zu haben.

»Wo könnte ich Sie treffen?« fragte sie überraschend.

»Hier? Oder bei Ihnen?«

»Nein, irgendwo außerhalb.«

Plötzlich wollte Stahr überhaupt kein Ort einfallen. Sein Haus – ein Restaurant. Wo traf man sich denn? – in einem verschwiegenen Lokal, einer Cocktailbar?

»Ich werde Sie um neun Uhr irgendwo treffen«, sagte sie.

»Das wird, fürchte ich, nicht gehen.«

»Dann macht's auch nichts.«

»Gut, also um neun Uhr, aber kann es hier in der Nähe sein? Es gibt da einen Drugstore auf dem Wilshire Boulevard –«

Es war Viertel vor sechs. Draußen warteten zwei Männer, die jeden Tag um diese Zeit gekommen waren, nur um auf einen späteren Termin verschoben zu werden. Dies war eine Stunde der Ermattung; die Angelegenheit der Männer war nicht so wichtig, daß man sich darum kümmern mußte, aber auch nicht so unbedeutend, daß man sie ignorieren konnte. So schob er den Termin wieder auf, saß einen Augenblick regungslos an seinem Schreibtisch und dachte über Rußland nach. Nicht so sehr über Rußland als über einen Film über Rußland, der ihn jetzt eine hoffnungslose halbe Stunde kosten würde.

Er wußte, daß es viele Geschichten über Rußland gab, ganz zu schweigen von *der* Geschichte, und er hatte einen ganzen Trupp von Schriftstellern und Rechercheuren für mehr als ein Jahr angestellt, aber alle einschlägigen Geschichten hatten nicht den richtigen Ton. Er fühlte, daß man es in Begriffen der dreizehn Gründerstaaten Amerikas erzählen konnte, aber es kam immer wieder etwas anderes heraus, in neuen Begriffen, die auf unerfreuliche Möglichkeiten und Probleme hinausliefen. Er fand, daß er sehr fair gegen Rußland sei, er wollte nichts weiter als einen verständnisvollen Film machen, aber die Sache wuchs sich immer wieder zu einem Alptraum aus.

»Mr. Stahr – Mr. Drummon ist draußen und Mr. Kirstoff und Mrs. Cornhill wegen des Rußlandfilms.«

»Schön – sollen hereinkommen.«

Danach von sechs Uhr dreißig bis sieben Uhr dreißig sah er sich die Muster vom Nachmittag an. Wäre die Verabredung mit dem Mädchen nicht gewesen, hätte er die frühen Abendstunden im Projektions- oder Kopierraum verbracht, aber es war gestern durch das Erdbeben ein später Abend gewesen, und so entschied er sich, zum Essen zu gehen. Als er durch sein Vorzimmer kam, traf er dort Pete Zavras wartend, den Arm in einer Schlinge.

»Sie sind der Aeschylos und der Euripides des Films«, sagte

84

Zavras schlicht, »auch der Aristophanes und der Menander.«
Er verneigte sich.

»Was sind das für Leute?« fragte Stahr lächelnd.

»Landsleute von mir.«

»Ich wußte gar nicht, daß Sie in Griechenland gefilmt haben.«

»Sie machen sich über mich lustig, Monroe«, sagte Zavras. »Ich wollte damit sagen, daß Sie so fabelhaft sind wie nur wer. Sie haben mich hundertprozentig gerettet.«

»Sind Sie jetzt wieder in Ordnung?«

»Mein Arm besagt gar nichts. Er fühlt sich an, als würde ich da geküßt. Es hat sich gelohnt, was ich getan habe, wenn das dabei herauskommt.«

»Warum haben Sie es ausgerechnet hier getan?« fragte Stahr neugierig.

»Vor dem Delphischen Orakel«, sagte Zavras. »Ödipus, der das Rätsel löste. Den gemeinen Hund, der die Geschichte aufgebracht hat, möchte ich zu fassen kriegen.«

»Sie lassen mich bedauern, daß ich so ungebildet bin«, sagte Stahr.

»Ist keinen Pfifferling wert«, sagte Pete. »Ich habe in Saloniki Examen gemacht, und sehen Sie nur, welches Ende es mit mir genommen hat.«

»Nicht ganz«, sagte Stahr.

»Wenn Sie zu irgendeiner Tages- oder Nachtzeit irgend jemanden umgelegt haben wollen«, sagte Zavras, »ich stehe im Telefonbuch.«

Stahr schloß die Augen und öffnete sie wieder. Zavras' Silhouette vor der Sonne war ein wenig verschwommen. Stahr klammerte sich an den Tisch, der hinter ihm stand, und sagte in seinem gewohnten Ton: »Mach's gut, Pete.«

Der Raum um ihn her war nahezu schwarz, aber er setzte seine Füße in Bewegung, folgte einem Muster im Fußboden in sein Büro und wartete, bis die Tür hinter ihm ins Schloß fiel, ehe er nach seinen Tabletten fühlte. Die Wasserkaraffe und das Glas klapperten gegen den Tisch. Er setzte sich in einen tiefen Sessel und wartete auf die Wirkung des Benzedrins, bevor er zum Essen ging.

Als Stahr von der Kantine zurückkam, winkte ihm eine Hand aus einem offenen Roadster. An den Köpfen, die über den Fond ragten, erkannte er einen jungen Schauspieler und seine Freundin und blickte ihnen nach, wie sie durch das Tor entschwanden und mit der sommerlichen Dämmerung eins wurden. Nach und nach verlor sich bei ihm das Gefühl für diese Dinge, bis es schien, als hätte Minna den Reiz davon mit sich genommen; sein Organ für äußeren Glanz war allmählich verkümmert, und damit würde auch der Luxus ewigen Trauerns dahinschwinden. Eine kindische Gedankenverbindung zwischen Minna und materiellem Glück bewog ihn, als er in sein Büro kam, zum erstenmal in diesem Jahr den Roadster vorfahren zu lassen. Die große Limousine erschien ihm belastet mit Erinnerungen an Konferenzen und tiefe Erschöpfung.

Als er das Studio verließ, war er immer noch angespannt, aber der offene Wagen holte den Sommerabend dicht heran, und er nahm ihn wahr. Da hing ein Mond tief über dem Ende des Boulevards, und man mochte sich gern vorstellen, daß es jeden Abend und jedes Jahr ein anderer Mond sei. Andere Lichter leuchteten seit Minnas Tod in Hollywood; von den offenen Marktständen schickten die Zitronen, Grapefruits und grünen Äpfel einen dunklen Schimmer über die Straße. Vor ihm blinkte das Stoplicht eines Wagens violett auf, und an einer anderen Kreuzung sah er es wieder blinken. Überall durchschnitten Scheinwerfer den Himmel. An einer unbelebten Straßenecke dirigierten zwei mysteriöse Männer den Strahl einer solchen Leuchttrommel in stumpfen Bögen über das Firmament.

In dem Drugstore stand eine Frau an der Süßwarenecke. Sie war groß, fast so groß wie Stahr, und sehr verlegen.

Offenbar war das für sie eine besondere Situation, und wenn Stahr nicht ausgesehen hätte, wie er aussah – sehr gesetzt und wohlerzogen –, wäre sie mit der Sache nicht fertig geworden. Sie sagten Hallo und gingen, ohne ein weiteres Wort, ja kaum einen Blick zu wechseln, hinaus, aber noch ehe sie den Bordstein erreicht hatten, wußte Stahr: dies war lediglich eine hübsche Amerikanerin, nichts weiter, keine Schönheit wie Minna.

»Wo wollen wir hin?« fragte sie. »Ich dachte, Sie hätten einen Chauffeur dabei. Macht nichts – ich kann gut boxen.«

»Boxen?«

»Klingt nicht sehr höflich.« Sie zwang sich zu einem Lächeln. »Aber Leute Ihres Schlages sollen ja wahre Scheusale sein.«

Die schlechte Meinung über ihn amüsierte Stahr – dann fand er es plötzlich nicht mehr komisch.

»Weshalb wollten Sie mich treffen?« fragte sie, während sie einstieg.

Er stand reglos, wollte ihr sagen, sie möge sogleich wieder aussteigen. Aber sie hatte es sich im Wagen bequem gemacht, und schließlich war die peinliche Situation von ihm selbst herbeigeführt worden. So ging er mit zusammengebissenen Zähnen um den Wagen herum und stieg ein. Die Straßenlaterne schien ihr voll ins Gesicht, und es war schwer zu glauben, daß dies das Mädchen von gestern abend war. Er konnte überhaupt keine Ähnlichkeit mit Minna feststellen.

»Ich werde Sie nach Hause fahren. Wo wohnen Sie?«

»Mich nach Hause fahren?« Sie war bestürzt. »Das hat keine Eile – entschuldigen Sie, wenn ich Sie verletzt habe.«

»Nein. Es war nett von Ihnen zu kommen. Ich habe mich albern benommen. Gestern abend kam mir die Idee, Sie seien haargenau das Double für eine Frau, die ich kannte. Es war dunkel, und das Licht blendete mich.«

Sie war beleidigt – er machte ihr einen Vorwurf daraus, nicht auszusehen wie eine gewisse andere.

»Nur das war's also!« sagte sie. »Sehr komisch.«

Sie fuhren eine Minute schweigend.

»Sie waren mit Minna Davis verheiratet, nicht wahr?« sagte sie mit aufblitzender Intuition. »Entschuldigen Sie, wenn ich darauf anspiele.«

Er fuhr, so schnell er konnte, aber möglichst unauffällig.

»Ich bin ein ganz anderer Typ als Minna Davis«, sagte sie, »wenn Sie mich damit meinten. Sie hatten wohl meine Begleiterin gemeint. Die ähnelt Minna Davis mehr als ich.«

Das war jetzt uninteressant. Es ging darum, dies schnell abzumachen und zu vergessen.

»Könnte sie es also gewesen sein?« fragte sie. »Sie wohnt neben mir.«

»Ausgeschlossen«, sagte er. »Den silbernen Gürtel, an den ich mich erinnere, trugen Sie.«

»Das war ich, allerdings.«

Sie waren jetzt nordwestlich vom Sunset Boulevard und fuhren durch einen der Canyons bergauf. Erleuchtete Bungalows tauchten längs der gewundenen Straße auf, und der elektrische Strom, der sie belebte, drang, von den Radios als Ton ausgeschwitzt, wieder in den Abend hinaus.

»Sehen Sie das Licht ganz oben – da wohnt Kathleen. Ich wohne eben hinter der Anhöhe.«

Einen Augenblick später sagte sie: »Halten Sie hier an.«

»Ich glaubte, Sie sagten, hinter der Anhöhe.«

»Ich will aber bei Kathleen anhalten.«

»Ich fürchte, ich –«

»Aber ich will hier aussteigen«, sagte sie ungeduldig.

Stahr stieg hinter ihr aus. Sie ging auf einen kleinen Neubau zu, der von einer einzelnen Weide nahezu überdacht wurde, und wie ein Automat folgte er ihr zu den Stufen. Sie klingelte und wandte sich, um Gute Nacht zu sagen.

»Tut mir leid, daß Sie enttäuscht waren«, sagte sie.

Jetzt tat sie ihm leid – sie alle beide.

»Es war meine Schuld. Gute Nacht.«

Ein Lichtkeil fiel aus der sich öffnenden Tür, und als eine weibliche Stimme fragte »Wer ist da?«, blickte Stahr auf.

Das war sie – Gesicht, Gestalt und Lächeln gegen das Licht von drinnen. Es war Minnas Gesicht – die Haut mit ihrer besonderen Ausstrahlung, als sei sie mit Phosphor in Berührung gekommen, der weich gezeichnete, in Gelddingen so hilflose Mund und vor allem das übermütige Strahlen, das eine ganze Generation bezaubert hatte.

Mit einem Sprung enthüpfte ihm sein Herz wie schon am Abend zuvor, nur daß es diesmal mit tiefer Genugtuung draußen blieb.

»Oh, Edna, du kannst nicht reinkommen«, sagte das Mädchen. »Ich habe geputzt, und das ganze Haus riecht nach Salmiakgeist.«

Edna fing an zu lachen, kräftig und laut. »Ich glaube, Kathleen, dich wollte er sehen«, sagte sie.

Stahrs und Kathleens Augen trafen sich und verstrickten sich. Für eine kurze Spanne liebten sie sich, wie man es sich danach nicht mehr einzugestehen wagt. Ihre Blicke waren ruhiger als eine Umarmung, dringlicher als ein Befehl.

»Er hat mich angerufen«, sagte Edna. »Anscheinend glaubte er –«

Stahr unterbrach sie und trat einen Schritt vor ins Licht.

»Ich fürchte, wir waren grob zu Ihnen, gestern abend im Studio.«

Aber für das, was er wirklich sagte, gab es keine Worte. Sie lauschte intensiv, ohne sich dessen zu schämen. Leben flammte hoch auf, in ihnen beiden – Edna schien distanziert und ins Dunkel verwiesen.

»Sie waren nicht grob«, sagte Kathleen. Ein kühles Lüftchen blies die braunen Locken über ihre Stirn. »Wir hatten da nichts zu suchen.«

»Ich hoffe, Sie beide«, sagte Stahr, »werden kommen, das Studio zu besichtigen.«

»Wer sind Sie denn? Jemand Wichtiges?«

»Er war der Mann von Minna Davis, er ist ein Produzent«, sagte Edna, als sei das ein seltener Witz, »– und damit noch nicht genug. Ich glaube, er ist in dich vernarrt.«

»Sei still, Edna«, sagte Kathleen scharf.

Als sei sie sich plötzlich ihrer Aufdringlichkeit bewußt geworden, sagte Edna: »Ruf mich an, ja?« und ging fort, auf die Straße zu. Aber ihr Geheimnis nahm sie mit sich – sie hatte in dem Dunkel zwischen den beiden einen Funken überspringen sehen.

»Ich erinnere mich an Sie«, sagte Kathleen zu Stahr. »Sie haben uns aus der Flut errettet.«

Was nun? Die andere Frau wurde jetzt nach ihrem Fortgang mehr vermißt. Sie waren allein und auf einer zu schmalen Basis für das, was schon zwischen ihnen vorgegangen war. Sie existierten eigentlich gar nicht. Seine Welt schien ganz fern, und sie hatte, abgesehen von dem Götzenhaupt und der halb offenen Tür, überhaupt keine Welt.

»Sie sind Irin«, sagte er und versuchte so, ihr eine Welt zu schaffen.

Sie nickte.

»Ich dachte nicht, daß Sie darauf kommen würden – ich habe lange in London gelebt.«

Die hellgrünen Augen eines Autobusses näherten sich rasch bergauf in dem Dunkel. Sie schwiegen, bis er vorbei war.

»Ihre Freundin Edna mochte mich nicht«, sagte er. »Ich glaube, es lag an dem Wort Produzent.«

»Sie ist auch erst kürzlich hier zugezogen. Eine dumme Person, aber völlig harmlos. *Ich* würde mich vor Ihnen nicht fürchten!«

Sie suchte sein Gesicht. Sie fand, wie jeder, daß er müde aussah; dann vergaß sie das über einem anderen Eindruck, der von ihm ausging. Er wirkte wie ein Kohlenbecken im Freien an einem kühlen Abend.

»Ich nehme an, die Mädchen sind alle hinter Ihnen her, damit Sie sie zum Film bringen.«

»Das haben sie längst aufgegeben«, sagte er.

Das war eine Untertreibung – sie waren alle da, das wußte er, auf der Schwelle, aber das ging schon so lange, daß ihr lautes Gezeter nicht mehr bedeutete als der Verkehrslärm auf der Straße. Dennoch war seine Stellung mehr als königlich: ein König konnte nur eine zur Königin machen, aber Stahr viele, so nahm man jedenfalls an.

»Ich denke mir, es müßte Sie zum Zyniker machen«, sagte sie. »Mit mir hatten Sie keine solchen Absichten?«

»Nein.«

»Das ist gut. Ich bin keine Schauspielerin. In London kam einmal ein Mann zu mir ins Carlton und forderte mich zu Probeaufnahmen auf, aber ich bedachte mich eine Weile und ging schließlich nicht hin.«

Sie hatten fast regungslos dagestanden, als wenn er sich im nächsten Augenblick verabschieden und sie hineingehen wollte. Plötzlich lachte Stahr.

»Ich komme mir vor wie jemand, der für etwas sammelt und einen Fuß in der Tür hat.«

Auch sie mußte lachen.

»Ich bedaure, daß ich Sie nicht hereinbitten kann. Soll ich meine Jacke holen und etwas herauskommen?«

»Nein.« Er wußte nicht recht, warum er es an der Zeit fand zu gehen. Vielleicht sähe er sie wieder – vielleicht nicht. Es war gleich, so oder so.

»Werden Sie ins Studio kommen?« sagte er. »Ich kann Ihnen nicht versprechen, Sie umherzuführen, aber wenn Sie kommen, müssen Sie unbedingt mein Büro verständigen.«

Ein Stirnrunzeln, so breit wie der Schatten eines Haares, erschien zwischen ihren Augen.

»Das weiß ich noch nicht«, sagte sie, »aber ich bin Ihnen sehr dankbar.«

Er wußte, daß sie aus irgendeinem Grund nicht kommen würde – in einem Augenblick war sie ihm entglitten. Beide spürten, daß die Sache sich erschöpft hatte. Er mußte gehen, obwohl er gar nichts vorhatte, und er blieb mit nichts zurück. Praktisch hatte er nicht mal ihre Telefonnummer – oder gar ihren Namen; aber es schien unmöglich, sie jetzt danach zu fragen.

Sie ging mit ihm zum Wagen; ihre strahlende Schönheit und unerforschte Neuheit drängte sich ihm auf; aber zwischen ihnen war ein Fußbreit Mondlicht, als sie aus dem Schatten traten.

»Ist das alles?« fragte er impulsiv.

Er sah Bedauern auf ihrem Gesicht – aber da war auch ein leichtes Zucken der Lippe, ein Lächeln, das Umwege andeutete, ein kurzes Heben und Fallenlassen eines Vorhangs vor einem verbotenen Weg.

»Ich hoffe, wir werden uns wiedersehen«, sagte sie geradezu förmlich.

»Wenn nicht, täte es mir leid.«

Sie waren einander für einen Augenblick fern. Als er aber den Wagen in der nächsten Auffahrt gewendet hatte und, während sie noch dastand, zurückkam, winkte und weiterfuhr, fühlte er sich beschwingt und glücklich. Er freute sich, daß es noch Schönheit in der Welt gab, die nicht nach den Maßstäben des Besetzungsbüros gemessen wurde.

Doch einmal zu Hause, fühlte er sich merkwürdig einsam, als sein Butler ihm im Samowar den Tee bereitete. Es war der alte Schmerz, der wiederkehrte, der ihn bedrückte und den er genoß. Als er das erste der beiden Manuskripte aufnahm, die sein abendliches Pensum darstellten, die er sich jetzt Zeile für Zeile auf der Leinwand vorstellen würde, zögerte er einen Augenblick im Gedanken an Minna. Er erklärte ihr, daß es nichts auf sich habe, daß keine je sein könne wie sie, daß es ihm leid tue.

Das war im wesentlichen ein Tag von Stahr. Ich weiß nichts von seiner Krankheit, wann sie begann undsoweiter, denn er war verschwiegen, aber ich wußte, daß er mehrmals in jenem Monat zusammengeklappt war, weil Vater es mir

erzählte. Prinz Agge ist mein Gewährsmann für das Früh-
stück in der Kantine, bei dem er ihnen sagte, er werde einen
Film machen, der ein Verlustgeschäft würde – keine Kleinig-
keit im Hinblick auf die Männer, mit denen er zu tun hatte,
und darauf, daß er selbst ein großes Aktienpaket besaß und
laut Vertrag am Gewinn beteiligt war.

Auch Wylie White hat mir viel erzählt, was ich für glaub-
haft hielt, denn seine enge Beziehung zu Stahr war gemischt
aus Eifersucht und Bewunderung. Was mich betrifft, so war
ich damals bis über die Ohren in ihn verliebt, und ihr könnt
danach meine Worte einschätzen, wie ihr wollt.

Eine Woche später erhob ich mich frisch wie der Morgen, um ihn zu treffen. So dachte ich jedenfalls; als Wylie White mich abholte, hatte ich mich in Reithosen geworfen, um den Eindruck zu erwecken, ich sei vor Tau und Tag draußen gewesen.

»Ich bin im Begriff, mich heute morgen unter die Räder von Stahrs Auto zu werfen«, sagte ich.

»Wie wär's mit diesem?« meinte er. »Es ist einer der besten Gebrauchtwagen, die Mort Fleishacker je verkauft hat.«

»Auch mit wehendem Schleier nicht«, antwortete ich wie im Buch. »Sie sind im Osten verheiratet.«

»Das liegt weit zurück«, sagte er. »Sie haben einen großen Trumpf, Celia – Ihre Selbsteinschätzung. Glauben Sie, man würde sich nach Ihnen umdrehen, wenn Sie nicht Pat Bradys Tochter wären?«

Wir nehmen Beleidigungen nicht so schwer wie unsere Mütter. Nichts – keine Bemerkung von einem unserer Generation macht uns viel aus. Die sagen einem, man solle kein Spielverderber sein, oder wir sagen's ihnen, und sie heiraten einen des Geldes wegen. Alles ist einfacher geworden. Oder doch? (wie wir immer sagten).

Aber als ich das Radio einschaltete und der Wagen zu den Klängen von *The Thundering Beat of My Heart* den Laurel Canyon hinaufsauste, konnte ich ihm nicht recht geben. Ich sah gut aus, nur daß mein Gesicht zu voll war, und hatte eine Haut, die man anscheinend gern berührte, und gutgewachsene Beine, und ich kam ohne Büstenhalter aus. Ich bin kein liebes Ding, aber woher nahm Wylie das Recht, mir das vorzuhalten?

»Finden Sie es denn nicht smart von mir, so früh hinzugehen?« fragte ich.

»Jaa. Zum meistbeschäftigten Mann in ganz Kalifornien. Er wird es zu schätzen wissen. Warum haben Sie ihn nicht früh um vier aufgeweckt?«

»Das ist's eben. Nachts ist er müde. Er hat den ganzen Tag Leute ansehen müssen, und manche darunter gar nicht so schlecht. Ich komme am Morgen und setze eine neue Gedankenkette in Bewegung.«

»Ich liebe das nicht. Es ist unverfroren.«

»Womit können Sie denn aufwarten? Zudem benehmen Sie sich schlecht.«

»Ich liebe Sie«, sagte er nicht sehr überzeugt. »Ich liebe Sie mehr als Ihr Geld, und das ist ein ganzer Haufen. Vielleicht würde Ihr Vater mich zum Abteilungschef machen.«

»Ich könnte das jüngst gekürte Mitglied vom Bones-Club heiraten und in Southampton leben.«

Ich drehte am Radio und bekam entweder *Gone* oder *Lost* herein – es gab gute Schlager damals. Die Melodien wurden wieder besser. Während der Wirtschaftskrise, als ich noch klein war, ging's nicht so heiß her, und die besten Nummern stammten aus den zwanziger Jahren, wie Benny Goodman mit *Blue Heaven* oder Paul Whiteman mit *When Day is Done*. Da kam es nur auf die Band an. Aber jetzt liebte ich fast alles, außer wenn Vater sang *Little Girl, You've Had a Busy Day*, womit er eine sentimentale Vater-zu-Tochter-Stimmung schaffen wollte.

Lost und *Gone* paßten nicht, und so drehte ich weiter und bekam *Lovely to Look At,* was genau meinem Geschmack für Dichtung entsprach.

Als wir über die Höhen der Vorgebirge kamen, blickte ich zurück, und die Luft war so klar, daß man zwei Meilen entfernt auf Sunset Mountain die Blätter erkennen konnte. Manchmal kommt einem das ganz unfaßbar vor – einfach Luft, ungehemmte, unkomplizierte Luft.

»Lovely to look at – de-lightful to know-w«, sang ich.

»Wollen Sie Stahr vorsingen?« sagte Wylie. »Wenn ja,

mogeln Sie einen Vers über meine Qualitäten als Abteilungsleiter hinein.«

»Oh, hier geht's nur um Stahr und mich«, sagte ich. »Er
wird mich anschauen und denken, ›ich habe sie noch nie richtig gesehen‹.«

»Die Zeile ist in diesem Jahr nicht gefragt«, sagte Wylie.

»– und dann wird er sagen ›Kleine Cecilia‹, wie in der
Nacht des Erdbebens. Er wird sagen, er hätte gar nicht
bemerkt, daß ich eine Frau geworden bin.«

»Da brauchen Sie gar nichts weiter zu tun.«

»Ich werde einfach dastehen und erblühen. Nachdem er
mich dann geküßt hat, wie man ein Kind küßt –«

»Steht alles in meinem Script«, jammerte Wylie, »und ich
muß es ihm morgen zeigen.«

»– dann setzt er sich, die Hände vor dem Gesicht, und
sagt, so hätte er nie an mich gedacht.«

»Sie meinen, es gibt ein kleines Handgemenge während des
Kusses?«

»Ich erblühe, wie gesagt. Wie oft muß ich Ihnen noch
sagen: ich erblühe.«

»Ich finde das nachgerade ziemlich ordinär«, sagte Wylie.
»Wie wär's, wenn wir damit aufhörten – ich habe heute
morgen noch zu arbeiten.«

»Dann sagt er, ihm sei, als habe sich jetzt sein wahres
Wesen erfüllt.«

»Immer rein in die Branche. Produzentenblut.« Er tat, als
schüttle er sich. »Ich möchte keine Transfusion damit bekommen.«

»Dann sagt er –«

»Das weiß ich alles«, sagte Wylie. »Ich möchte wissen, was
Sie sagen.«

»Jemand kommt herein«, fuhr ich fort.

»Und Sie springen rasch von der Besetzungscouch auf und
streichen Ihre Röcke glatt.«

»Wollen Sie, daß ich aussteige und nach Hause gehe?«

Wir waren in Beverly Hills, das nun mit seinen großen Hawaiischen Pinien sehr schön zu werden begann. Hollywood ist vollkommen nach Zonen gegliedert, so daß man genau weiß, was für Leute welcher Einkommensstufe in jedem Sektor wohnen, von den Abteilungsleitern und Regisseuren über die Techniker in ihren Bungalows bis herab zu den Edelkomparsen. Dies war der direktoriale Sektor, mit einer phantastischen Menge von Konditorstuck. Es war nicht so romantisch wie das kleinste Städtchen in Virginia oder New Hampshire, aber an diesem Morgen sah es hübsch aus.

»They asked me how I knew«, sang das Radio, *»–my true love was true.«*

Mein Herz stand in Flammen und *smoke was in my eyes* undsoweiter, aber ich schätzte meine Aussichten nur mit *fifty-fifty* ein. Ich würde direkt auf ihn zugehen, als wollte ich entweder durch ihn hindurch oder ihn mitten auf den Mund küssen, und würde kaum einen halben Meter vor ihm stehen bleiben und dann, entwaffnend unverbindlich, ›Hallo‹ sagen.

Und das tat ich – obwohl es natürlich ganz anders war, als ich erwartet hatte. Stahr, kein bißchen verlegen, erwiderte mit seinen wundervollen dunklen Augen meinen Blick und wußte – dessen bin ich ganz sicher – jeden einzelnen meiner Gedanken. Ich stand wohl eine Stunde, so kam es mir vor, völlig regungslos, und er zuckte lediglich mit dem Mundwinkel und steckte die Hände in die Taschen.

»Kommen Sie heute abend mit mir auf den Ball?« fragte ich.

»Was für einen Ball?«

»Den Ball der Filmautoren unten im Ambassador.«

»Oh, ja.« Er überlegte. »Ich kann Sie nicht begleiten. Ich komme wohl erst später. Wir haben eine Probevorführung in Glendale.«

Das war alles so anders, als ich es geplant hatte. Als er sich an den Schreibtisch setzte, ging ich hin und legte meinen

Kopf wie eine Art Schreibtischzubehör zwischen die Telefone und sah zu ihm auf; und seine dunklen Augen blickten freundlich zurück, und nichts weiter. Männer erkennen nur selten jene Momente, da ein Mädchen ohne weiteres zu haben wäre. Die einzige Eingebung, die ich bei ihm zuwege brachte, war:

»Warum heiraten Sie nicht, Celia?«

Womöglich würde er mir wieder mit Robby kommen und eine Ehe zu stiften versuchen.

»Was könnte ich tun, um einen interessanten Mann für mich zu interessieren?« fragte ich.

»Ihm sagen, daß Sie in ihn verliebt sind.«

»Soll ich ihm nachlaufen?«

»Ja«, sagte er lächelnd.

»Ich weiß nicht. Wo nichts ist, ist nichts.«

»Ich würde Sie heiraten«, sagte er unvermittelt. »Ich bin verdammt einsam. Aber ich bin zu alt und zu müde, um mir irgend etwas aufzuladen.«

Ich ging um den Schreibtisch und stellte mich neben ihn.

»Laden Sie mich auf.«

Er blickte voller Überraschung auf, verstand zum ersten Mal, daß es mir todernst war.

»Oh, nein«, sagte er. Für einen Moment sah er geradezu unglücklich aus. »Der Film ist meine Geliebte. Ich habe nicht viel Zeit« – er verbesserte sich rasch –, »ich meine, überhaupt keine Zeit.«

»Sie könnten mich also nicht lieben?«

»Das ist es nicht«, sagte er, und weiter – ganz wie in meinem Traum, aber mit einem kleinen Unterschied: »Ich habe so nie an Sie gedacht, Celia. Ich kenne Sie schon so lange. Irgendwer hat mir gesagt, Sie würden Wylie White heiraten.«

»Und bei Ihnen – rührte sich nichts?«

»Doch, schon. Ich wollte mit Ihnen darüber reden. Warten Sie, bis er sich zwei Jahre nüchtern gehalten hat.«

»Das steht überhaupt nicht zur Erwägung, Monroe.«

Wir waren ein ganzes Stück vom Ziel abgekommen, und ganz wie in meinem Wunschtraum: jemand kam herein – nur war ich ziemlich sicher, daß Stahr auf einen verborgenen Knopf gedrückt hatte.

Dieser Augenblick, da ich hinter mir Miss Doolan mit ihrem Stenogrammblock spürte, bedeutet für mich noch immer das Ende der Kindheit, das Ende der Zeit, da man noch Bilder ausschneidet. Was ich vor mir hatte, war nicht Stahr, sondern ein Bild von ihm, das ich wieder und wieder ausgeschnitten hatte: die Augen, die einem krampfhaft verständnisvoll zublinzelten und dann allzubald unter den Brauenbögen mit ihren zehntausend Ideen und Plänen verschwanden; das Gesicht, das zusehends innerlich alterte, nicht von zufälligem Kummer und Ärger durchfurcht, sondern verzerrt von einer Askese wie von einem schweigenden inneren Ringen – oder einer langen Krankheit. Mir gefiel es besser als die ganze rosige Bräune von Coronado und Del Monte. Er war mein Bild, so unverrückbar, als hätte es innen in meinem alten Schulspind gehangen. Das sagte ich auch Wylie White, und wenn ein Mädchen zu dem Mann, den sie am zweitbesten leiden mag, so über den ersten spricht – dann ist es verliebt.

Ich bemerkte das Mädchen, lange bevor Stahr auf den Ball kam. Kein hübsches Mädchen, denn die gibt es in Los Angeles nicht – ein einzelnes Mädchen kann hübsch sein, aber im Dutzend sind sie nichts weiter als eine Girl-Truppe. Sie war auch keine dieser notorischen Schönheiten, die für alle anderen mit atmen, so daß schließlich sogar die Männer hinausgehen müssen, um Luft zu bekommen. Einfach ein Mädchen, mit der Haut eines der kleinen Putten bei Raffael und auf eine Art gekleidet, daß man sich zweimal umschauen mußte, um zu sehen, ob sie etwas Besonderes anhatte.

Ich bemerkte sie und vergaß sie wieder. Sie saß hinter Pfeilern zurückgelehnt an einem Tisch, dessen Zierde eine verwelkte Pseudodiva bildete, die, in der Hoffnung, aufzufallen und noch etwas abzubekommen, regelmäßig aufstand und mit männlichen Vogelscheuchen tanzte. Ich fühlte mich schmachvoll an meine erste Party erinnert, bei der Mutter mich immer wieder mit dem selben Jungen tanzen ließ, damit ich im Scheinwerferlicht bliebe. Die Pseudodiva sprach mit mehreren Leuten an unserem Tisch, aber wir waren eifrig bemüht, uns ganz formlos zu geben, so daß sie bei uns nichts erreichte.

Für uns sah es so aus, als wollten sie alle etwas erreichen.

»Die erwarten, daß man sich um nichts schert«, sagte Wylie, »– wie in der guten alten Zeit. Wenn die merken, daß einem an etwas liegt, schrecken sie gleich zurück. Darum geht's bei all diesem prächtigen Trübsinn. Die einzige Methode, seine Selbstachtung zu bewahren, ist, sich als eine Romangestalt von Hemingway zu fühlen. Doch innerlich hassen sie einen auf kummervolle Weise, und man spürt es.«

Er hatte recht – ich wußte, daß seit 1933 die Reichen nur noch unter sich glücklich sein konnten.

Ich sah Stahr oben an der halb erleuchteten Freitreppe erscheinen und dort stehen bleiben, die Hände in den Taschen, Umschau haltend. Es war schon spät, und die Lichter schienen etwas heruntergebrannt, obwohl die Beleuchtung die gleiche war. Die Schaunummern waren vorüber, bis auf einen Mann, der immer noch ein Plakat trug mit der Ankündigung, um Mitternacht werde Sonja Henie in der Hollywood Bowl auf heißer Suppe schlittschuhlaufen. Wenn er tanzte, wirkte das Schild auf seinem Rücken zusehends weniger komisch. Noch vor ein paar Jahren hätte es jetzt überall Betrunkene gegeben. Die verwelkte Diva schien über die Schulter ihrer Tänzer hinweg nach solchen auszuschauen. Ich folgte ihr mit den Augen, als sie zu ihrem Tisch zurückging – und da stand, zu meiner Überraschung, Stahr im Gespräch mit dem anderen Mädchen. Sie lächelten einander an, als sei dies der Anfang der Welt.

Stahr hatte nichts dergleichen erwartet, als er – wenige Minuten zuvor – oben auf dem Treppenpodest stand. Die ›Voraufführung‹ hatte ihn enttäuscht, und danach hatte er mit Jacques La Borwitz direkt vor dem Theater eine Auseinandersetzung gehabt, die er jetzt bedauerte. Er wollte schon auf die Brady-Clique zugehen, als er Kathleen ganz allein an der Mitte eines langen weißen Tisches sitzen sah.

Sogleich ging mit allem eine Verwandlung vor. Indes er auf sie zu schritt, wichen die Menschen immer mehr zurück und schrumpften, bis sie nur noch Figuren auf Wandgemälden waren; der weiße Tisch wurde immer länger und wurde zu einem Altar, an dem die Priesterin allein saß. Kräfte durchströmten ihn, und er hätte eine ganze Weile ihr gegenüber vor dem Tisch stehen können, sie anblicken und lächeln.

Die Mitinhaber des Tisches krochen in sich zusammen – Stahr und Kathleen tanzten.

Als sie dicht vor ihm stand, verwischten sich die verschiedenen Bilder von ihr; sie wurde für einen Moment unwirklich. Normalerweise macht der Kopf ein Mädchen zur wirklichen Person, aber diesmal nicht. Stahrs Schwindelgefühl hielt an, während sie über die Länge des Parketts tanzten – bis in den äußersten Winkel, wo sie durch einen Spiegel in einen neuen Tanz eintraten, mit neuen Tänzern, deren Gesichter ihnen bekannt vorkamen, aber mehr nicht. Auf dieser neuen Ebene begann er zu sprechen, hastig und drängend.

»Wie heißen Sie?«

»Kathleen Moore.«

»Kathleen Moore«, wiederholte er.

»Ich habe kein Telefon, wenn sie das meinten.«

»Wann kommen Sie ins Studio?«

»Das ist nicht möglich. Im Ernst.«

»Warum nicht? Sind Sie verheiratet?«

»Nein.«

»Nicht verheiratet?«

»Nein, und auch nie gewesen. Aber dann bin ich's vielleicht.«

»Jemand dort am Tisch?«

»Nein.« Sie lachte. »Diese Neugier!«

Aber sie steckte tief mit ihm darin, gleich welche Worte gewechselt wurden. Ihre Augen forderten ihn zu einer romantischen Beziehung von unglaublicher Intensität auf. Als sei sie sich dessen bewußt, sagte sie ängstlich:

»Ich muß jetzt zurück. Ich habe diesen Tanz versprochen.«

»Ich möchte Sie aber nicht verlieren. Könnten wir nicht zusammen lunchen oder abendessen?«

»Unmöglich.« Aber ihr Ausdruck ergänzte die Worte unweigerlich zu einem ›Eben noch möglich. Die Tür ist noch einen Spalt offen, wenn Sie sich hindurchquetschen könnten. Aber schnell – so wenig Zeit.‹

»Ich muß zurück«, wiederholte sie laut. Dann ließ sie die Arme fallen, hörte auf zu tanzen und sah ihn an, eine lachende Verführerin.

»Wenn ich mit Ihnen tanze, komme ich gar nicht zu Atem«, sagte sie.

Sie wandte sich um, raffte ihr langes Kleid und trat zurück durch den Spiegel. Stahr folgte ihr, bis sie in der Nähe ihres Tisches stehenblieb.

»Vielen Dank für den Tanz«, sagte sie, »und nun wirklich, Gute Nacht.«

Dann lief sie fast.

Stahr ging zu dem Tisch, an dem er erwartet wurde, und setzte sich zu der formlosen Clique – von Wall Street, Grand Street, Loudon County in Virginia und Odessa in Rußland. Alle äußerten sich voller Begeisterung über ein Pferd, das besonders schnell gelaufen war, und Mr. Marcus begeisterte sich am meisten. Stahr hatte das Gefühl, daß die Juden den Pferdekult zu ihrem Symbol erhoben hatten – jahrelang waren die Kosaken beritten gewesen und die Juden zu Fuß. Jetzt besaßen die Juden Pferde, und das gab ihnen ein

Gefühl außerordentlicher Wohlhabenheit und Macht. Stahr saß da und tat so, als hörte er zu, nickte sogar, wenn man ihm etwas erzählte, beobachtete aber die ganze Zeit den Tisch hinter den Pfeilern. Wenn alles nicht so gekommen wäre, ja wenn er nicht den silbernen Gürtel mit dem falschen Mädchen in Verbindung gebracht hätte, wäre ihm wohl das Ganze als abgekartetes Spiel erschienen. Aber diese ausweichende Haltung war über jeden Verdacht erhaben. Denn gerade jetzt sah er, daß sie wieder im Begriff war auszuweichen – die Pantomime an dem Tisch deutete auf Verabschiedung. Sie erhob sich, sie war fort.

»Da geht sie«, sagte Wylie hinterhältig, »Aschenputtel. Den Pantoffel nimmt die Regal Shoe Company, 812 South Broadway, entgegen.«

Stahr holte sie in dem langen oberen Vorraum ein, wo Frauen in mittlerem Alter hinter einer Absperrung saßen und den Eingang zum Ballsaal beobachteten.

»Bin ich daran schuld?« fragte er.

»Ich wollte ohnehin gehen.« Aber sie fügte fast grollend hinzu: »Die redeten, als hätte ich mit dem Prince of Wales getanzt. Alle starrten mich an. Einer der Männer wollte mich porträtieren und ein anderer wollte sich morgen mit mir treffen.«

»Genau das möchte ich«, sagte Stahr höflich, »aber ich möchte es sehr viel mehr als er.«

»Sie sind so hartnäckig«, sagte sie erschöpft. »Ein Grund, weshalb ich von England wegging, war, daß die Männer immer ihren Willen durchsetzen wollten. Ich dachte, das sei hier anders. Genügt es nicht, daß ich Sie nicht treffen will?«

»An sich ja«, gab Stahr zu. »Bitte glauben Sie mir, ich bin schon ziemlich aus dem Gleichgewicht. Ich komme mir vor wie ein Idiot. Aber ich muß Sie wiedersehen und mit Ihnen sprechen.«

Sie zögerte.

»Kein Grund, sich wie ein Idiot vorzukommen«, sagte sie.

»Dafür sind Sie als Mann zu gut. Aber Sie sollten es so ansehen, wie es ist.«

»Wie ist es denn?«

»Sie sind in mich vernarrt – völlig. Sie haben mich in Ihre Träume einbezogen.«

»Ich hatte Sie vergessen«, erklärte er, »– bis zu dem Moment, da ich durch diese Tür trat.«

»Mit Ihrem Kopf vielleicht vergessen. Aber ich wußte gleich beim ersten Mal, daß Sie zu dem Typ gehören, der mich mag –«

Sie hielt inne. In ihrer Nähe verabschiedeten sich ein Mann und eine Frau: »Bestellen Sie ihr Grüße – sagen Sie ihr, ich liebe sie herzlich«, sagte die Frau, »– Sie beide – alle – auch die Kinder.« So konnte Stahr nicht reden, wie alle Welt redete. Während sie zum Fahrstuhl gingen, fiel ihm weiter nichts ein als:

»Vermutlich haben Sie vollkommen recht.«

»Oh, Sie geben es zu?«

»Nein, das nicht«, schränkte er ein. »Ich meine nur Ihre ganze Art, wie Sie sind. Was Sie sagen – wie Sie gehen – wie Sie eben jetzt aussehen –« Er sah, daß sie ein wenig hinschmolz, und seine Hoffnungen belebten sich. »Morgen ist Sonntag, und gewöhnlich arbeite ich sonntags, aber wenn Sie auf irgend etwas in Hollywood begierig sind, irgend jemand, den Sie kennenlernen oder sehen wollen, lassen Sie mich das arrangieren.«

Sie standen beim Aufzug. Er öffnete sich, aber sie ließ ihn abfahren.

»Sie sind sehr bescheiden«, sagte sie. »Sie reden immer von Studio besichtigen und mich herumführen. Sind Sie denn nie einmal allein?«

»Morgen werde ich sehr allein sein.«

»Oh, der Ärmste – ich könnte um ihn weinen. Er kann alle Stars haben, die um ihn herumhüpfen, und er wählt mich.«

Er lächelte. Diese Blöße hatte er sich selbst gegeben.

Wieder kam der Fahrstuhl. Sie gab ein Zeichen zu warten.

»Ich bin ein schwaches Weib«, sagte sie. »Wenn ich Sie morgen treffe, werden Sie mich in Ruhe lassen? Nein, das werden Sie nicht. Sie werden es nur schlimmer machen. Es würde nichts Gutes dabei herauskommen, nur Leid, und so sage ich nein und danke Ihnen.«

Sie trat in den Aufzug. Stahr stieg ebenfalls ein, und sie lächelten, während sie zwei Stock tiefer zum Vestibül hinabfuhren, das durch kleine Läden gegliedert war. Unten am Ende stand, von der Polizei zurückgehalten, die Menge, Köpfe und Schultern vorgebeugt, um den Gang entlangsehen zu können. Kathleen fröstelte.

»Alle blickten so seltsam, als ich hereinkam«, sagte sie, »als seien sie wütend auf mich, weil ich nicht irgendeine Berühmtheit bin.«

»Ich weiß einen anderen Ausgang«, sagte Stahr.

Sie gingen durch einen Drugstore, einen Gang hinunter und kamen bei dem Parkplatz heraus in die kühle kalifornische Nacht. Er hatte jetzt Abstand von dem Ball gewonnen, und sie auch.

»Viele vom Film haben einmal hier gewohnt«, sagte er. »John Barrymore und Pola Negri, in jenen Bungalows. Und Connie Talmadge wohnte dort drüben in dem hohen schmalen Apartment-Haus.«

»Wohnt jetzt niemand mehr hier?«

»Die Studios sind hinaus aufs Land gezogen«, sagte er, »– was einmal Land hieß. Aber ich habe hier eine angenehme Zeit verlebt.«

Er erwähnte nicht, daß vor zehn Jahren Minna und ihre Mutter in einer Etage gegenüber gewohnt hatten.

»Wie alt sind Sie?« sagte sie plötzlich.

»Ich hab's vergessen – bald fünfunddreißig, glaube ich.«

»Am Tisch hieß es, Sie seien der Wunderknabe.«

»Das werde ich vielleicht mit sechzig sein«, sagte er grimmig. »Wir treffen uns morgen, nicht wahr?«

»Wir treffen uns«, sagte sie. »Wo?«

Plötzlich gab es keinen Ort, sich zu treffen. Sie wollte nicht auf eine Party bei irgendwem, noch aufs Land, auch nicht schwimmen, obwohl sie dabei zögerte, und nicht in ein bekanntes Restaurant. Sie schien schwer zufriedenzustellen, aber er wußte, daß es einen Grund gab. Er würde ihn mit der Zeit herausfinden. Ihm fiel ein, sie könnte die Schwester oder Tochter von irgendeinem sehr bekannten Mann sein, der sich verpflichtet hatte, im Hintergrund zu bleiben. Er schlug vor, sie abzuholen, und dann könnten sie entscheiden.

»Das würde schlecht gehen«, sagte sie. »Wie wäre es hier? Am selben Ort?«

Er nickte und wies dabei hinauf auf den Bogen, unter dem sie standen.

Er setzte sie in ihren Wagen, für den ein gutmütiger Händler vielleicht achtzig Dollar gegeben hätte, und wartete, bis er davonbrummte. Unten beim Portal erhob sich Jubel, als ein Filmliebling erschien, und Stahr fragte sich, ob er sich noch mal zeigen und Gute Nacht sagen solle.

Hier nimmt Cecilia selbst die Erzählung wieder auf. Stahr kam endlich zurück – es war gegen halb vier – und forderte mich zum Tanzen auf.

»Wie geht's Ihnen?« fragte er mich, ganz als hätte er mich nicht erst diesen Morgen gesehen. »Ich war in ein langes Gespräch mit einem Mann verwickelt.«

Obendrein geheim – so viel lag ihm also daran.

»Ich nahm ihn auf eine Fahrt mit«, fuhr er unschuldig fort. »Ich hätte nicht gedacht, wie sehr sich dieser Teil von Hollywood verändert hat.«

»Hat er sich verändert?«

»Oh, ja«, sagte er, »– völlig verändert. Nicht wiederzuerkennen. Ich könnte es Ihnen nicht genau sagen, aber alles hat sich verändert – einfach alles. Es ist wie eine neue Stadt.«

Und dann noch einmal: »Ich hatte keine Ahnung, wie sehr es sich verändert hat.«

»Wer war der Mann?« warf ich hin.

»Ein alter Freund«, sagte er unbestimmt, »– jemand, den ich vor langer Zeit kannte.«

Ich hatte Wylie veranlaßt, in aller Stille nachzuforschen, wer sie sei. Er war hinübergegangen, und die Ex-Diva hatte ihn überschwenglich zum Sitzen genötigt. Nein, sie wußte nicht, wer das Mädchen war – Freundin von einem Freund von irgendwem – sogar der Mann, der sie mitgebracht hatte, wußte es nicht.

So tanzten denn Stahr und ich nach der wundervollen Musik Glenn Millers, der *I'm on a See-Saw* spielte. Es ließ sich jetzt gut tanzen, man hatte viel Platz. Aber man fühlte sich einsam – einsamer als bevor das Mädchen gegangen war. Für mich, wie auch für Stahr, hatte sie den Abend mit sich fortgenommen, den bohrenden Schmerz, den ich verspürt hatte, und den großen Ballsaal leer und ohne erregende Momente zurückgelassen. Er bedeutete jetzt nichts mehr, und ich tanzte mit einem geistesabwesenden Mann, der mir erzählte, wie sehr Los Angeles sich gewandelt habe.

Sie trafen sich am folgenden Nachmittag wie Fremdlinge in einem fremdartigen Land. Der gestrige Abend war vergangen, das Mädchen, mit dem er getanzt hatte, war nicht mehr. Ein in Rosa und Blau changierender Hut mit einem verspielten Schleierchen kam auf ihn zu, zögerte, suchte sein Gesicht. Stahr sah auch befremdlich aus in einem braunen Anzug und mit einer schwarzen Krawatte, die ihn noch fühlbarer heraushob als ein formeller Smoking oder als an dem Abend, da sie einander zuerst begegnet waren und er lediglich ein Gesicht und eine Stimme in der Dunkelheit gewesen war.

Er gewann als erster die Gewißheit, es sei dieselbe Person wie zuvor; die obere Hälfte des Gesichts gehörte zu Minna, strahlend mit samtigen Schläfen und einem opalisierenden

Braun – der kühle Ton des gelockten Haars. Er hätte den Arm um sie legen und sie mit einer nahezu familiären Vertrautheit an sich ziehen können – schon kannte er ihre Nackenlinie, den Sitz ihres Rückgrats, ihre Augenwinkel und wußte, wie sie atmete, kannte buchstäblich den Stoff der Kleider, die sie trüge.

»Haben Sie hier die ganze Nacht gewartet?« sagte sie mit einer Stimme, die einem Flüstern gleichkam.

»Ich bin nicht weggegangen – habe mich nicht gerührt.«

Wieder blieb ein Problem, das nämliche – es gab kein bestimmtes Lokal, in das sie gehen konnten.

»Ich würde gern Tee trinken«, meinte sie, »– wenn es irgendwo ist, wo man Sie nicht kennt.«

»Das klingt, als hätte einer von uns einen schlechten Ruf.«

»Stimmt das nicht?« Sie lachte.

»Wir werden an die Küste fahren«, schlug Stahr vor. »Da gibt's eine Stelle, an der ich einmal war und wo mir ein abgerichteter Seehund nachlief.«

»Glauben Sie, der Seehund könnte Tee kochen?«

»Nun – er ist dressiert. Und ich glaube nicht, daß er redet – so weit ging die Dressur vermutlich nicht. Teufel, was haben Sie denn zu verbergen?«

Nach einem Augenblick sagte sie leichthin: »Kann sein, die Zukunft«, in einem Ton, der alles und gar nichts bedeuten konnte.

Als sie abfuhren, zeigte sie auf ihren Klapperkasten auf dem Parkplatz.

»Glauben Sie, er ist da sicher?«

»Ich bezweifle es. Ich habe ein paar schwarzbärtige Ausländer herumschnüffeln sehen.«

Kathleen sah ihn beunruhigt an.

»Wirklich?« Sie sah, daß er lächelte. »Ich glaube alles, was Sie sagen«, meinte sie. »Sie haben so etwas Zartes in Ihrem Wesen, daß ich nicht begreife, warum Sie allgemein so gefürchtet sind.« Sie prüfte ihn wohlwollend – ein wenig besorgt wegen seiner Blässe, die durch den hellen Nachmittag noch unterstrichen wurde. »Arbeiten Sie sehr viel? Arbeiten Sie wirklich sonntags?«

Er ging auf ihr Interesse ein – unpersönlich, aber nicht oberflächlich.

»Nicht immer. Einst hatten wir – hatten wir ein Haus mit Swimming-pool und allem – und am Sonntag kamen Leute zu uns. Ich spielte Tennis und schwamm. Jetzt schwimme ich überhaupt nicht mehr.«

»Weshalb nicht? Das täte Ihnen gut. Ich dachte, alle Amerikaner seien Schwimmer.«

»Meine Beine magerten sehr ab – vor einigen Jahren, und das machte mich verlegen. Es gab noch anderes, was ich tat – eine ganze Menge: ich habe als kleiner Junge Handball gespielt, und manchmal hier draußen – ich hatte einen Tennisplatz, der bei einem Gewitter weggeschwemmt wurde.«

»Sie sind gut gebaut«, sagte sie förmlich komplimentierend, meinte aber nur, daß er schlank und graziös sei.

Er wies das mit einem Kopfschütteln ab.

»Ich arbeite am liebsten«, sagte er. »Meine Arbeit ist mir völlig gemäß.«

»Wollten Sie schon immer im Film arbeiten?«

»Nein. Als ich jung war, wollte ich Bürochef werden – so einer, der weiß, wo alles ist.«

Sie lächelte.

»Das ist sonderbar. Und jetzt sind Sie viel mehr.«

»Nein, ich bin immer noch ein Bürochef«, sagte Stahr. »Das ist meine Begabung, wenn ich überhaupt eine habe. Erst als ich es so weit gebracht hatte, merkte ich, daß keiner wußte, wo alles war. Und ich merkte auch, daß man wissen mußte, warum es da war, wo es war, und ob man es da lassen sollte. Sie begannen mir alles aufzuhalsen, und das Büro war recht weitläufig. Sehr bald hatte ich sämtliche Schlüssel. Und sie hätten nicht mehr gewußt, in welche Schlösser sie paßten, wenn ich sie ihnen zurückgegeben hätte.«

Sie hielten bei einer roten Ampel, und ein Zeitungsjunge schrie ihm zu: »Mickey Maus ermordet! Randolph Hearst erklärt China den Krieg!«

»Die Zeitung werden wir kaufen müssen«, sagte sie.

Im Weiterfahren richtete sie ihren Hut und machte sich hübsch. Als sie seine Blicke bemerkte, lächelte sie.

Sie war aufgeweckt und gelassen – Eigenschaften, die hoch im Kurs standen. Lethargie gab es mehr als genug. Kalifornien füllte sich allmählich mit müden Desperados. Und dann gab es wieder tüchtige junge Männer und Frauen, die im Geiste noch drüben im Osten lebten, während sie hier auf verlorenem Posten gegen das Klima ankämpften. Aber es war ein offenes Geheimnis, daß man hier kaum lange auf Hochtouren laufen konnte – ein Geheimnis, das Stahr sich wohl nicht eingestand. Aber er wußte, daß Leute aus anderen Gegenden für eine Zeitlang einen reinen Schuß frischer Energie hereinbrachten.

Sie betrugen sich jetzt wie gute Freunde. Sie hatte keine Bewegung oder Geste gemacht, die sich mit ihrer Schönheit nicht vertrug oder deren Kontur auf die eine oder andere Weise zerstört hätte. Es war alles in sich richtig. Er prüfte sie, wie er eine Einstellung in einem Film geprüft hätte. Sie war nicht irgendeine, nicht verschwommen, sondern klar – in seinem besonderen Sinne des Wortes, der innere Ruhe, Taktgefühl und Ausgewogenheit umfaßte, sie war einfach ›nett‹.

Sie kamen nach Santa Monica, wo die protzigen Häuser von einem Dutzend Filmstars mitten in einem kribbelnden Coney Island eingepfercht waren. Sie wandten sich bergab, dem weiten blauen Himmel und dem Meer zu und fuhren dann am Meer entlang, bis der gelbe Strand, gleichsam unter den Füßen der Badenden, mal breiter und mal schmaler wurde.

»Ich bin dabei, hier draußen ein Haus zu bauen«, sagte Stahr, »– noch ein gutes Stück weiter. Ich weiß nicht, wozu ich es baue.«

»Vielleicht für mich«, sagte sie.

»Kann sein.«

»Ich denke es mir wunderbar, wenn Sie für mich ein großes Haus bauten und dabei nicht einmal wüßten, wie ich aussähe.«

»Es ist nicht allzu groß. Und es hat überhaupt kein Dach.
Ich wußte ja nicht, was für eine Art von Dach Sie haben
wollten.«

»Wir wollen kein Dach. Man hat mir gesagt, es regnet hier
nie. Es –«

Sie verstummte so plötzlich, daß er wußte, sie fühlte sich
an etwas erinnert.

»Nur irgend etwas, das vergangen ist«, sagte sie.

»Was war es?« fragte er, »– ein anderes Haus ohne Dach?«

»Ja. Ein anderes Haus ohne Dach.«

»Waren Sie da glücklich?«

»Ich lebte mit einem Mann zusammen«, sagte sie, »eine
lange, lange Zeit – zu lange. Einer jener gräßlichen Fehler,
die man so begeht. Ich lebte noch lange mit ihm, nachdem ich
schon weg wollte, aber er konnte mich nicht gehen lassen. Er
bemühte sich, aber er konnte es nicht. So lief ich schließlich
davon.«

Er hörte zu, wog ab, doch ohne zu urteilen. Nichts rührte
sich unter dem rosa-und-blauen Hut. Sie war fünfundzwanzig oder so. Ein vertanes Leben, hätte sie nicht geliebt und
wäre geliebt worden.

»Wir standen einander zu nahe«, sagte sie. »Vielleicht hätten wir Kinder haben sollen – damit etwas zwischen uns war.
Aber man kann keine Kinder haben, wenn kein Dach auf
dem Haus ist.«

Nun gut, er wußte etwas von ihr. Es würde nicht mehr
sein wie gestern abend, als er immerfort eine Stimme, wie in
einer Filmbesprechung, zu hören glaubte: ›Wir wissen nichts
über das Mädchen. Wir brauchen nicht viel zu wissen – aber
irgendwas müssen wir wissen.‹ Ein vager Hintergrund zeich-

nete sich ab, etwas Realeres als das Shiva-Haupt im Mond-schein.

Sie kamen an das Restaurant, mit einer abschreckenden Menge sonntäglicher Autos. Als sie ausstiegen, knurrte der dressierte Seehund Stahr wiedererkennend an. Der Mann, dem er gehörte, sagte, der Seehund führe niemals im Fond seines Wagens mit, sondern klettere immer herüber auf den Vordersitz. Offensichtlich war der Mann dem Seehund ganz verfallen, obwohl er es sich noch nicht eingestanden hatte.

»Ich würde gern das Haus sehen, das Sie bauen«, sagte Kathleen. »Ich möchte keinen Tee – Tee ist das Vergangene.«

Kathleen trank statt dessen eine Coca, und sie fuhren zehn Meilen weiter gegen eine so grelle Sonne, daß er zwei Son-nenbrillen aus einem Fach nahm. Nach weiteren fünf Meilen fuhren sie einen kleinen Abhang hinunter und kamen an den Rumpf von Stahrs Haus.

Ein Gegenwind blies aus der Richtung der Sonne und sprühte Schaum die Felsen empor und über den Wagen. Betonmischer, rohes Gelbholz und Bauschutt warteten – eine offene Wunde in dem Seepanorama – auf das Ende der Sonntagsruhe. Sie umschritten die Front, wo große Blöcke sich zu der künftigen Terrasse schichteten.

Sie blickte zurück auf die unbedeutenden Hügel und erschrak ein wenig vor der sinnlosen Pracht, und Stahr sah –

»Zwecklos, nach etwas zu suchen, was nicht da ist«, sagte er gutgelaunt. »Denken Sie es sich so, als stünden Sie auf einem jener Globen mit Landkarte darauf – als Junge wollte ich immer so einen haben.«

»Ich verstehe«, sagte sie nach einer Minute. »Wenn man darauf steht, spürt man, daß sich die Erde dreht, nicht wahr?«

Er nickte.

»Ja. Sonst ist alles eben nur *mañana* – ein Warten auf den Morgen oder den Mond.«

Sie gingen unter dem Baugerüst hinein. Ein Raum, der das

Hauptwohnzimmer werden sollte, war schon bis zu den eingebauten Bücherborden, den Gardinenstangen und der Versenkung im Boden für den Filmprojektor gediehen. Und zu Kathleens Überraschung öffnete sich der Raum auf eine Veranda mit aufgestellten kissenbelegten Stühlen und einem Ping-Pong-Tisch. Ein zweiter Ping-Pong-Tisch stand etwas weiter auf dem neu angelegten Rasen.

»Vorige Woche habe ich einen verfrühten Empfang gege·· ben«, gestand er, »ich hatte ein paar Versatzstücke herausbringen lassen – etwas Gras und so weiter. Ich wollte sehen, wie man sich hier fühlt.«

Sie lachte plötzlich.

»Ist das denn kein echtes Gras?«

»Oh, ja – es ist Gras.«

Jenseits des präfabrizierten Rasenstreifens war die Ausschachtung für einen Swimming-pool, zur Zeit frequentiert von einem Schwarm Möwen, die bei ihrem Anblick die Flucht ergriffen.

»Wollen Sie hier ganz allein wohnen?« fragte sie ihn, »– nicht mal Tanzmädchen?«

»Vielleicht. Ich machte allerlei Pläne, aber jetzt nicht mehr. Ich dachte, es würde ein hübscher Ort, um Drehbücher zu lesen. Das Arbeitszimmer ist das wahre Heim.«

»Das sagt man von den amerikanischen Geschäftsleuten, wie ich hörte.«

Er spürte eine leichte Kritik in ihrer Stimme.

»Man tut das, wozu man geboren ist«, sagte er freundlich. »Etwa einmal im Monat versucht irgendwer, mich zu bekehren, sagt mir, was für ein ödes Alter mich erwartet, wenn ich nicht mehr arbeiten kann. Aber so einfach ist das nicht.«

Der Wind wurde stärker. Es war Zeit zu gehen, und er hatte die Autoschlüssel aus der Tasche geholt und klingelte geistesabwesend damit in der Hand. Da ertönte das silbrige »He!« eines Telefons; es kam irgendwoher aus dem Sonnenschein herüber.

Es kam nicht aus dem Haus, und sie rannten hierhin und dahin im Garten wie Kinder, die Verstecken mit Warm und Kalt spielen – und gelangten schließlich an einen Geräteschuppen beim Tennisplatz. Das Telefon, ärgerlich vom Warten, bellte ihnen argwöhnisch von der Wand entgegen.

»Soll ich das verdammte Ding klingeln lassen?«

»Ich könnte es nicht. Oder ich müßte wissen, wer es ist.«

»Entweder ist's für jemand anders, oder sie rufen aufs Geratewohl an.«

Er nahm den Hörer ab.

»Halloh ... Ferngespräch? Von wo? Ja, hier ist Stahr.«

Seine Haltung änderte sich merklich. Sie sah, was nur wenige in zehn Jahren gesehen hatten: Stahr beeindruckt. Das war kein Mißklang in seinem Wesen, denn er behauptete oft, beeindruckt zu sein, aber es ließ ihn sogleich ein wenig jünger erscheinen.

»Es ist der Präsident«, sagte er zu ihr, fast förmlich.

»Von Ihrer Filmgesellschaft?«

»Nein, von den Vereinigten Staaten.«

Er bemühte sich, ihretwegen natürlich zu bleiben, aber seine Stimme klang übermäßig beflissen.

»Ja, ich werde warten«, sagte er ins Telefon, und dann zu Kathleen: »Ich habe schon früher mit ihm gesprochen.«

Sie beobachtete ihn. Er lächelte und zwinkerte ihr zu als Beweis, daß er sie nicht vergessen habe, während der Anruf seine ganze Aufmerksamkeit erforderte.

»Halloh«, sagte er jetzt. Er lauschte. Dann sagte er wieder »Halloh«. Er runzelte die Stirn.

»Können Sie ein wenig lauter sprechen«, sagte er höflich, und dann: »Wer? ... Was soll das?«

Sie sah, wie sein Gesicht ärgerlich wurde.

»Ich will nicht mit ihm reden«, sagte er. »Nein!«

Er wandte sich zu Kathleen:

»Ob Sie's glauben oder nicht, es ist 'n Orang-Utan.«

Er wartete, während ihm lang und breit etwas erklärt wurde; dann wiederholte er:

»Ich will nicht mit ihm sprechen, Lew. Ich habe nichts zu sagen, was einen Orang-Utan interessieren könnte.«

Er winkte Kathleen, und als sie dicht an das Telefon trat, hielt er den Hörer so, daß sie ein komisches Atmen und ein mürrisches Knurren hörte. Dann eine Stimme:

»Das ist kein Scherz, Monroe. Er kann sprechen, und er ist ein Außenseiter für McKinley. Mr. Horace Wickersham ist hier bei mir mit einem Film von McKinley in der Hand –«

Stahr hörte geduldig zu.

»Wir haben einen Schimpansen«, sagte er nach einem Augenblick. »Der hat voriges Jahr John Gilbert ein Stück Fleisch aus der Seite gebissen . . . Na schön, laß ihn noch mal ran.«

Er sprach umständlich wie zu einem Kind.

»Hello, Orang-Utan.«

Sein Gesicht hellte sich auf, und er wandte sich Kathleen zu.

»Er hat ›Hello‹ gesagt.«

»Fragen Sie ihn, wie er heißt«, schlug Kathleen vor.

»Hello, Orang-Utan – Gott, wenn man so wäre! – weißt du deinen Namen? . . . Er scheint ihn nicht zu wissen. . . . Hör zu, Lew. Wir drehen nichts wie *King Kong* oder so, und im *Haarigen Affen* kommt kein Affe vor. . . . Natürlich, ich weiß. Tut mir leid, Lew, good-bye.«

Er war böse auf Lew, weil er gedacht hatte, es sei der Präsident, und seine Haltung verändert und sich benommen hatte, als wäre er es. Er kam sich ein bißchen lächerlich vor, aber Kathleen tat er leid, und sie mochte ihn nur lieber, weil es nur ein Orang-Utan gewesen war.

Sie fuhren längs der Küste zurück, mit der Sonne im Rücken. Das Haus erschien ihnen beim Verlassen freundlicher, gleichsam erwärmt von ihrem Besuch – die gefühllose Pracht des Anwesens ließ sich leichter ertragen, wenn man nicht dort wohnen mußte wie auf der schimmernden Oberfläche eines Mondes. Als sie von einer Einbuchtung der Küste zurückblickten, sahen sie, wie der Himmel hinter dem unschlüssigen Bauwerk sich rosa färbte, und die Landzunge schien ein freundliches Eiland zu sein, von dem man sich schöne Stunden an einem künftigen Tag versprechen konnte.

Hinter Malibu mit seinen grellbunten Hütten und Fischerkähnen kamen sie wieder in den Bereich der Menschheit – Autos haufenweise längs der Straße aufgereiht, die Strände wie Ameisenhaufen ohne ersichtlichen Plan, und nur die dunklen Köpfe der Badenden, die die See sprenkelten, bildeten ein Muster.

Städtische Gebrauchsgegenstände traten zunehmend ins Blickfeld: Decken, Matten, Sonnenschirme, Spirituskocher, Handtaschen mit Kleidung vollgestopft – die Gefangenen hatten ihre Ketten neben sich auf diesen Sand gelegt. Das Meer gehörte Stahr, wenn er so wollte oder gewußt hätte, was er damit anfangen sollte – nur geduldet netzten diese anderen ihre Füße und Finger in dem wildbewegten kühlen Wasserreservoir einer männlichen Welt.

Stahr bog von der Küstenstraße ab und fuhr in einem Canyon aufwärts und weiter auf einer Bergstraße, und die Menschen blieben zurück. Die Anhöhe wurde allmählich zum Außenbezirk der Stadt. Er hielt zum Tanken an und trat neben den Wagen.

»Wir könnten eigentlich zu Abend essen«, sagte er fast ängstlich.

»Sie haben noch zu arbeiten.«

»Nein – ich habe mir nichts vorgenommen. Könnten wir nicht zu Abend essen?«

Er wußte, daß auch sie nichts vorhatte – keine Abendverabredung, oder etwas Besonderes, wo sie hin wollte.

Sie kam ihm entgegen.

»Möchten Sie etwas in dem Drugstore dort drüben essen?«

Er warf einen prüfenden Blick hinüber.

»Wollen Sie das wirklich?«

»Ich esse gern in amerikanischen Drugstores. Da kommt einem alles so komisch und fremdartig vor.«

Sie saßen auf hohen Hockern und aßen Tomatensuppe und warme Sandwiches. Es war intimer als alles, was sie unternommen hatten, und beide spürten eine gefährliche Art von Einsamkeit, und spürten sie jeder im anderen. Sie überließen sich den verschiedenen Gerüchen des Drugstores, bitteren, süßen und säuerlichen, und dem Mysterium der Kellnerin, deren Haar nur außen gefärbt und darunter schwarz war, und danach dem Stilleben ihrer abgegessenen Teller – eine Kartoffelscheibe, ein zerschnittenes Gürkchen, ein Olivenkern.

Es dämmerte auf der Straße, nichts blickte ihn freundlich an, als sie wieder in den Wagen stiegen.

»Ich danke Ihnen vielmals. Es war ein reizender Nachmittag.«

Es war nicht mehr weit bis zu ihrem Haus. Sie spürten die beginnende Steigung, und das lautere Summen des Motors im zweiten Gang war der Anfang vom Ende. Die ansteigenden Bungalows waren erleuchtet, und er schaltete das Licht ein. Stahr spürte einen Druck in der Magengrube.

»Wir wollen wieder mal ausgehen.«

»Nein«, sagte sie rasch, als hätte sie das erwartet. »Ich werde Ihnen einen Brief schreiben. Entschuldigen Sie, daß ich so geheimnisvoll tat – mein Dank war wirklich echt, weil ich Sie so sehr gern habe. Sie sollten versuchen, nicht so viel zu arbeiten. Sie müßten wieder heiraten.«

»Das sollten Sie nun gerade nicht sagen«, begehrte er heftig auf. »Das war unser Tag heute. Es hat Ihnen vielleicht nichts bedeutet – mir sehr viel. Ich möchte Zeit haben, mit Ihnen darüber zu sprechen.«

Aber wenn er sich die Zeit hätte nehmen wollen, dann in ihrem Haus, denn sie waren jetzt da, und sie schüttelte den Kopf, als der Wagen zum Eingang hinauffuhr.

»Ich muß jetzt gehen. Zu einer Verabredung. Ich hab's Ihnen noch nicht gesagt.«

»Das ist nicht wahr. Aber, gut denn.«

Er ging mit ihr zur Tür und stand in seinen eigenen Fußspuren von jenem anderen Abend, während sie in ihrer Tasche nach dem Schlüssel fühlte.

»Haben Sie ihn?«

»Ja«, sagte sie.

Das war der Augenblick hineinzugehen, aber sie wollte ihn noch einmal anschauen und legte den Kopf nach links und dann nach rechts und versuchte so, sein Gesicht im letzten Dämmerschein zu erfassen. Sie neigte den Kopf zu weit und zu lange, und es kam ganz von selbst, als seine Hand ihren Oberarm und ihre Schulter umfaßte und er sie zu sich zog und in das Dunkel seiner Halsbeuge preßte. Sie schloß die Augen, dabei fühlte sie die schräge Kante des Schlüssels in ihrer Hand, die sie fest zusammenpreßte. Sie sagte »Oh«, mit einem verhauchenden Seufzer, und wieder »Oh«, als er sie fester an sich zog und sein Kinn zärtlich an ihrer Wange rieb. Sie lächelten beide nur eben, und sie verzog auch die Stirn, indes der winzige Abstand zwischen ihnen zu Dunkelheit verschmolz.

Als sie wieder getrennt waren, schüttelte sie weiter den Kopf, aber mehr verwundert als leugnend. So kam das also, es lag an einem selbst, nun schon weit zurück, wann hatte es sich entschieden? So kam das also, und mit jedem Augenblick wurde die Bürde, sich von ihrem Beieinander, von dieser Wendung zurückzuziehen, schwerer und unvorstellbarer. Er war voller Jubel; sie zürnte und konnte doch ihm keinen Vorwurf machen, aber in seinen Jubel wollte sie nicht einstimmen, denn es war eine Niederlage. Bis jetzt war es eine Niederlage. Und dann dachte sie, daß es, wenn sie es nicht mehr als Niederlage auffaßte, sich losrisse und hineeginge, dennoch kein Sieg wäre. Dann wäre es eben nichts.

»Das habe ich nicht gewollt«, sagte sie, »ganz und gar nicht.«

»Darf ich hereinkommen?«

»Oh, nein – nein.«

»Dann wollen wir schnell wieder ins Auto und irgendwohin fahren.«

Erleichtert klammerte sie sich an genau diese Worte – fortgehen, von hier und sogleich, das hieß handeln oder klang wenigstens danach – als fliehe sie vom Ort eines Verbrechens. Dann saßen sie im Wagen, fuhren bergab mit der kühlen Brise im Gesicht, und sie kam allmählich zu sich. Es war jetzt alles klar, Schwarz auf Weiß.

»Wir wollen zurück zu Ihrem Haus am Strand«, sagte sie.

»Dahin zurück?«

»Ja – wir wollen zurück zu Ihrem Haus. Reden wir nicht. Ich möchte nur so fahren.«

Als sie wieder an die Küste kamen, war der Himmel grau, und bei Santa Monica überfiel sie ein plötzlicher Regenguß. Stahr hielt neben der Straße an, zog einen Regenmantel über und klappte das Verdeck hoch. »Jetzt haben wir ein Dach«, sagte er.

Der Scheibenwischer tickte traulich wie eine Großväteruhr. Verdrossene Autos kamen von dem nassen Strand und fuhren zurück in die Stadt. Etwas weiter kamen sie in Nebel, die Straße verlor auf beiden Seiten ihre Begrenzung, und die Lichter der entgegenkommenden Wagen standen bis zum letzten Moment still, ehe sie vorüberflitzten.

Sie hatten einen Teil von sich zurückgelassen, sie fühlten sich im Wagen leicht und frei. Nebel wallte durch einen Spalt herein, und Kathleen nahm den rosa-und-blauen Hut ab, so ruhig und gelassen, daß er gespannt hinsah, und legte ihn auf den rückwärtigen Sitz unter ein Stück Segeltuch. Sie schüttelte ihr Haar locker, und als sie sah, daß Stahr zu ihr her blickte, lächelte sie.

Das Restaurant mit dem dressierten Seehund war nur ein Lichtschein seitlich gegen das Meer. Stahr drehte ein Fenster herunter und hielt nach Wegweisern Ausschau, aber nach ein paar weiteren Kilometern blieb der Nebel zurück, und gerade vor ihnen zweigte der Weg ab, der zu seinem Haus führte. Hier draußen ließ sich ein Mond hinter den Wolken blicken. Über dem Meer war immer noch ein Leuchten, das sich ständig veränderte.

Das Haus hatte sich ein wenig zurückentwickelt und in seine Bauelemente aufgelöst. Sie fanden die tropfenden Balken eines Eingangs und tasteten sich über mysteriöse hüfthohe Hindernisse in den einzigen fertigen Raum, der nach Sägemehl und nassem Holz roch. Als er sie in seine Arme nahm, konnten sie eben noch ihre Augen in dem Halbdunkel erkennen. Dann fiel sein Regenmantel auf den Boden.

»Warte«, sagte sie.

Sie brauchte eine Minute Zeit. Sie sah nicht, wie das zu etwas gut sein sollte, und obwohl dieser Gedanke sie nicht hinderte, glücklich und voll Verlangen zu sein, brauchte sie die Minute, um nachzudenken, wie alles war, eine Stunde zurückzudenken und zu erkennen, wie es geschehen konnte. Sie wartete in seinen Armen, dabei bewegte sie ihren Kopf ein wenig von einer zur anderen Seite, wie vorhin, nur langsamer und ohne ihre Augen von seinen zu wenden. Dann merkte sie, daß er zitterte.

Er merkte es im selben Augenblick, und seine Arme wurden schlaff. Sogleich sprach sie rauh und herausfordernd und zog sein Gesicht zu sich herab. Dann, immer noch aufrecht und ihn mit einem Arm haltend, wand sie sich mit den Knien aus irgend etwas heraus und beförderte es mit einem Fußtritt neben den Mantel. Er zitterte jetzt nicht mehr und hielt sie wieder ganz fest, während sie zugleich knieten und auf den am Boden liegenden Mantel glitten.

Nachher lagen sie, ohne zu sprechen, und dann war er so von zärtlicher Liebe für sie erfüllt, daß er sie eng an sich hielt, bis eine Naht an ihrem Kleid riß. Der winzige Laut rief sie in die Wirklichkeit zurück.

»Ich helfe dir auf«, sagte er und faßte ihre Hände.

»Noch nicht. Ich dachte über etwas nach.«

Sie lag in der Dunkelheit und dachte gegen alle Vernunft, was für ein kluges, lebhaftes Kind das werden würde, aber dann ließ sie sich aufhelfen. . . . Als sie in den Raum zurückkam, war er von einer einzigen elektrischen Birne erleuchtet.

»Das Ein-Birnen-Stromnetz«, sagte er. »Soll ich es abschalten?«

»Nein. Es ist sehr hübsch. Ich möchte dich sehen.«

Sie saßen in dem hölzernen Rahmen der Fensternische, wobei sie sich nur mit den Sohlen ihrer Schuhe berührten.

»Du scheinst weit weg«, sagte sie.

»Du auch.«

»Bist du überrascht?«

»Worüber?«

»Daß wir wieder zwei Menschen sind. Glaubt man – hofft man nicht immer, man werde ein Wesen sein, und findet dann, man ist nach wie vor zwei?«

»Ich fühle mich dir sehr nahe.«

»Ich mich dir auch«, sagte sie.

»Danke dir.«

»Danke *dir*.«

Sie lachten.

»Hattest du dir das gewünscht?« fragte sie. »Ich meine gestern abend.«

»Nicht bewußt.«

»Ich frage mich, wann es sich entschieden hat«, grübelte sie. »Es gibt einen Moment, da muß es nicht sein, und dann einen anderen, da weiß man, daß nichts in der Welt es verhindern kann.«

Das klang nach Erfahrung, und zu seiner Überraschung liebte er sie nur noch mehr. In seiner Stimmung, die leidenschaftlich trachtete, sich das Vergangene wieder zu vergegenwärtigen, doch ohne es zu rekapitulieren, fand er es ganz richtig, daß es so wäre.

»Ich bin schon fast eine leichte Person«, sagte sie, seinen Gedanken folgend. »Das ist, glaube ich, auch der Grund, daß ich Edna nicht nähergekommen bin.«

»Wer ist Edna?«

»Das Mädchen, das du für mich gehalten hast. Mit der du telefoniert hast – die auf der anderen Straßenseite wohnte. Sie ist nach Santa Barbara umgezogen.«

»Du meinst, sie war eine Hure?«

»Es scheint so. Sie war, was ihr ein Call-girl nennt.«

»Das ist sonderbar.«

»Wäre sie Engländerin gewesen, hätte ich es gleich gemerkt. Aber sie schien wie jede andere zu sein. Sie hat es mir erst unmittelbar, bevor sie wegzog, gesagt.«

Er sah, daß sie fröstelte, und stand auf und legte ihr den Regenmantel um die Schultern. Er öffnete einen Schrank, und ein Stapel von Kissen und Badematratzen fiel heraus. Es fand sich auch eine Schachtel mit Kerzen, die er rings im Raum anzündete, und anstelle der elektrischen Birne schloß er ein Heizgerät an.

»Warum hatte Edna Angst vor mir?« fragte er plötzlich.

»Weil du ein Filmproduzent warst. Sie hatte irgend etwas Fürchterliches erlebt oder eine Freundin von ihr. Auch war sie, glaube ich, entsetzlich dumm.«

»Wie bist du denn an sie geraten?«

»Sie kam herüber. Dachte vielleicht, ich sei eine gefallene Schwester. Ich fand sie ganz nett. Sie sagte ›Nenn mich Edna‹, immer wieder – ›Bitte nenn mich Edna‹, und so nannte ich sie schließlich Edna, und wir waren Freundinnen.«

Sie rückte aus der Fensternische, so daß er Kissen für sie hinlegen konnte.

»Was soll ich machen?« sagte sie. »Ich bin eine Schmarotzerin.«

»Nein, keineswegs.« Er legte den Arm um sie. »Sei ruhig. Wärme dich.«

Sie saßen eine Zeitlang schweigend.

»Ich weiß, warum du mich zuerst mochtest«, sagte sie. »Edna hat es mir erzählt.«

»Was hat sie dir erzählt?«

»Daß ich aussähe wie – Minna Davis. Verschiedene Leute haben mir das gesagt.«

Er lehnte sich zurück und nickte.

»Es ist hier«, sagte sie, dabei legte sie die Hände auf die Wangenknochen und zog die Wangen ein wenig auseinander. »Hier, und hier.«

»Ja«, sagte Stahr. »Es war sehr seltsam. Du gleichst ihr mehr, wie sie wirklich aussah, als wie sie im Film erschien.«

Sie stand auf und wechselte mit dieser Geste das Thema, als hätte sie Angst davor.

»Ich bin jetzt warm«, sagte sie. Sie ging an den Schrank und lugte hinein, kam dann zurück mit einer kleinen Schürze, die kristallinisch wie mit Schneeflocken gemustert war. Sie blickte prüfend umher.

»Richtig, wir sind ja eben erst eingezogen«, sagte sie, »– und es hallt hier noch so.«

Sie öffnete die Tür zur Veranda und zog zwei Korbsessel herein, die sie trocken wischte. Er beobachtete ihre Bewegung mit angespanntem Interesse und doch halb befürchtend, ihr Körper könne irgendwo versagen und den Zauber brechen. Er hatte schon Frauen bei Probeaufnahmen beobachtet und gesehen, wie ihre Schönheit mit jeder Sekunde dahinschwand, als hätte eine reizende Statue zu gehen angefangen – mit den mageren Gliedmaßen einer Ausschneidepuppe. Aber Kathleen ruhte so fest auf ihren Fußballen – das Fragile an ihr war, wie sich das gehörte, eine Illusion.

»Es hat aufgehört zu regnen«, sagte sie. »An dem Tag, als ich ankam, regnete es. Solch gräßlicher Regen – so laut – wie Pferdegewieher.«

Er lachte. »Du wirst ihn noch lieben. Besonders, wenn du hier leben mußt. Wirst du hier wohnen bleiben? Kannst du es mir jetzt nicht sagen? Was ist ein Mysterium?«

Sie schüttelte den Kopf.

»Nicht jetzt – es lohnt sich nicht, davon zu reden.«

»Dann komm her.«

Sie kam und stand vor ihm, und er preßte seine Wange gegen den kühlen Schürzenstoff.

»Du bist ein abgekämpfter Mann«, sagte sie, dabei fuhr sie ihm mit der Hand durchs Haar.

»In dem Punkt nicht.«

»Den Punkt meinte ich nicht«, sagte sie hastig. »Ich meinte, du wirst dich noch zu Tode arbeiten.«

»Versuch nicht, mich zu bemuttern.«

Sei lieber eine leichte Person, dachte er. Er hätte gern die Ordnung seines Lebens zerbrechen sehen. Wenn er schon bald sterben mußte, wie die zwei Ärzte behaupteten, dann wollte er eine Zeitlang nicht mehr Stahr sein, wollte nach Liebe jagen wie Männer, die keine anderen Talente aufzuweisen hatten, wie namenlose junge Männer, die im Dunkel die Straßen entlangblickten.

»Du hast mir die Schürze abgenommen«, sagte sie zärtlich.

»Ja.«

»Könnte jemand am Strand entlangkommen? Sollen wir die Kerzen auspusten?«

»Nein, mach die Kerzen nicht aus.«

Hernach lag sie halb auf einem weißen Kissen und lächelte zu ihm auf.

»Ich komme mir vor wie Venus auf der Muschel«, sagte sie.

»Was hat dich darauf gebracht?«

»Schau mich doch an – ist es nicht wie ein Botticelli?«

»Ich weiß nicht«, sagte er lächelnd. »Wenn du es sagst, ist's so.«

Sie gähnte.

»Es war so schön für mich. Und ich bin sehr in dich verliebt.«

»Du weißt eine Menge, nicht wahr?«

»Wie meinst du das?«

»Oh, nach dem, was du so gesagt hast. Oder vielleicht, wie du es sagst.«

Sie dachte nach.

»Nicht viel«, sagte sie. »Ich war nie auf einer Universität, wenn du das meinst. Aber der Mann, von dem ich dir erzählt habe, wußte einfach alles, und er hatte einen Hang, mich zu bilden. Er stellte Lehrpläne auf, ließ mich Kurse an der Sorbonne besuchen und schickte mich in Museen. Da habe ich ein bißchen was aufgeschnappt.«

»Was war er denn?«

»Er war so etwas wie ein Maler und ein Teufelskerl. Und noch vieles andere. Er wollte, daß ich Spengler läse – alles diente diesem Ziel. Die ganze Geschichte und Philosophie und Harmonie war dazu da, daß ich Spengler lesen könnte, und dann verließ ich ihn, ehe wir bis zu Spengler vordrangen. Letztlich war das wohl der Hauptgrund, weshalb er mich nicht fortlassen wollte.«

»Wer war Spengler?«

»Ich sag doch, wir kamen nicht so weit.« Sie lachte. »Und nun vergesse ich nach und nach alles, denn es ist unwahrscheinlich, daß ich je wieder jemand wie ihn kennenlerne.«

»Oh, aber du solltest nichts vergessen«, sagte Stahr, etwas ungehalten. Er hatte einen tiefen Respekt vor dem Lernen, ein seiner Rasse eigentümliches Eingedenksein der alten *schul*. »Du solltest nichts vergessen.«

»Es war doch nur statt Kinderkriegen.«

»Du könntest es deinen Kindern beibringen«, sagte er.

»So?«

»Bestimmt könntest du das. Du könntest es ihnen beibringen, solange sie noch jung wären. Wenn ich etwas wissen will, muß ich irgendeinen versoffenen Schriftsteller fragen. Wirf das nur nicht von dir.«

»Schön«, sagte sie und stand auf. »Ich werde es meinen Kindern erzählen. Aber es ist so uferlos – je mehr man weiß, desto mehr ist noch jenseits, und so geht das immer weiter.

Der Mann hätte alles mögliche sein können, wäre er nicht ein Feigling und ein Narr gewesen.«

»Aber du hast ihn geliebt.«

»Oh, ja – mit meinem ganzen Herzen.« Sie blickte durch das Fenster, indem sie die Augen abschirmte. »Es ist hell da draußen. Gehen wir runter an den Strand.«

Er sprang auf und rief:

»Richtig, ich glaub es ist der *grunion!*«

»Was?«

»Heute abend. Es steht in allen Zeitungen.« Er rannte zur Tür hinaus, und sie hörte ihn die Wagentür öffnen. Im nächsten Augenblick kam er mit einer Zeitung zurück.

»Es ist um zehn Uhr sechzehn. In fünf Minuten.«

»Eine Mondfinsternis oder so etwas?«

»Äußerst pünktlich, die Fische«, sagte er. »Laß Schuhe und Strümpfe hier und komm mit.«

Es war ein schöner bläulicher Abend. Die Flut stand bevor, und die silbernen Fischlein schaukelten vor der Küste und warteten auf zehn Uhr sechzehn. Ein paar Sekunden später kamen sie mit der Flut in Schwärmen herein, und Stahr und Kathleen traten barfüßig über sie hin, während die Fische sich hop-hop auf den Strand schnellten. Ein Neger mit zwei Eimern kam den Strand entlang auf sie zu, wobei er die Fische auflas wie dürre Zweige. Sie kamen zu zweien und dreien, in Zügen und Kompanien, rastlos und aufgeregt und wütend, rings um die großen nackten Füße der Eindringlinge, wie sie schon gekommen waren, ehe noch Sir Francis Drake seine Plakette an den großen Küstenfelsen genagelt hatte.

»Ich brauchte noch einen Eimer«, sagte der Neger, während er sich einen Moment ausruhte.

»Sie hatten einen weiten Weg hier heraus«, sagte Stahr.

»Ich ging sonst immer nach Malibu, aber das mögen die Fische nicht mit all den Filmleuten.«

Eine Welle kam heran und nötigte sie weiter hinauf, verebbte rasch und ließ den Strand mit kribbelndem Leben zurück.

»Lohnt sich denn die Sache?« fragte Stahr.

»So rechne ich nicht. Ich komm eigentlich her, um ein bißchen Emerson zu lesen. Haben Sie den je gelesen?«

»Ich wohl«, sagte Kathleen, »ein wenig.«

»Der ist mir unter die Haut gegangen. Ich habe auch ein paar Schriften der Rosenkreuzer bei mir, aber die habe ich satt.«

Der Wind hatte sich etwas gedreht – die Wellen kamen weiter unten stärker, und sie gingen an dem schäumenden Meeressaum entlang.

»Was machen Sie?« fragte der Neger Stahr.

»Ich arbeite für den Film.«

»Oh.« Dann fügte er hinzu: »Ich geh nie ins Kino.«

»Warum nicht?« fragte Stahr schroff.

»Es springt nichts dabei heraus. Ich lasse auch meine Kinder nie hin.«

Stahr beobachtete ihn, und Kathleen hatte ein wachsames Auge auf Stahr.

»Einige Filme sind recht gut«, sagte sie gegen eine zerstäubende Welle; aber er hörte sie nicht. Sie hatte das Gefühl, ihm widersprechen zu können, und wiederholte den Satz, und diesmal blickte er gleichgültig zu ihr hin.

»Sind die Rosenkreuzer gegen Filme?« fragte Stahr.

»Die wissen scheint's nicht, wofür sie wirklich sind. Eine Woche dafür und nächste Woche für was anderes.«

Nur auf die kleinen Fische war Verlaß. Eine halbe Stunde war vergangen, und sie kamen immer noch. Die beiden Eimer des Negers waren voll, und schließlich ging er weg über den Strand auf die Straße zu und wußte nicht, daß er eine ganze Industrie ins Wanken gebracht hatte.

Stahr und Kathleen gingen zum Haus zurück, und sie überlegte, wie sie ihn aus seiner melancholischen Stimmung reißen könnte.

»Armer alter Sambo«, sagte sie.

»Was?«

»Nennt ihr sie nicht so – armer alter Sambo?«

»Wir haben keinen besonderen Namen für sie.« Nach einem Augenblick sagte er: »Sie haben ihre eigenen Filme.«

Im Haus zog sie vor dem Heizgerät ihre Schuhe und Strümpfe an.

»Jetzt mag ich Kalifornien lieber«, sagte sie übermütig. »Ich glaube, ich war sexuell ein bißchen ausgehungert.«

»Das war's aber nicht allein, oder?«

»Das weißt du selbst.«

»Ein schönes Gefühl, dir nahe zu sein.«

Indem sie aufstand, gab sie einen kleinen Seufzer von sich, so leise, daß er nichts merkte.

»Ich möchte dich jetzt nicht verlieren«, sagte er. »Ich weiß nicht, was du von mir denkst oder ob du überhaupt etwas von mir denkst. Mein Herz ist, wie du vielleicht ahnst, längst im Grabe –«, er zögerte, fragte sich, ob das wirklich wahr sei, »– aber du bist die anziehendste Frau, der ich seit – ich weiß nicht wann, begegnet bin. Ich kann nicht aufhören, dich anzusehen. Ich kenne die Farbe deiner Augen nicht genau, aber sie lassen mich jede andere in der Welt bedauern –«

»Hör auf, hör auf!« rief sie lachend. »Du machst, daß ich wochenlang nur in den Spiegel schaue. Meine Augen haben gar keine Farbe – lediglich Augen, damit zu sehen, und ich bin so alltäglich, wie ich nur sein kann. Ich habe hübsche Zähne, für eine Engländerin –«

»Du hast wundervolle Zähne.«

»– aber ich könnte den Mädchen, die ich hier sehe, nicht das Wasser reichen –«

»Nun hör du auf«, sagte er. »Was ich gesagt habe, ist wahr, und ich bin ein vorsichtiger Mann.«

Sie stand einen Moment reglos – dachte nach. Sie sah ihn an, dann wandte sie den Blick nach innen, dann sah sie wieder ihn an – dann gab sie ihren Gedanken auf.

»Wir müssen gehen«, sagte sie.

Als sie nun zurückfuhren, waren sie andere Menschen. Vier Mal waren sie heute die Küstenstraße entlanggefahren, jedesmal als ein anderes Paar. Neugier, Beklommenheit und Begehren lagen jetzt hinter ihnen; dies war nun wirklich ein Zurückkehren – zu sich selbst, zu ihrer ganzen Vergangenheit und Zukunft und zu dem anmaßenden Vorgriff des morgigen Tages. Im Wagen bat er sie, sich nahe an ihn zu schmiegen, und sie tat es; dennoch schienen sie einander nicht nahe, denn dazu muß man den Eindruck erwecken, daß man sich noch näherkommen möchte. Es gibt keinen Stillstand. Ihm lag auf der Zunge, sie zu bitten, sie möge in das Haus kommen, das er gemietet hatte, und da übernachten – aber er hatte das Gefühl, das werde ihn einsam erscheinen lassen. Als der Wagen die Anhöhe zu ihrem Haus hinauffuhr, suchte Kathleen irgend etwas hinter dem Sitzpolster.

»Hast du etwas verloren?«

»Es muß herausgefallen sein«, sagte sie und wühlte im Dunkeln in ihrer Tasche.

»Was war es?«

»Ein Briefumschlag.«

»Etwas Wichtiges?«

»Nein.«

Aber als sie bei ihrem Haus angelangt waren und Stahr das Standlicht einschaltete, half sie, die Polster herauszunehmen und weiterzusuchen.

»Es ist nicht wichtig«, sagte sie, während sie auf die Tür zugingen. »Wie ist deine richtige Adresse?«

»Nur Bel-air. Keine Hausnummer.«

»Wo ist Bel-air?«

»Es ist sozusagen im Aufbau, in der Nähe von Santa Monica. Aber du rufst mich besser im Studio an.«

»Ist recht . . . gute Nacht, Mr. Stahr.«

»*Mister* Stahr«, wiederholte er, überrascht.

Sie verbesserte sich sanft.

»Nun, dann, gute Nacht, Stahr. Klingt das besser?«

Er fühlte sich ein wenig zurückgestoßen.

»Wie du willst«, sagte er. Er wünschte nicht, daß sich der Abstand weiter manifestierte. Er fuhr fort, sie anzublicken, und bewegte den Kopf von einer Seite zur anderen – ihre eigene Geste –, dabei sagte er, ohne zu sprechen: ›Du weißt, wie es um mich steht.‹ Sie seufzte. Dann kam sie in seine Arme und gehörte für einen Augenblick wieder ganz ihm. Ehe sich daran etwas ändern konnte, flüsterte Stahr »Gute Nacht«, wandte sich und ging zu seinem Wagen.

Während er den Berg hinabkurvte, lauschte er in sich hinein, als sollte dort etwas von einem unbekannten Komponisten, machtvoll, fremdartig und stark, zum ersten Mal gespielt werden. Alsbald würde das Thema erklingen, aber da der Komponist immer ein anderer war, erkannte er es nicht sogleich als das Thema. Es kam in solchen Einkleidungen wie dem Ton der Autohupen von den Technicolor-Boulevards da unten, dann wieder kaum vernehmbar als Wirbel auf der gedämpften Trommel des Mondes. Er hörte angestrengt hin, wußte nur, daß eine Musik beginnen würde, eine neue Musik, die er liebte und doch nicht verstand. Es war schon nicht leicht, auf etwas zu reagieren, das man gänzlich überschauen konnte – dies aber war neu und verwirrend, nichts, bei dem man mittendrin abbrechen und den Rest nach einer alten Partitur ergänzen konnte.

Und dann war da, zusammen mit jenem anderen Phänomen und ebenso beharrlich, der Neger am Strand. Er wartete zuhause auf Stahr, mit seinen Eimern voll Silberfische, und er würde auch am Morgen im Studio auf ihn warten. Er hatte gesagt, daß er seinen Kindern nicht erlaube, Stahrs Geschichte anzuhören. Er hatte ein Vorurteil und war im Irrtum, und man mußte es ihm irgendwie zeigen, auf diese oder jene Art. Ein Film, viele Filme, eine ganze Reihe von Filmen mußte gedreht werden, um ihm seinen Irrtum zu beweisen. Seit der Neger seinen Spruch getan, hatte Stahr vier Filme aus seiner Planung verworfen – und einer davon sollte diese Woche in die Produktion gehen. Es waren zweifelhafte Filme in puncto Ertrag, doch zumindest diese zweifelhaften Filme unterbreitete er dem Urteil des Negers und fand, daß sie Schund seien. Und er nahm einen anspruchsvollen Film wieder in seine Liste auf, den er schon den Wölfen zum Fraß vorgeworfen hatte, Brady, Marcus und Konsorten, um bei einem anderen Projekt freie Hand zu haben. Den rettete er für den farbigen Mann.

Als er an seinem Haus vorfuhr, gingen die Lichter auf der Veranda an, und sein Filipino kam die Stufen herab, um den Wagen einzustellen. In der Bibliothek fand Stahr eine Liste von Anrufern:

La Borwitz
Marcus
Harlow
Reinmund
Fairbanks
Brady
Colman
Skouras
Fleishacker etc.

Der Filipino kam mit einem Brief ins Zimmer.

»Das ist aus dem Wagen gefallen«, sagte er.

»Danke«, sagte Stahr. »Ich suchte schon danach.«

»Wollen Sie heute abend noch einen Film vorgeführt haben, Mr. Stahr?«

»Nein, danke – du kannst zu Bett gehen.«

Der Brief war, zu seiner Überraschung, adressiert an Monroe Stahr, Esq. Er wollte ihn schon öffnen – dann fiel ihm ein, daß sie ihn hatte wiederhaben und möglicherweise zurückziehen wollen. Hätte sie ein Telefon gehabt, würde er sie vor dem Öffnen um Erlaubnis gefragt haben. Er hielt ihn einen Augenblick. Der Brief war geschrieben, bevor sie sich trafen – seltsam zu denken, daß, was immer er enthielt, jetzt ungültig war; er hatte den Wert eines Erinnerungsstückes, weil er eine Stimmung ausdrückte, die verflogen war.

Dennoch wollte er ihn nicht lesen, ohne sie gefragt zu haben. Er legte den Brief neben einen Stapel von Treatments und setzte sich, das oberste Treatment im Schoß. Er war stolz, daß er dem ersten Impuls zum Öffnen des Briefes widerstanden hatte. Er nahm das als Beweis dafür, daß er nicht drauf und dran war, ›den Kopf zu verlieren‹. Minnas wegen hatte er nie den Kopf verloren, nicht mal im Anfang – es war die standesgemäßeste und würdigste Partie, die man sich denken konnte. Sie hatte ihn immer geliebt, und kurz vor ihrem Tode war seine Zärtlichkeit, überraschend und gegen seinen Willen, hervorgebrochen und ihr zugeströmt, und er hatte sie wirklich geliebt. Sie und den Tod in einem geliebt – die Welt, in der sie so verloren wirkte, daß er gern mit ihr hinabgegangen wäre.

Aber ›auf Mädchen reinfallen‹ war für ihn nie eine fixe Idee gewesen – sein Bruder hatte sich wegen einer ruiniert oder besser: wegen einer nach der anderen. Stahr jedoch, in seinen jüngeren Jahren, genoß sie einmal und nie mehr als einmal – wie man sich mit einem Drink begnügt. Er hatte sich eine ganz andere Art von Abenteuer für seinen Geist vorbehalten – etwas Besseres als eine Reihe verliebter Extratouren. Wie viele hervorragende Männer war er kühl bis ans Herz aufgewachsen. Zuerst mit etwa zwölf Jahren, wahrscheinlich aus der totalen Abwehrhaltung, die für geistig überdurchschnittlich begabte Männer typisch ist, hatte er mit einem ›Sieh doch: das ist alles falsch – eine Schweinerei – alles Lüge und Schwindel‹ das alles weggefegt, alles und jedes, wie Männer seines Typs das so machen, und dann hatte er, statt ein gemeiner Hund zu werden wie die meisten, den Blick über die öden Überreste schweifen lassen und sich gesagt, ›Das führt zu nichts‹. Und so hatte er Toleranz, Freundlichkeit, Nachsicht und sogar Liebe gelernt wie Lektionen.

Der Filipino-Boy brachte eine Karaffe mit Wasser und Schalen mit Nüssen und Obst und sagte Gutenacht. Stahr schlug das erste Script auf und begann zu lesen.

Er las drei Stunden lang, mit Unterbrechungen von Zeit zu Zeit, wobei er im Geist redigierte, ohne Bleistift. Zuweilen blickte er auf, durchwärmt von irgendeinem vagen, glücklichen Gedanken, der nicht in dem Script stand, und jedesmal brauchte er eine Minute, um sich zu erinnern, was es war. Dann wußte er, es war Kathleen, und er sah zu dem Brief hinüber – es war schön, einen Brief zu haben.

Es war drei Uhr, als eine Ader auf seinem Handrücken zu pochen begann, ein Signal, daß es Zeit war aufzuhören. Die wirkliche Kathleen war jetzt mit der abnehmenden Nacht weit entfernt – ihre verschiedenen Aspekte schlugen sich durch Fernwirkung in der Erinnerung eines einzelnen erschauernden Fremdlings nieder, mit dem ihn nur das Erlebnis von ein paar flüchtigen Stunden verband. Somit schien es ganz in der Ordnung, den Brief zu öffnen.

Verehrter Mr. Stahr,
in einer halben Stunde werde ich gerade mein Rendez-vous mit Ihnen haben. Wenn wir Aufwiedersehen sagen, werde ich Ihnen diesen Brief geben. Aus ihm sollen Sie erfahren, daß ich bald heiraten werde und daß ich Sie ab morgen nicht mehr werde treffen können.

Ich hätte Ihnen das schon gestern abend sagen sollen, aber es schien für Sie nicht von Belang zu sein. Und mir käme es albern vor, diesen wunderhübschen Nachmittag mit Reden darüber zu verbringen und Ihr Interesse für mich schwinden zu sehen. Lassen Sie es schwinden, sogleich – jetzt. Bis dahin werde ich Sie durch meine Erzählungen hinlänglich überzeugt haben, daß ich wenig Talent zur Nassauerei habe. (Den Ausdruck habe ich eben erst gelernt – gestern abend von der Gastgeberin an meinem Tisch, die mich heute besuchte und eine Stunde blieb. Sie glaubt anscheinend, daß man bei niemand nassauern kann – außer bei Ihnen. Sie erwartet wohl von mir, daß ich Ihnen das sage, darum verschaffen Sie ihr einen Job, wenn Sie können.)

Es schmeichelt mir sehr, daß jemand, der so viele reizvolle Frauen – ich bringe den Satz nicht zu Ende, aber Sie wissen, was ich meine. Und ich werde mich noch verspäten, wenn ich nicht jetzt gleich zu unserem Rendez-vous gehe.

Mit allen guten Wünschen   *Kathleen Moore*

Stahrs erste Reaktion glich einem Gefühl von Angst; sein zweiter Gedanke war, daß der Brief überholt sei – sie hatte sogar versucht, ihn wieder an sich zu nehmen. Aber dann fiel ihm das ›Mr. Stahr‹ gerade beim Abschied ein und daß sie ihn nach seiner Adresse gefragt hatte. Wahrscheinlich hatte sie schon einen zweiten Brief geschrieben, noch einen Abschiedsbrief. Unlogischerweise empörte ihn die Gleichgültigkeit des Briefes gegenüber dem, was dann geschehen war. Er las ihn noch einmal und stellte fest, daß der Brief keinerlei Vorahnung enthielt. Dennoch hatte sie sich vor dem Haus entschieden, den Brief so zu lassen, wodurch sie alles, was noch geschehen war, herabsetzte und ihren Sinn vor der Tatsache verschloß, daß es an jenem Nachmittag für ihr Bewußtsein keinen anderen Mann gegeben hatte. Aber selbst das konnte er jetzt nicht mehr glauben, und das ganze Abenteuer begann abzublättern, während er es sich noch einmal prüfend vergegenwärtigte. Der Wagen, die Anhöhe, der Hut, die Musik, der Brief selbst – das verwehte wie die Fetzen Teerpappe von dem Bauschutt seines Hauses. Und Kathleen ging davon, bepackt mit ihren unvergessenen Bewegungen, ihrem leisen Schwenken des Kopfes, ihrem resolut verlangenden Leib, ihren nackten Füßen in dem nassen strudelnden Sand. Der Himmel verblaßte und schwand – Wind und Regen spülten mißmutig die Silberfische zurück ins Meer. Nur ein weiterer Tag, und nichts blieb als der Stapel von Manuskripten auf dem Tisch.

Er ging hinauf. Wiederum starb Minna auf dem ersten Treppenabsatz, und wieder vergaß er sie zögernd und kläglich von Stufe zu Stufe bis oben. Rings um ihn der leere Flur –

die Türen, hinter denen niemand schlief. In seinem Zimmer band Stahr die Krawatte ab, schnürte die Schuhe auf und saß dann auf der Kante seines Bettes. Es war jetzt alles aus und abgetan – bis auf etwas, an das er sich nicht erinnern konnte; dann erinnerte er sich: ihr Wagen stand noch unten auf dem Parkplatz des Hotels. Er stellte seine Uhr so, daß ihm sechs Stunden Schlaf blieben.

Hier nimmt Cecilia die Geschichte wieder auf und erzählt in der ersten Person. An diesem Punkt müßte es, so denke ich mir, besonders interessant sein, meine eigenen Handlungen zu verfolgen; denn es ist eine Phase meines Lebens, deren ich mich schäme. Und wessen man sich schämt, das gibt im allgemeinen eine gute Geschichte ab.

Als ich Wylie zu Martha Dodds Tisch hinüberschickte, bemühte er sich erfolglos herauszubekommen, wer das Mädchen wäre, aber das war nun plötzlich für mich von höchstem Interesse geworden. Auch für Martha Dodd, wie ich – richtig – vermutete. Ein Mädchen an seinem Tisch zu haben, das von einer königlichen Hoheit bewundert wird, das womöglich für ein Krönchen in unserem kleinen Feudalstaat designiert ist – und nicht einmal ihren Namen zu wissen!

Ich kannte Martha Dodd nur von ferne, und es wäre zu plump gewesen, sie geradezu darauf anzusprechen, aber am Montag fuhr ich hinaus ins Studio und machte Jane Meloney einen kurzen Besuch.

Mit Jane Meloney war ich regelrecht befreundet. Ich stand zu ihr etwa so wie ein Kind zu einem alten Dienstmädchen der Familie. Ich wußte, daß sie Drehbuchschreiberin war, aber ich war in der Vorstellung aufgewachsen, daß *writer* und *typewriter* dasselbe seien, nur daß jene gewöhnlich nach Cocktails rochen und öfter zum Essen eingeladen wurden. Wenn sie nicht dabei waren, sprach man von beiden in dem gleichen Ton – es sei denn, sie gehörten zu einer Spezies, die man Autoren nannte und die meist aus dem Osten kamen.

Diese wurden respektvoll behandelt, wenn sie nicht lange dablieben – andernfalls sanken sie mit den anderen auf die Stufe des Büropersonals.

Janes Büro war in dem ›Trakt der Alten‹. Das gab's auf jedem Studiogelände, eine Reihe von harten Sofas, die aus stilleren Tagen übriggeblieben waren, noch widertönend von dem dummen Gestöhn einsamer Schreiberlinge und Nichtstuer. Es gab die Anekdote von dem neu eingestellten Produzenten, der eines Tages die Reihe entlanggegangen war und sich dann aufgeregt im Chefbüro beschwerte.

»Was sind das für Leute?«

»Sie gelten als Drehbuchschreiber.«

»Dachte ich auch. Nun, ich habe sie zehn Minuten lang beobachtet, und da waren zwei, die nicht eine Zeile geschrieben haben.«

Jane saß an ihrer Schreibmaschine und war im Begriff, ihre Lunch-Pause zu machen. Ich sagte ihr rundheraus, ich hätte eine Rivalin.

»Es ist 'ne Außenseiterin«, sagte ich. »Ich bekomme nicht mal heraus, wie sie heißt.«

»Oh«, sagte Jane. »Nun, vielleicht weiß ich mehr darüber. Ich habe von irgend jemand so etwas gehört.«

Der Irgendjemand war natürlich ihr Neffe, Ned Sollinger, Stahrs Büroassistent. Er war ihr Stolz und ihre Hoffnung gewesen. Sie hatte ihn an der Universität New York studieren lassen, wo er in der Fußballmannschaft spielte. Dann hatte er in seinem zweiten medizinischen Semester, nachdem er bei einem Mädchen abgeblitzt war, den am wenigsten vorzeigbaren Teil eines weiblichen Leichnams herausseziert und dem Mädchen zugeschickt. Fragt mich bloß nicht, weshalb. Dann hatte er, in Ungnade beim Schicksal und der Männerwelt, sein Leben wieder von unten angefangen, und da war er immer noch.

»Was wissen Sie?« fragte ich.

»Es war in der Nacht des Erdbebens. Sie fiel in den See auf

136

dem Studiogelände, und er sprang hinein und rettete ihr Leben. Irgend jemand anderes erzählte mir, sie sei von seinem Balkon hinabgesprungen und habe sich den Arm gebrochen.«

»Wer war sie denn nun?«

»Ja, das ist auch sehr komisch –«

Ihr Telefon klingelte, und ich wartete ungeduldig ein langes Gespräch ab, das sie mit Joe Reinmund führte. Anscheinend wollte er telefonisch herausbekommen, wie tüchtig sie sei oder ob sie überhaupt je für den Film geschrieben habe. Dabei stand sie in dem Ruf, an dem Tage dabeigewesen zu sein, als Griffith die Großaufnahme erfand! Während Reinmund sprach, seufzte sie lautlos, verdrehte die Augen und schnitt Gesichter, legte den Hörer in den Schoß, so daß die Stimme sie nur schwach erreichte, und führte daneben ein Schwätzchen mit mir.

»Was tut *er* denn – zwischen zwei Verabredungen, die Zeit totschlagen? ... Alles das hat er mich schon zehnmal gefragt ... es steht alles in einem Memorandum, das ich ihm geschickt habe ...«

Und ins Telefon: »Wenn diese Sache bis zu Monroe dringt, ist's nicht meine Schuld. Ich möchte nun aber ganz genau wissen, woran ich bin.«

Wieder schloß sie gequält die Augen.

»Jetzt macht er die Besetzung ... ist dabei, die Nebenrollen zu besetzen ... meint, er könne Buddy Epson kriegen ... Mein Gott, er hat wirklich nichts zu tun ... jetzt redet er von Walter Davenport – dabei meint er Donald Crisp ... er hat ein dickes Schauspieleradreßbuch vor sich aufgeschlagen, und ich höre ihn darin blättern ... er kommt sich heute morgen schrecklich wichtig vor, ein zweiter Stahr, und – großer Gott! ich muß vor dem Lunch noch zwei Szenen schaffen.«

Reinmund legte endlich auf oder wurde bei sich unterbrochen. Ein Kellner von der Kantine kam mit Janes Lunch und einer Coca-Cola für mich – ich aß in jenem Sommer nicht zu

Mittag. Jane tippte einen Satz in die Maschine, bevor sie aß. Die Art ihrer Arbeit interessierte mich. Ich war einmal dort, als sie und ein junger Mann gerade eine Geschichte aus der *Saturday Evening Post* geklaut hatten, wobei sie die Charaktere und alles veränderten. Dann begannen sie zu schreiben, schlossen jede Dialogzeile an die vorherige an, und natürlich klang es dann genau so wie im Leben, wenn die Leute sich krampfhaft bemühen, so oder so zu sein – lustig oder freundlich oder tapfer. Ich hatte das immer auf der Leinwand sehen wollen, habe es aber irgendwie verpaßt.

Ich fand Jane so liebenswert wie ein billiges altes Spielzeug. Sie verdiente dreitausend die Woche, und ihre Ehemänner waren alle Trinker und prügelten sie fast zu Tode. Aber heute verfolgte ich eisern mein Ziel.

»Sie wissen nicht, wie sie heißt?« fragte ich hartnäckig.

»Ach so, –« sagte Jane. »Er versuchte danach immer, sie anzurufen, und sagte Katy Doolan, es sei immer noch nicht der richtige Name.«

»Ich glaube, er hat sie gefunden«, sagte ich. »Kennen Sie Martha Dodd?«

»Mußte die Kleine auch so 'ne Pechsträhne haben!« rief sie in theatralischem Mitgefühl aus.

»Könnten wir sie vielleicht auf morgen zum Lunch einladen?«

»Oh, ich glaube, zu essen bekommt sie genug. Es gibt da einen Mexikaner –«

Ich erklärte ihr, daß meine Gründe nicht karitativer Art seien. Jane war bereit, mir zu helfen. Sie rief Martha Dodd an.

Wir speisten am nächsten Tag im Brown Derby, einem öden Restaurant, das wegen seines guten Essens von Leuten bevorzugt wurde, die immer aussahen, als wollten sie sich am liebsten hinlegen. Zur Lunchzeit belebte es sich ein wenig, wenn die Frauen in den ersten fünf Minuten beim Essen gewaltig angaben; wir hingegen bildeten ein laues Dreigespann. Ich hätte sogleich mit meinen neugierigen Fragen herausrücken sollen. Martha Dodd kam aus der Landwirtschaft und hatte nie ganz begriffen, was ihr zugestoßen war; sie hatte auch nichts dagegenzusetzen als einen abgespannten Ausdruck um die Augen. Sie glaubte immer noch, das Leben, von dem sie gekostet hatte, sei die Wirklichkeit, und jetzt komme lediglich eine längere Pause.

»Ich hatte im Jahre 1928 einen herrlichen Besitz«, erzählte sie uns, »– dreißig Morgen, mit einem Minigolf, einem Swimming-pool und einer grandiosen Aussicht. Das ganze Frühjahr stand ich bis zum Arsch in Wiesenblumen.«

Ich unterbrach sie mit der Aufforderung, einmal herüberzukommen und Vater kennenzulernen. Das sagte ich nur, weil ich meine ›zweideutigen Absichten‹ bereute und mich schämte. In Hollywood geht man nicht so vor – das schafft nur Verwirrung. Jeder versteht einen auch so, und das Klima gibt einem den Rest. Zweideutige Absichten sind offensichtliche Zeitvergeudung.

Jane verließ uns beim Eingang zum Studio, sie war über meine Hinterhältigkeit verstimmt. Martha war innerlich auf einem Krisenpunkt ihrer Karriere angelangt – kein sehr hoher Punkt nach sieben Jahren der Vernachlässigung, sondern eine Art von nervlicher Lethargie, und ich nahm mir vor, ernstlich mit Vater zu reden.

Für solche Menschen wie Martha, die ihnen einmal so viel Geld eingebracht hatten, taten sie nie etwas. Sie ließen sie ins Elend absinken und kümmerlich von Nebenarbeiten leben – es wäre humaner gewesen, sie ganz abzuschieben. Und Vater war in diesem Sommer so stolz auf mich. Ich mußte ihn davon abhalten, jedem haarklein zu erzählen, welcher Bildungsgang denn nun ein solches Juwel hervorgebracht habe. Und Bennington – oh, was für ein exklusives . . . Ach, du heilige Einfalt! Ich versicherte ihm, es gebe dort den üblichen Prozentsatz von geborenen Dienstmädchen und Hausküken, taktvoll verschleiert durch einige gescheiterte Sex-istenzen von der Fifth Avenue; aber Vater hatte sich praktisch schon zum ›Alten Herren‹ hinaufstilisiert. »Dir ist alles zuteil geworden«, pflegte er beglückt zu sagen. ›Alles‹ umfaßte summarisch die zwei Jahre in Florenz, wo ich es gegen eine starke Übermacht fertigbrachte, die einzige Jungfrau in der Schule zu sein, und das gesellschaftliche Début in Boston. Ich war eine wahre Blüte der feinen alten Geld- und Protz-Aristokratie.

Also wußte ich, daß er etwas für Martha Dodd tun würde, und als wir sein Büro betraten, machte ich mir gewaltige Illusionen, auch etwas für Johnny Swanson, den Cowboy, und für Evelyn Brent und andere zu tun, die im verborgenen blühten. Vater war ein reizender, sympathischer Mann – bis auf das eine Mal, als ich ihn in New York überrascht hatte –, und es hatte etwas Rührendes, daß er mein Vater war.

Im Vorzimmer war nur Rosemary Schmiel, die an Birdy Peters' Telefon hing. Sie winkte mir, Platz zu nehmen; aber ich war ganz von meinen Plänen erfüllt und mit einem begütigenden Wort zu Martha drückte ich den Knopf unter Rosemarys Schreibtisch und ging auf die sich öffnende Tür zu.

»Ihr Vater hat eine Besprechung«, rief Rosemary, »keine Besprechung, aber ich –«

Mittlerweile hatte ich die Tür, einen kleinen Vorraum und eine zweite Tür passiert und überraschte Vater in Hemdsärmeln, ganz verschwitzt, bei dem Versuch, ein Fenster zu öffnen. Es war ein heißer Tag, aber gar so heiß hatte ich es nicht gefunden und dachte, es sei Vater schlecht geworden.

»Nein, ich bin ganz in Ordnung«, sagte er. »Was gibt's?«

Ich sagte es ihm. Ich setzte ihm meine ganze Theorie über Leute wie Martha Dodd auseinander, dabei ging ich im Büro auf und ab. Wo könnte er sie einsetzen und ihnen geregelte Arbeit garantieren? Er schien begeistert auf meine Reden einzugehen, nickte andauernd beifällig, und ich fühlte mich ihm näher als seit langer Zeit. Ich trat zu ihm und küßte ihn auf die Wange. Er zitterte, und sein Hemd war ganz durchnäßt.

»Dir ist nicht wohl«, sagte ich, »oder du bist in einer Art von Panik.«

»Nein, keine Spur.«

»Was ist's denn?«

»Ach, es ist Monroe«, sagte er. »Dieser verdammte kleine Vine-Street-Jesus! Er sitzt mir Tag und Nacht im Genick!«

»Was ist denn passiert?« fragte ich, wesentlich kühler.

»Oh, er sitzt da wie so ein verdammter kleiner Priester oder Rabbi und sagt, was er tun wird und was nicht. Ich kann's dir jetzt nicht erzählen – ich bin halb wahnsinnig. Was willst du hier noch?«

»Ich mag dich so nicht.«

»Geh doch, sag ich dir!«

Ich schnupperte, aber er trank nie.

»Geh und kämm dich«, sagte ich. »Ich möchte, daß du Martha Dodd empfängst.«

»Hier drinnen! Ich würde sie nie wieder los.«

»Dann dort draußen. Geh zuerst und wasch dich. Zieh ein frisches Hemd an.«

Mit einer übertriebenen Geste der Verzweiflung ging er in den anstoßenden kleinen Waschraum. Es war heiß in dem Büro, als wäre seit Stunden nicht gelüftet worden, und vielleicht war ihm davon schlecht, also öffnete ich zwei weitere Fenster.

»Geh du nur schon«, rief Vater hinter der geschlossenen Tür des Waschraums. »Ich bin gleich da.«

»Sei besonders nett zu ihr«, sagte ich. »Nichts von Wohltätigkeit.«

Gleichsam als spräche nun Martha in eigener Sache, kam von irgendwo im Raum ein leises, langgezogenes Stöhnen. Ich erschrak zuerst, war dann wie gelähmt, als es wieder kam, nicht aus dem Bad, wo Vater war, nicht von draußen, sondern aus einem Wandschrank, gerade mir gegenüber. Woher ich den Mut nahm, weiß ich nicht, jedenfalls rannte ich hin und öffnete den Schrank, und Vaters Sekretärin, Birdy

Peters, purzelte splitternackt heraus – gerade so wie eine Leiche in einem Gruselfilm. Mit ihr kam eine stickige, muffige Duftwolke. Sie plumpste seitlich zu Boden, mit einer Hand einige Kleidungsstücke an sich pressend, und lag da in Schweiß gebadet – eben als Vater aus dem Bad kam. Ich spürte ihn hinter mir, und ohne mich umzudrehen, wußte ich genau, wie er aussah, denn ebenso hatte ich ihn damals in New York überrascht.

»Deck sie zu«, sagte ich und tat es schon selbst mit einer Decke von der Couch. »Deck sie zu!«

Ich ging aus dem Zimmer. Rosemary Schmiel sah mein Gesicht, als ich herauskam, und erwiderte meinen Blick mit entsetztem Ausdruck. Ich habe sie nie wiedergesehen, auch Birdy Peters nicht. Als ich mit Martha hinausging, fragte sie: »Was haben Sie denn, meine Liebe?« – und als ich nichts sagte: »Sie taten Ihr Bestes. Vielleicht war es der falsche Moment. Wissen Sie, was ich jetzt tue? Ich nehme Sie mit zu einer sehr reizenden Engländerin. Haben Sie das Mädchen an unserem Tisch gesehen, mit dem Stahr gestern abend getanzt hat?«

So war ich um den Preis eines kleinen Plumpsers in die familiären Abwässer am Ziel meiner Wünsche angelangt.

Ich weiß nicht mehr viel von unserem Besuch. Aus dem einfachen Grunde, weil sie nicht zuhause war. Die Glastür ihres Hauses war nicht verschlossen, und Martha ging hinein und rief »Kathleen«, mit plumper Vertraulichkeit.

Das Zimmer, in das wir kamen, war kahl und unpersönlich wie in einem Hotel; Blumen standen umher, aber sie sahen nicht aus wie von einem Blumengeschäft geschickt. Auch fand Martha auf dem Tisch einen Zettel, der besagte: »Lassen Sie das Kleid da. Bin unterwegs nach einem Job. Komme morgen vorbei.«

Martha las es zweimal, aber es schien sich nicht auf Stahr zu beziehen, und wir warteten fünf Minuten. In Häusern, deren Bewohner nicht da sind, ist es sehr still. Nicht daß ich erwarte, sie herumgeistern zu sehen, aber ich lasse die Beobachtung auf sich beruhen. Sehr still. Fast ein wenig steif, und nur eine Fliege, die Stellung bezogen hat und einen nicht beachtet, und der wehende Zipfel eines Vorhangs.

»Ich frage mich, was für 'n Job«, sagte Martha. »Vorigen Sonntag ist sie mit Stahr ausgefahren.«

Aber ich war nicht weiter interessiert. Es erschien mir ungeheuerlich, daß ich hier war – Produzentenblut, dachte ich mit Schrecken. Und in plötzlicher Angst zog ich sie hinaus in den milden Sonnenschein. Es nützt nichts, mir war nun einmal elend und gräßlich zumute. Ich war immer stolz auf meinen Körper gewesen und hatte eine Art, an ihn zu denken wie an einen Körper der Geometrie, wodurch alles, was er tat, richtig erschien. Und nun gab es offenbar keinen einzigen Ort in der Welt, einschließlich Kirchen, Büros und heilige Schreine, wo nicht schon eine Umarmung stattgefunden hatte – aber keiner hatte mich je am Tage während der Geschäftszeit nackt in einen Wandschrank gesteckt.

»Angenommen, Sie wären in einem Drugstore«, sagte Stahr, »– und hätten ein Rezept –«

»Sie meinen in einer Apotheke?« fragte Boxley.

»Wenn Sie in einer Apotheke wären«, konzedierte Stahr, »und Sie bekämen eine verschriebene Medizin für ein Familienmitglied, dem es sehr übel ginge –«

»– sehr schlecht ginge?« korrigierte Boxley.

»Sehr schlecht. Alsdann: was immer hinter dem Fenster Ihre Aufmerksamkeit auf sich zieht, was Sie ablenkt und fesselt – das könnte Stoff für einen Film sein.«

»Sie meinen, ein Mord draußen vor dem Fenster?«

»Da haben wir's«, sagte Stahr lächelnd. »Es könnte auch eine Spinne sein, die im Fensterrahmen an der Arbeit ist.«

»Natürlich – ich verstehe.«

»Ich fürchte, Sie verstehen nicht, Mr. Boxley. Sie sehen es

in Ihrem Medium, nicht in unserem. Sie behalten die Spinnen für sich und wollen uns die Morde aufhängen.«

»Ich reise wohl besser ab«, sagte Boxley. »Ich tauge nicht für Sie. Drei Wochen bin ich hier gewesen und habe nichts geschafft. Ich mache Vorschläge, aber niemand bringt sie zu Papier.«

»Ich möchte, daß Sie bleiben. Etwas in Ihnen mag den Film nicht, mag es nicht, eine Geschichte auf die Art zu erzählen –«

»Es ist so eine verdammte Plackerei«, entfuhr es Boxley. »Man kann sich nicht ausleben –«

Er bezwang sich. Er wußte, daß Stahr, der Steuermann, mitten in einer konstanten steifen Brise ihm seine Zeit widmete – daß sie gleichsam in der ständig knarrenden Takelage eines Schiffes miteinander redeten, das mit großen linkischen Schlingerbewegungen über das offene Meer fuhr. Oder anders – manchmal schien es so – sie waren in einem riesigen Steinbruch, und noch der frisch herausgebrochene Marmor trug das Maßwerk alter Giebel, halb ausgelöschte Inschriften der Vergangenheit.

»Ich wünsche mir immer, ich könnte ganz von vorne anfangen«, sagte Boxley. »Es liegt an dieser Massenproduktion.«

»Das ist die Bedingung«, sagte Stahr. »Immer gibt es irgendeine lausige Bedingung. Wir drehen da einen Rubens-Film – nehmen Sie an, ich bäte Sie, einige reiche Schwachköpfe wie Bill Brady und mich und Gary Cooper und Marcus zu porträtieren, wo Sie doch Jesus Christus malen wollten. Wäre das nicht eine sehr fühlbare Bedingung für Sie? Für uns lautet die Bedingung, daß wir das, was dem Volk am liebsten ist, hernehmen, es richtig aufzäumen und ihm dann zurückreichen müssen. Alles darüber hinaus ist einfach Zucker. Wollen Sie uns also nicht ein bißchen Zucker geben, Mr. Boxley?«

Boxley wußte, daß er heute abend mit Wylie White an

der Trocadero-Bar sitzen und auf Stahr schimpfen könnte, aber er hatte auch Lord Charnwood gelesen und mußte anerkennen, daß Stahr, ebenso wie Lincoln, ein Führer war, der einen langen Krieg an vielen Fronten führte. Fast ganz auf sich gestellt, hatte er den Film in einem Jahrzehnt entscheidend vorwärtsgebracht zu einem Punkt, an dem die Produktionen der Spitzenklasse in ihrem Gehalt reicher und umfassender waren als das Theater. Stahr war ein Künstler, wie Mr. Lincoln ein General, aber als Laie und aus eigener Kraft.

»Kommen Sie mit hinunter in La Borwitz' Büro«, sagte Stahr. »Die können bestimmt etwas Zucker gebrauchen.«

In La Borwitz' Büro saßen zwei Schriftsteller, eine Stenotypistin und ein mundtot gemachter Abteilungsleiter angespannt in einer verräucherten Sackgasse, in der Stahr sie vor drei Stunden zurückgelassen hatte. Er forschte reihum in ihren Gesichtern und fand nichts. La Borwitz verteidigte sich in ehrerbietiger Haltung.

»Wir haben einfach zu viele Personen, Monroe.«

Stahr schnaubte gutmütig.

»Das ist aber die Grundidee des Films.«

Er nahm etwas Kleingeld aus der Tasche, sah zur Hängelampe empor und warf einen halben Dollar hinauf, der in die Schale klirrte. Er blickte auf die Münzen in seiner Hand und wählte einen Vierteldollar.

La Borwitz beobachtete das mit Unbehagen, er kannte diesen Lieblingstrick von Stahr und sah schon seine Felle davonschwimmen. In diesem Augenblick kehrten ihm alle den Rücken zu. Plötzlich zog er seine Hände aus ihrer ruhigen Haltung unter dem Schreibtisch hervor und warf sie hoch in die Luft, so hoch, daß sie sich von den Handgelenken zu lösen schienen – und dann fing er sie geschickt auf, als sie wieder herunterkamen. Danach fühlte er sich besser. Er hatte sich in der Gewalt.

Einer der Drehbuchschreiber hatte ebenfalls ein paar Münzen hervorgeholt, und jetzt wurden die Regeln aufgestellt. »Sie müssen Ihre Münzen zwischen den Ketten hindurchwerfen, ohne sie zu berühren. Alles, was in die Lichtschale fällt, ist der Pott.«

Sie spielten eine halbe Stunde – alle außer Boxley, der abseits saß und in das Drehbuch vertieft war, und die Stenotypistin, die ihre hochmütige Pose beibehielt. Sie überschlug die Kosten dieses Zeitvertreibs der vier Männer und kam auf eine Summe von sechshundert Dollar. Am Ende war La Borwitz der Gewinner mit 5 Dollar 50, und ein Hausmeister kam mit einer Leiter, um das Geld aus der Lampe zu holen.

Plötzlich ließ sich Boxley vernehmen.

»Was Sie da haben, ist ein gefüllter Truthahn«, sagte er.

»Was?«

»Film ist das nicht.«

Sie blickten ihn erstaunt an. Stahr unterdrückte ein Lächeln.

»Da haben wir wenigstens einen richtigen Filmmann!« rief La Borwitz.

»Eine Menge großartiger Dialoge«, sagte Boxley kühn, »aber keine Situationen. Schließlich soll es kein Roman werden, nicht wahr. Und es ist zu lang. Ich kann meinen Eindruck nicht genau beschreiben, aber es stimmt nicht ganz. Und es läßt mich kalt.«

Er gab ihnen zurück, was sie ihm seit drei Wochen eingetrichtert hatten. Stahr wandte sich ab, wobei er die anderen aus dem Augenwinkel beobachtete.

»Wir brauchen nicht weniger Personen«, sagte Boxley, »wir brauchen mehr. Soweit ich sehe, ist das die Idee.«

»Das ist die Idee«, sagten die Drehbuchschreiber.

»Ja – das ist die Idee«, sagte La Borwitz.

Boxley war durch die Aufmerksamkeit, die er erregt hatte, angefeuert.

»Lassen Sie jede Person sich in eine andere versetzen«, sagte er. »Der Polizist ist im Begriff, den Dieb zu verhaften, als er bemerkt, daß der Dieb in Wahrheit *sein* Gesicht hat.

Ich meine, so müssen Sie es drehen. Man könnte die Sache geradezu nennen ›*Versetz dich an meine Stelle*‹.«

Mit einemmal waren sie wieder an der Arbeit – griffen nacheinander das Thema auf wie der Chorus in einer Swing Band und variierten es geschickt. Sie mochten es morgen wieder verwerfen, aber für einen Moment war das Leben zurückgekehrt. Das Münzenspiel hatte es ebenso fertiggebracht wie Boxley. Stahr hatte die richtige Atmosphäre wieder erschaffen – dabei gab er sich nie als ein Antreiber der Getriebenen, sondern fühlte, handelte und wirkte sogar manchmal wie ein kleiner Junge, der sich aufspielt.

Er verließ sie und berührte dabei flüchtig Boxley an der Schulter – ein förmlicher Ritterschlag, denn er wollte nicht, daß sie in der nächsten Stunde gegen ihn Front machten und seinen Geistesflug lähmten.

Dr. Baer wartete in Stahrs Privatbüro. Er hatte einen Farbigen bei sich mit einem tragbaren Cardiograph, der einem übermäßig großen Handkoffer glich ... Stahr nannte das Gerät den Lügendetektor. Stahr hatte sich bis zum Gürtel entblößt, und die wöchentliche Untersuchung begann.

»Wie haben Sie sich gefühlt?«

»Oh – das Übliche«, sagt Stahr.

»Schwer geschuftet? Zum Schlafen gekommen?«

»Nein – etwa fünf Stunden. Wenn ich früh zu Bett gehe, liege ich nur so da.«

»Nehmen Sie die Schlaftabletten.«

»Nach den gelben habe ich morgens Kopfschmerzen.«

»Dann nehmen Sie zwei rote.«

»Gott bewahre mich.«

»Nehmen Sie von jedem eine – die gelbe zuerst.«

»Schön – will's versuchen. Wie haben Sie sich denn gefühlt?«

»Na, hören Sie – ich sorge schon selbst für mich, Monroe, ich nehme mich in acht.«

»Den Teufel tun Sie – manchmal sind Sie die ganze Nacht auf.«

»Dann schlafe ich den ganzen nächsten Tag.«

Nach zehn Minuten sagte Baer:

»Scheint in Ordnung. Der Blutdruck ist fünf Strich höher.«

»Gut«, sagte Stahr. »Das ist doch gut, nicht wahr?«

»Ist gut. Ich entwickle die Cardiogramme noch heute abend. Wann verreisen Sie denn einmal mit mir?«

»Oh, irgendwann«, sagte Stahr obenhin. »So in sechs Wochen werden sich die Dinge etwas beruhigt haben.«

Baer sah ihn mit aufrichtiger Zuneigung an, die sich im Lauf von drei Jahren gebildet hatte.

»Als Sie 1933 krank waren und liegen mußten, ging es besser«, sagte er. »Wenn auch nur für drei Wochen.«

»Ich werde mich wieder hinlegen.«

Nein, das würde er nicht, dachte Baer. Vor ein paar Jahren hatte er mit Minnas Hilfe einige kurze Ruhepausen erzwungen, und letzthin hatte er sich umgehört und herauszubekommen versucht, wen Stahr zu seinen engeren Freunden zählte. Wer konnte ihn fortbringen und fernhalten? Sicher wäre es so gut wie zwecklos. Sein Ende war jetzt fällig, sehr bald. Innerhalb von sechs Monaten, das konnte man mit Bestimmtheit sagen. Wozu also noch Cardiogramme entwickeln? Man konnte einen Mann wie Stahr nicht überreden, aufzuhören, sich hinzulegen und sechs Monate in den Himmel zu starren. Da würde er lieber sterben. Das sagte er nicht, aber worauf es hinauslief, das war der entschiedene Wille zu völliger Erschöpfung, wie er sie schon einmal durchgemacht hatte. Ermüdung war eine Arznei, aber ebenso ein Gift, und Stahr bereitete es offensichtlich einen seltenen, geradezu physischen Genuß, leichtsinnig in übermüdetem Zustand zu arbeiten. Es war eine Perversion der Lebenskraft; er kannte das, aber er hatte es so gut wie aufgegeben, da eingreifen zu wollen. Er hatte einmal einen Mann geheilt oder beinahe geheilt – ein Pyrrhus-Sieg, der darin bestand, abzutöten und die leere Hülle zu retten.

»Halten Sie nur durch«, sagte er.

Sie wechselten einen Blick. Ob Stahr wußte? Wahrscheinlich. Aber er wußte nicht, wann – er wußte nicht, wie nahe es jetzt war.

»Wenn ich durchhalte – mehr kann ich nicht verlangen«, sagte Stahr.

Der Farbige war mit dem Einpacken des Apparats fertig.

»Nächste Woche zur gleichen Zeit?«

»O.K., Bill«, sagte Stahr. »Auf Wiedersehen.«

Als sich die Tür schloß, schaltete Stahr das Diktaphon ein. Miss Doolans Stimme ertönte sogleich.

»Kennen Sie eine Miss Kathleen Moore?«

»Was soll das?« fragte er verblüfft.

»Eine Miss Kathleen Moore ist in der Leitung. Sie sagt, Sie hätten sie gebeten anzurufen.«

»Großer Gott!« entfuhr es ihm. Er war von Zorn und Entzücken fortgerissen. Fünf Tage war es her – das war aus und verspielt.

»Sie ist am Apparat?«

»Ja.«

»Also, geben Sie her.«

Im nächsten Augenblick hörte er ihre Stimme ganz nah.

»Sind Sie verheiratet?« fragte er, mit gesenkter Stimme und unwirsch.

»Nein, noch nicht.«

Vor seiner Erinnerung bekam ihr Gesicht Umriß und Form – als er sich setzte, war es, als neigte sie sich auf den Schreibtisch, genau in Höhe seiner Augen.

»Sie haben den Brief gefunden?« fragte sie.

»Ja. Er tauchte noch an jenem Abend auf.«

»Eben darüber wollte ich mit Ihnen sprechen.«

Endlich fand er eine Haltung – er war wütend.

»Was gibt's darüber zu reden?« fragte er.

»Ich habe versucht, Ihnen noch einen Brief zu schreiben, aber es wurde nichts.«

»Das weiß ich auch schon.«

Es entstand eine Pause.

»Ach, freuen Sie sich mal ein bißchen!« sagte sie überraschend. »Das klingt gar nicht nach Ihnen. Ich spreche doch mit Stahr, oder? Dem besonders reizenden Mister Stahr?«

»Ich habe eine gelinde Wut«, sagte er und plusterte sich auf. »Ich weiß nicht, was das soll. Wenigstens hatte ich Sie in freundlicher Erinnerung.«

»Ich glaube, Sie sind es gar nicht«, sagte sie. »Als nächstes werden Sie mir noch gratulieren.« Plötzlich lachte sie: »Hatten Sie sich das so zurechtgelegt? Ich weiß doch, wie es daneben gerät, wenn Sie sich etwas zurechtgelegt haben –«

»Ich hatte nie damit gerechnet, wieder von Ihnen zu hören«, sagte er mit Würde; aber es nützte nichts, sie lachte wieder – ein Frauenlachen, das dem eines Kindes glich, nur eine Silbe, ein Krähen und ein kleiner Freudenschrei.

»Wissen Sie, wie mich das anmutet?« fragte sie. »Wie ein Tag in London während einer Raupenplage, wenn einem so ein warmes pelziges Ding in den Mund fällt.«

»Tut mir leid.«

»Ach, bitte, wachen Sie auf«, flehte sie. »Ich möchte Sie sehen. Ich kann am Telefon nichts erklären. Es war auch für mich kein Vergnügen, Sie verstehen.«

»Ich bin sehr besetzt. Heute abend ist eine Vorauffführung in Glendale.«

»Soll das eine Einladung sein?«

»George Boxley, der englische Schriftsteller, geht mit mir hin.« Und zu seiner eigenen Überraschung: »Wollen Sie mitkommen?«

»Wie könnten wir da reden?«

Sie überlegte. »Warum kommen Sie nicht später bei mir vorbei?« schlug sie vor. »Wir könnten ein bißchen umherfahren.«

Miss Doolan an dem allmächtigen Diktaphon versuchte, in

die Leitung zu kommen, wegen eines Regisseurs bei der Aufnahme – die einzige Unterbrechung, die zulässig war. Er legte den Hebel herum und rief ungehalten »Warten Sie« in den Apparat.

»So gegen elf?« sagte Kathleen zuversichtlich.

Die Vorstellung ›umherzufahren‹ erschien ihm so unklug, daß er ihr, wenn ihm die Worte dazu eingefallen wären, eine Absage gegeben hätte; aber er wollte nicht die Raupe sein. Plötzlich blieb ihm keine Haltung mehr, die er einnehmen konnte, sondern nur das Gefühl, daß der Tag sich nun doch noch rundete. Er hatte einen Abend – einen Anfang, eine Mitte und ein Ende.

Er rüttelte an der Glastür, hörte ihren Ruf von drinnen und stand wartend auf dem abschüssigen Vorplatz. Weiter unten hörte man das Wirbeln eines Rasenmähers – da schnitt einer um Mitternacht seinen Rasen. Der Mond war so hell, daß Stahr den Mann deutlich sehen konnte, dreißig Meter unterhalb, wie er aufhörte und sich auf den Griff stützte, ehe er kehrtmachte und die Maschine quer durch seinen Garten schob. Alles hier draußen schien von einer mittsommerlichen Unruhe erfaßt – früher August mit unbesonnener Liebe und impulsiven Gewalttaten. Vom Sommer war nicht mehr viel zu erwarten, und so war man eifrig bestrebt, in der Gegenwart zu leben oder, wo keine Gegenwart war, sich eine zu erfinden.

Endlich kam sie. Und wieder war sie ganz anders und strahlend. Sie trug ein Kostüm mit einem Rock, den sie bei jedem Schritt hinunter zum Wagen ein wenig lüpfte, womit sie sich nach dem Motto ›Schürz dich, Baby, es geht los‹ ein Air von wackerem Übermut und stimulierender Unrast gab. Stahr hatte sich für die Limousine mit Chauffeur entschieden, und die Intimität der vier Wände, zwischen denen sie im Dunkeln über eine neue Höhenstraße sausten, ließ sogleich jegliche Fremdheit von ihnen abfallen. Auf ihre Art gehörte die kleine Autotour, die sie machten, zu den schönsten

Momenten, die er je erlebt hatte. Jedenfalls war es einer der Momente, da er wußte, wenn es schon ans Sterben ginge, werde es nicht in dieser Nacht sein.

Sie erzählte ihm ihre Geschichte. Eine Zeitlang saß sie kühl und leuchtend neben ihm, erwärmte sich im Weitererzählen, nahm ihn mit an ferne Orte, führte ihn mit den Leuten zusammen, die sie gekannt hatte. Die Geschichte war zunächst etwas verschwommen. ›Dieser Mann‹ war der, den sie geliebt und mit dem sie gelebt hatte. ›Dieser Amerikaner‹ war der, der sie gerettet hatte, als sie im Treibsand zu versinken drohte.

»Wer ist das – der Amerikaner?«

Ach, Namen – was tun sie zur Sache? Kein wichtiger Mann wie Stahr, nicht vermögend. Er hatte in London gelebt, und jetzt würden sie hier draußen wohnen. Sie würde eine gute Ehefrau sein, ein wirklicher Mensch. Er war dabei, sich scheiden zu lassen – nicht gerade ihretwegen –, aber daher die Verzögerung.

»Und der erste Mann?« fragte Stahr. »Wie bist du an den gekommen?«

Oh, das war zunächst ein Segen. Von sechzehn bis einundzwanzig ging es nur darum, zu essen zu haben. An dem Tag, als ihre Stiefmutter sie bei Hofe vorstellte, hatten sie noch für einen Shilling zu essen, um nicht ohnmächtig zu werden. Sixpence für jeden, aber die Stiefmutter hatte nur zugesehen, während sie aß. Ein paar Monate später starb die Stiefmutter, und sie hätte sich für jenen Shilling verkauft, aber sie war zu schwach, um auf die Straße zu gehen. London kann grausam sein – oh, sehr.

Gab es denn niemand?

Es gab Freunde in Irland, die Butter schickten. Es gab auch eine Volksküche. Dann kam ein Besuch bei einem Onkel, der Annäherungsversuche machte, als ihr Magen gefüllt war, und sie hatte ihm Hoffnungen gemacht und ihm fünfzig Pfund dafür abgeluchst, daß sie es nicht seiner Frau sagte.

»Konntest du denn nicht arbeiten?« fragte Stahr.

»Ich habe gearbeitet. Ich verkaufte Autos. Einmal habe ich ein Auto verkauft.«

»Aber gab es denn keinen richtigen Job?«

»Das ist schwer – das ist da anders. Leute wie ich erwecken den Eindruck, andere zu verdrängen. Eine Frau schlug mich ins Gesicht, als ich mich als Zimmermädchen in einem Hotel bewarb.«

»Aber du warst doch bei Hofe gewesen?«

»Das ging auf meine Stiefmutter zurück – ein äußerster Versuch. Ich war irgendeine. Mein Vater wurde 1922 von den britischen Soldaten in Irland abgeknallt, als ich noch klein war. Er hat ein Buch geschrieben, mit dem Titel *Last Blessing*. Hast du es je gelesen?«

»Ich lese keine Bücher.«

»Ich wollte, du kauftest es für den Film an. Ein gutes kleines Buch. Ich bekomme immer noch Tantième davon – zehn Shilling pro Jahr.«

Dann traf sie ›den Mann‹, und sie bereisten die Welt. Sie war an allen Orten gewesen, über die Stahr Filme drehte, hatte in Städten gelebt, deren Namen er nie gehört hatte. Dann stach den Mann der Hafer, er begann zu trinken und schlief mit den Zimmermädchen, und sie versuchte er seinen Freunden aufzuhängen. Sie alle bemühten sich, daß sie bei ihm aushielte. Sie sagten, sie habe ihn gerettet und müsse ihm nun weiter die Treue halten, unbegrenzt, bis ans Ende. Das sei ihre Pflicht. Sie setzten sie gewaltig unter Druck. Aber sie hatte inzwischen den Amerikaner getroffen, und so lief sie schließlich davon.

»Das hättest du schon vorher tun sollen.«

»Nun, weißt du, das war schwierig.« Sie zögerte und platzte dann heraus: »Weißt du, ich bin einem König fortgelaufen.«

Seine Moralbegriffe brachen irgendwie zusammen – sie hatte es fertiggebracht, ihn zu übertrumpfen. Alle möglichen

Gedanken schossen ihm durch den Kopf – darunter, ganz schwach, der alte Glaube, daß alle Königshäuser verseucht seien.

»Es war nicht der König von England«, sagte sie. »Mein König war stellungslos, wie er zu sagen pflegte. Es gibt eine Menge Könige in London.« Sie lachte – dann fügte sie fast herausfordernd hinzu: »Er war sehr anziehend, bis er zu trinken anfing und überschnappte.«

»Wovon war er denn König?«

Sie sagte es ihm – und Stahr sah das Gesicht aus alten Wochenschauen vor sich.

»Er war sehr gebildet«, sagte sie. »Er hätte in allen möglichen Fächern unterrichten können. Aber er hatte so gar nichts Königliches. Nicht annähernd soviel wie du. Keiner von ihnen.« Jetzt mußte Stahr lachen.

»Du weißt, was ich meine. Sie kamen sich alle schrecklich veraltet vor. Und dabei waren sie so bemüht, mit der Zeit Schritt zu halten. Immer sagte man ihnen, sie müßten mit der Zeit gehen. Einer war beispielsweise ein Gewerkschafter. Und einer hatte immer Zeitungsausschnitte bei sich von einem Tennisturnier, bei dem er bis in die Vorschlußrunde gekommen war. Ich mußte die Zeitungsausschnitte wohl ein dutzendmal ansehen.«

Sie fuhren durch Griffith Park und weiter an den dunklen Studios von Burbank vorbei, den Flughäfen und längs der Straße nach Pasadena mit den Neonlichtern der Cabarets. In seinem Kopf begehrte er sie, aber es war spät, und die Fahrt an sich war schon ein hoher Genuß. Sie saßen Hand in Hand, und einmal kam sie ganz nahe in seine Arme und sagte: »Ach, du bist so reizend. Ich bin wirklich gern bei dir.« Aber sie war teilweise abgelenkt – diese Nacht gehörte nicht ihm, wie ihm der Sonntagnachmittag gehört hatte. Sie war in sich gekehrt, in Erregung versetzt durch das Erzählen ihrer Abenteuer; er war unwillkürlich gespannt, ob er auch noch die Geschichte von dem Amerikaner hören würde.

»Wie lange hast du den Amerikaner gekannt?« fragte er.

»Oh, ein paar Monate. Wir trafen uns immer. Wir verstanden uns gut. Er sagte immer: ›Ich glaube, es wird jetzt ernst.‹«

»Warum hast du mich dann noch angerufen?«

Sie zögerte.

»– Ich wollte dich noch einmal sehen. Außerdem – er sollte heute ankommen, aber gestern abend telegrafierte er, es werde noch eine Woche dauern. Ich wollte mit einem Freund reden – schließlich, du bist mein Freund.«

Ihn verlangte jetzt sehr nach ihr, aber die eine Hälfte seines Geistes war kühl und sagte: sie will nur sehen, ob ich sie liebe, ob ich sie heiraten will. Dann würde sie überlegen, ob sie diesen Mann abwimmeln soll oder nicht. Aber das überlegt sie nicht eher, als bis ich mich erklärt habe.

»Liebst du den Amerikaner?« fragte er.

»Oh, ja. Es ist alles ausgemacht. Er hat mich gerettet und zur Vernunft gebracht. Er reist um die halbe Welt, um zu mir zu kommen. Darauf habe ich bestanden.«

»Aber liebst du ihn denn wirklich?«

»Oh, ja. Ich liebe ihn.«

Das ›Oh, ja‹ verriet ihm das Gegenteil, riet ihm, für sich zu sprechen und daß sie darauf warte. Er nahm sie in die Arme und küßte sie vorsichtig auf den Mund und hielt sie lange so. Es war so warm.

»Heute abend nicht«, flüsterte sie.

»Ist recht.«

Sie fuhren über die Selbstmörderbrücke mit dem neuen hohen Drahtgitter.

»Ich weiß, wozu das ist«, sagte sie, »aber wie töricht. Engländer bringen sich nicht um, wenn sie nicht bekommen, was sie haben wollen.«

In der Auffahrt eines Hotels wendeten sie und fuhren zurück. Es war dunkel, der Mond war untergegangen. Die Welle des Begehrens war verebbt, und keiner sprach für eine

Weile. Ihre Erzählung von Königen hatte ihn komischerweise blitzartig zurückdenken lassen an den perlweißen Gehsteig der Main Street in Erie, Pennsylvania, als er fünfzehn Jahre alt war. Es gab da ein Restaurant mit Austern im Fenster und Grünpflanzen und einer erleuchteten Muschelhöhle, und jenseits hinter einem roten Vorhang brütete das schreckliche fremdartige Geheimnis von Leuten und einer Streicherkapelle. Das war, kurz bevor er nach New York durchbrannte. Dieses Mädchen erinnerte ihn an die geeisten Fische und Austern in dem Schaukasten. Sie war die wunderschöne Puppe. Minna war nie die wunderschöne Puppe gewesen.

Sie blickten einander an, und sie fragte mit den Augen: »Soll ich den Amerikaner heiraten?«

Er gab keine Antwort.

Nach einer Weile sagte er:

»Fahren wir übers Wochenende irgendwohin.«

Sie überlegte.

»Meinst du morgen?«

»Ich denke schon.«

»Gut, ich sag dir morgen Bescheid«, sagte sie.

»Sag's mir heute abend. Ich fürchte –«

»– im Wagen einen Brief zu finden?« Sie lachte. »Nein, es ist kein Brief im Wagen. Du weißt jetzt fast alles.«

»Fast alles.«

»Ja – fast. Noch ein paar Kleinigkeiten.«

Er wollte wissen, was das sei. Sie würde es ihm morgen sagen. Er zweifelte – wollte bezweifeln –, daß da noch ein Wirrwarr von Liebesaffären gewesen wäre: eine Fixierung an den Mann, den König, fest und lange. Drei Jahre einer höchst sonderbaren Stellung – mit einem Fuß im Palast und mit dem anderen draußen. »Es gab viel zu lachen«, sagte sie. »Ich habe gründlich das Lachen gelernt.«

»Er hätte dich doch heiraten können – wie Mrs. Simpson«, gab Stahr zu bedenken.

»Oh, er war verheiratet. Er war kein Romantiker.« Sie hielt an sich.

»Bin ich einer?«

»Ja«, sagte sie unwillkürlich, als spiele sie damit einen Trumpf aus. »Zum Teil bist du's. Du bist drei oder vier Männer in einer Person, aber jeder liegt offen zutage. Wie bei allen Amerikanern.«

»Traue den Amerikanern nur nicht zu weit«, sagte er lächelnd. »Sie mögen leicht zu durchschauen sein, aber sie ändern sich sehr schnell.«

Sie sah besorgt aus.

»So?«

»Sehr schnell und ganz plötzlich«, sagte er, »und nichts stimmt sie wieder um.«

»Du erschreckst mich. Ich hatte immer ein starkes Gefühl von Sicherheit bei Amerikanern.«

Sie schien plötzlich so einsam, daß er ihre Hand ergriff.

»Wo fahren wir also morgen hin?« sagte er. »Vielleicht hinauf in die Berge. Ich habe alles mögliche zu tun morgen, aber ich würde alles liegen lassen. Wir können um vier starten und am späten Nachmittag dort sein.«

»Ich bin mir noch nicht klar. Ich glaube, ich bin ein bißchen durcheinander. Mir scheint, das ist nicht ganz das Mädchen, das nach Kalifornien kam, um ein neues Leben anzufangen.«

Jetzt hätte er es sagen können, sagen ›Es *ist* ein neues Leben‹, denn er wußte, daß er sie jetzt nicht gehen lassen könne, aber etwas anderes riet ihm, erst darüber zu schlafen wie ein erwachsener Mensch, nicht wie ein Romantiker, und ihr vor morgen nichts zu sagen. Immer noch blickte sie ihn an, ihre Augen wanderten von der Stirn zum Kinn und wieder zurück, und dann noch einmal auf und nieder mit jener merkwürdigen, langsam schwingenden Kopfbewegung.

... Es ist deine Chance, Stahr. Ergreif sie besser jetzt. Dieses Mädchen ist für dich bestimmt. Sie kann dich retten, kann dich ins Leben zurückzerren. Du wirst auf sie aufpassen müssen, und das wird dir neue Kräfte geben. Aber nimm sie jetzt – sag's ihr und nimm sie für dich. Keiner von euch beiden weiß es, aber weit weg und über Nacht hat der Amerikaner seine Pläne geändert. In diesem Augenblick rast sein Zug durch Albuquerque, genau nach Fahrplan. Der Lokomotivführer hält die Zeit ein. Am Morgen wird er da sein.

. . . Der Chauffeur bog in die ansteigende Straße zu Kathleens Haus ein. Es wirkte freundlich, selbst in der Dunkelheit. Wo immer er hier im Umkreis gewesen war – alles kam Stahr verzaubert vor: die Limousine, das halbfertige Haus am Strand, die Strecken, die sie in der weit verstreuten Stadt zusammen durchfahren hatten. Die Anhöhe, die sie jetzt hinauffuhren, strahlte eine Art von Wärme aus oder einen lang ausschwingenden Ton, der seine Seele in helles Entzücken versetzte.

Als sie Gutenacht sagte, fühlte er wiederum, daß er sie unmöglich verlassen könnte, nicht einmal für wenige Stunden. Es lagen nur zehn Jahre zwischen ihnen, aber schon dadurch bekam die Sache für ihn etwas von jener Tollheit, die der Liebe eines alternden Mannes zu einem jungen Mädchen verwandt ist. Eine tiefe, verzweifelte Zeitnot, ein Uhrenticken, das mit seinen Herzschlägen ging, drängte ihn, gegen die ganze Logik seines Lebens, jetzt hinter ihr ins Haus zu treten und zu sagen: ›Jetzt ist's für immer.‹

Kathleen, die selbst unschlüssig war, wartete – rosa-silberner Frost, der darauf wartete, mit dem Frühling zu schmelzen. Sie war eine Europäerin, bereit sich vor Gewalt zu beugen, aber eine leidenschaftliche Selbstachtung erlaubte ihr nicht weiterzugehen. Sie hatte keine Illusionen über die Rücksichten, von denen Fürsten sich leiten ließen.

»Wir werden morgen ins Gebirge fahren«, sagte Stahr. Viele Tausende von Menschen hingen von seinem ausgewogenen Urteil ab – doch auch eine Eigenschaft, mittels der man sich zwanzig Jahre gehalten hat, kann plötzlich stumpf werden.

Am nächsten Morgen hatte er sehr viel zu tun, es war Samstag. Als er um zwei Uhr vom Lunch kam, fand er einen Stapel von Telegrammen vor – das Schiff einer Film-expedition in der Arktis war verloren; ein Star war in Un-gnade gefallen; ein Drehbuchschreiber war dabei, eine Klage um eine Million Dollar anzustrengen. Auf der anderen Seite des Ozeans waren Juden elend umgekommen. Das letzte Te-legramm starrte ihm entgegen:

›Habe heute um zwölf geheiratet. Leben Sie wohl.‹ Und auf einem angehängten Zettel: *›Antwort bitte durch We-stern Union Telegram.‹*

Von alledem wußte ich nichts. Ich fuhr hinauf nach Lake Louise, und als ich zurückkam, vermied ich die Nähe der Studios. Ich hätte mich wohl Mitte August wieder nach Osten aufgemacht, wenn Stahr mich nicht eines Tages zuhause angerufen hätte.

»Ich möchte, daß Sie etwas für mich arrangieren, Cecilia. Ich möchte mit einem Mitglied der Kommunistischen Partei zusammenkommen.«

»Mit welchem?« fragte ich erschrocken.

»Mit irgendeinem.«

»Gibt's von denen nicht genug da draußen?«

»Ich meine, mit einem ihrer Funktionäre – aus New York.«

Im Sommer zuvor hatte ich mich politisch sehr engagiert. Ich hätte wahrscheinlich ein Treffen mit Harry Bridges vermitteln können. Aber mein junger Freund war nach meiner Abreise ins College bei einem Autounfall ums Leben gekommen, und so hatte ich jetzt zu diesen Dingen keinen Kontakt mehr. Immerhin wußte ich, daß ein Mann von der Zeitung *The New Masses* sich hier irgendwo herumtrieb.

»Werden Sie ihm Immunität zusichern?« fragte ich im Spaß.

»Oh, ja«, antwortete Stahr ganz ernsthaft. »Ich werde ihm nicht weh tun. Nehmen Sie jemand, der reden kann – sagen Sie, er soll eins seiner Bücher mitbringen.«

Er sprach, als wolle er sich mit einem Anhänger des ›I-am‹-Kults treffen.

»Soll es eine Blonde oder eine Brünette sein?«

»Oh, einen Mann bitte«, sagte er hastig.

Allein Stahrs Stimme zu hören gab mir neuen Auftrieb. Seit ich in Vaters Büro hineingeplatzt war, kam mir alles wie ein Herumpatschen in einem flachen Spucknapf vor. Mit Stahr änderte sich das alles – er ließ mich die Sache aus einem anderen Blickwinkel sehen, er veränderte buchstäblich die Luft.

»Ich meine, Ihr Vater braucht nichts davon zu erfahren«, sagte er. »Können wir so tun, als sei der Mann ein bulgarischer Musiker oder so etwas?«

»Oh, die verkleiden sich heutzutage nicht mehr«, sagte ich.

Die Sache ließ sich schwieriger an, als ich gedacht hatte – Stahrs Verhandlungen mit der Writers' Guild, die sich über ein Jahr hingezogen hatten, waren allmählich in eine Sackgasse geraten. Vielleicht fürchteten sie, man wolle sie bestechen, und so wurde ich zunächst gefragt, was Stahr vorzuschlagen habe. Hinterher erzählte mir Stahr, er habe sich auf das Treffen vorbereitet, indem er sich aus seiner privaten Kinothek die russischen Revolutionsfilme vorführen ließ. Er sah sich auch *Doktor Caligari* an und Salvador Dalis *Chien Andalou;* vielleicht dachte er, sie könnten auf die Sache Bezug haben. Die russischen Filme aus den zwanziger Jahren hatten ihn aufgewühlt, und auf Wylie Whites Rat hatte er sich aus dem Script Department ein zweiseitiges ›Treatment‹ des Kommunistischen Manifests kommen lassen.

Aber sein Geist war für diese Dinge nicht aufgeschlossen. Er war ein Rationalist, der sich sein Urteil nicht aufgrund von Büchern bildete – zudem hatte er sich eben erst aus einem Jahrtausend jüdischer Tradition bis ins späte achtzehnte Jahrhundert vorgearbeitet. Er ertrug es nicht, das so einfach hinschwinden zu sehen. Wie alle Parvenus war er eifrig darauf bedacht, einer imaginären Vergangenheit die Treue zu halten.

Die Begegnung fand in dem von mir so genannten ›Kunstleder-Salon‹ statt – das war einer von sechsen, die vor Jahren ein Dekorateur von Sloanes für uns eingerichtet hatte, und die Bezeichnung ging mir nicht aus dem Kopf. Es roch förmlich nach Dekorateur: ein Teppich aus Angorawolle in Dämmergrau, dem feinsten Grau, das man sich vorstellen kann – man wagte kaum, ihn zu betreten – und die silbergraue Täfelung, die Ledertischchen, die öligen Ölbilder und die zierlichen Nippsachen sahen so schmutzempfindlich aus, daß wir in dem Zimmer nicht richtig atmen konnten, obwohl es von der Tür her einen wundervollen Anblick bot, wenn bei geöffneten Fenstern die Vorhänge gegen den Luftzug aufbegehrten. Der Raum stammte in direkter Linie von der alten amerikanischen Guten Stube ab, die – außer an Sonntagen – stets abgeschlossen war. Aber es war für diese Gelegenheit genau das Richtige, und was immer geschehen mochte, so hoffte ich, es werde dem Raum einen Charakter geben und ihn von nun an zu einem Bestandteil unseres Hauses machen.

Stahr kam als erster. Er war blaß, nervös und niedergeschlagen – bis auf seine Stimme, die immer gleichmäßig ruhig und beherrscht klang. Er hatte eine schöne persönliche Art, einen zu begrüßen; er kam gerade auf einen zu, rückte irgend etwas beiseite, das im Weg stand, und nahm einen so ganz und gar zur Kenntnis, als könne er gar nicht anders. Ich gab ihm aus irgendeinem Grund einen Kuß und führte ihn in den ›Kunstleder-Salon‹.

»Wann geht's denn ins College zurück?« fragte er.

Wir hatten uns schon früher auf diesem verfänglichen Terrain bewegt.

»Hätten Sie mich lieber, wenn ich etwas kleiner wäre?« fragte ich. »Ich könnte flache Absätze und eine anliegende Frisur tragen.«

»Wir essen heute zusammen zu Abend«, schlug er vor. »Die Leute werden mich für Ihren Vater halten, aber das macht mir nichts aus.«

»Ich schwärme für ältere Männer«, versicherte ich. »Wenn der Mann keinen Krückstock hat, kommt's mir vor wie eine Jugendliebelei.«

»Hat's das oft bei Ihnen gegeben?«

»Oft genug.«

»Die Menschen stolpern immer wieder in eine Liebe rein und wieder raus, nicht wahr?«

»Alle drei Jahre oder so, meint Fanny Brice. Ich hab's gerade in der Zeitung gelesen.«

»Ich frage mich, wie die das fertigbringen«, sagte er. »Ich weiß, es stimmt, ich seh's ja. Aber jedesmal scheinen sie restlos überzeugt. Und dann sind sie plötzlich nicht mehr so überzeugt. Aber sie lassen sich immer von neuem überzeugen.«

»Sie haben zu viele Filme gemacht.«

»Ich frage mich auch, ob sie beim zweiten, beim dritten oder vierten Mal noch ebenso überzeugt sind«, meinte er beharrlich.

»Jedesmal mehr«, sagte ich. »Beim letzten Mal am allermeisten.«

Er überlegte und schien mir beizupflichten.

Die Art, wie er das sagte, mochte ich nicht, und plötzlich merkte ich, daß er unter der Oberfläche sehr unglücklich war.

»Es ist schon ein Elend«, sagte er. »Besser, wenn erst alles vorbei ist.«

»Moment mal! Vielleicht ist der Film in den falschen Händen.«

Brimmer, der Parteimann, wurde gemeldet, und indem ich ihm entgegenging, rutschte ich auf einem dieser Spinnwebenläufer aus und praktisch in seine Arme.

Er sah reizend aus, dieser Brimmer – ein bißchen wie Spencer Tracy, aber mit markanteren Zügen und einer reicheren Gefühlsskala. Als er und Stahr einander anlächelten, sich die Hände schüttelten und wieder zurücktraten, erschienen sie mir unweigerlich als die beiden vitalsten Männer, die ich je gesehen hatte. Sie hatten sogleich Kontakt miteinander – dabei waren sie zu mir so höflich, wie man sich's nur wünschen kann, und wenn sie sich am Ende ihrer Rede mir zuwandten, sprachen sie mit gesenkter Stimme.

»Worauf wollt ihr denn eigentlich hinaus?« fragte Stahr. »Ihr habt mir alle meine jungen Leute rebellisch gemacht.«

»Das hält sie wach, oder nicht?« fragte Brimmer.

»Zuerst haben wir ein halbes Dutzend Russen in den Betrieb gelassen«, sagte Stahr, »damit sie einen Musterbetrieb kennenlernten, nicht wahr. Und nun versuchen Sie die Einheit zu sprengen, die den Musterbetrieb ausmacht.«

»Die Einheit?« wiederholte Brimmer. »Meinen Sie das sogenannte Betriebsklima?«

»Oh, das nicht«, sagte Stahr ungeduldig. »Ich glaube vielmehr, Sie haben es auf mich abgesehen. Letzte Woche kam ein Drehbuchautor in mein Büro, ein Alkoholiker, ein Mann, der seit Jahren mit einem Fuß im Irrenhaus steht, und wollte mich über meine Pflichten belehren.«

Brimmer lächelte.

»Sie sehen mir nicht wie ein Mann aus, den man darüber belehren müßte, Mr. Stahr.«

Beide wünschten Tee. Als ich zurückkam, erzählte Stahr gerade eine Geschichte über die Warner Brothers, und Brimmer lachte mit ihm.

»Ich will Ihnen noch eine erzählen«, sagte Stahr. »Balanchine, der russische Tänzer, hatte sie mit den Ritz Brothers verwechselt. Er wußte nicht mehr, welche er trainierte und für welche er arbeitete. Und so ging er immer herum und sagte: ›Ich kann diesen Warner Brothers nicht das Tanzen beibringen.‹«

Es sah nach einem ruhigen Nachmittag aus. Brimmer fragte ihn, weshalb die Filmproduzenten nicht die Anti-Nazi-Liga unterstützten.

»Wegen Leuten wie euch«, sagte Stahr. »Auf diese Weise versucht ihr die Schriftsteller herumzukriegen. Aber auf lange Sicht verschwendet ihr damit nur eure Zeit. Schriftsteller sind Kinder; sogar in normalen Zeiten können sie sich nicht auf ihre Arbeit konzentrieren.«

»Sie sind die Farmer in dieser Branche«, sagte Brimmer

scherzend. »Sie lassen das Korn wachsen, aber beim Ernte-schmaus sind sie nicht dabei. Gegenüber dem Produzenten hegen sie den gleichen Groll wie die Farmer gegenüber dem Städter.«

Mich beschäftigte die Frage nach Stahrs Mädchen – ob zwischen ihnen alles aus sei. Später, als ich von Kathleen die ganze Geschichte erfuhr – wir standen im Regen auf einer häßlichen Straße, die sich Goldwyn Avenue nannte –, rechnete ich mir aus, daß dies eine Woche nach dem Telegramm gewesen sein mußte. Der Mann kam überraschend von der Bahn und führte sie zum Standesamt ohne den geringsten Zweifel, daß das auch ihr Wunsch sei. Es war früh um acht, und Kathleen war so verdutzt, daß ihre einzige Sorge darin bestand, wie sie Stahr das Telegramm zukommen lassen könnte. Es wäre denkbar gewesen, einfach stehenzubleiben und zu sagen: ›Hör zu, ich vergaß dir zu sagen, aber ich habe da einen Mann getroffen.‹ Doch dieser Weg war so gründlich, mit solchem Vertrauen, solcher Mühsal und solcher Erleichterung beschlossen worden, daß sie, als er sich bot und sich dann plötzlich mit jenem anderen schnitt, schon darauf festgelegt war wie ein Waggon, dem die Weichen gestellt sind. Er war dabei, als sie das Telegramm schrieb, blickte direkt über den Tisch darauf nieder, und sie hoffte nur, daß er die Schrift verkehrt herum nicht lesen könne . . .

Als ich mit meinen Gedanken wieder im Zimmer war, hatten sie die armen Schriftsteller fertiggemacht – Brimmer war so weit gegangen zuzugeben, sie seien ›unsichere Kantonisten‹.

»Sie haben nicht das Zeug zur Autorität«, sagte Stahr. »Der Wille kann durch nichts ersetzt werden. Manchmal muß man einen Willen vortäuschen, wenn einem gar nicht danach ist.«

»Das ist mir auch schon vorgekommen.«

»Man muß sagen: ›So soll es sein – nicht anders‹, selbst wenn man sich dessen gar nicht sicher ist. Wohl ein dutzend-mal in der Woche komme ich in diese Lage. Situationen, in denen man keinerlei Gründe für dies oder jenes anführen kann. Man tut einfach, als gäbe es sie.«

»Alle Führer haben das durchgemacht«, sagte Brimmer, »Arbeiterführer und ganz gewiß militärische Führer.«

»So mußte ich auch in dieser Angelegenheit der Writers' Guild Stellung nehmen. Für mich sieht es wie eine Machtprobe aus, und alles, was ich den Schriftstellern biete, ist Geld.«

»Manchen geben Sie aber sehr wenig. Dreißig Dollar die Woche.«

»Wer bekommt das?« fragte Stahr überrascht.

»Die, mit denen man's machen kann, die leicht zu ersetzen sind.«

»Nicht in meinem Studio«, sagte Stahr.

»O doch«, sagte Brimmer. »Zwei Leute in Ihrer Kurzfilmproduktion bekommen dreißig Dollar die Woche.«

»Wer?«

»Einer namens Ransome und einer namens O'Brien.«

Stahr und ich lächelten gleichzeitig.

»Das sind keine Schriftsteller«, sagte Stahr. »Das sind Vettern von Cecilias Vater.«

»Es gibt noch einige in anderen Studios«, sagte Brimmer.

Stahr holte ein Medizinfläschchen hervor und nahm einen Teelöffel davon ein.

»Was ist ein Fink?« fragte er unvermittelt.

»Ein Fink? Das ist'n Streikbrecher oder 'n Hausdetektiv.«

»Dachte ich auch«, sagte Stahr. »Ich habe da einen Fünfzehnhundert-Dollar-Autor, und immer wenn er durch die Kantine geht, ruft er hinter den Stühlen der anderen ›Fink!‹. Das wäre nur komisch, aber er jagt ihnen einen höllischen Schrecken ein.«

Brimmer lachte.

»Das möchte ich gerne sehen.«

»Wie wär's, wenn Sie einen Tag mit mir da drüben verbrächten?« schlug Stahr vor.

Brimmer war ehrlich amüsiert und lachte.

»Nein, Mr. Stahr. Wenn ich auch nicht zweifle, daß mir das Eindruck machen würde. Ich habe mir sagen lassen, daß Sie einer der schwerstarbeitenden und produktivsten Männer im ganzen Westen sind. Es wäre eine Auszeichnung, Ihnen zusehen zu dürfen, aber ich fürchte, ich muß mir das versagen.«

Stahr sah mich an.

»Ich mag Ihren Freund gern«, sagte er. »Er ist verrückt, aber ich mag ihn.« Er beugte sich dicht zu Brimmer vor: »Hier im Westen geboren?«

»Oh ja, seit mehreren Generationen.«

»Alles Leute wie Sie?«

»Mein Vater war Baptistenprediger.«

»Ich meine, waren viele in der Familie rot? Ich möchte zum Beispiel diesen allgewaltigen Juden kennenlernen, der Ford aus den Angeln zu heben versuchte. Wie hieß er doch –«

»Frankensteen?«

»Ja, das ist er. Vermutlich glauben einige von Ihnen daran.«

»Sehr wenige«, sagte Brimmer trocken.

»Sie nicht«, sagte Stahr.

Ein Schatten von Unmut ging über Brimmers Gesicht.

»Oh, doch«, sagte er.

»Oh, nein«, sagte Stahr, »vielleicht früher einmal.«

Brimmer zuckte die Achseln.

»Vielleicht verhält sich die Sache umgekehrt«, sagte er. »Tief im Innern wissen Sie, daß ich recht habe, Mr. Stahr.«

»Nein«, sagte Stahr, »ich halte es für dummes Zeug.«

»– Sie denken bei sich ›er hat recht‹, aber Sie hoffen, daß das herrschende System Sie überdauern wird.«

»Sie glauben doch nicht im Ernst, daß Sie die Regierung aus dem Sattel heben werden.«

»Nein, Mr. Stahr. Aber wir glauben, vielleicht schaffen Sie's.«

Sie attackierten einander heftig – kleine Sticheleien, wie sie unter Männern manchmal vorkommen. Bei Frauen auch, aber dann ist es ein richtiger erbarmungsloser Kampf. Bei Männern ist die Sache nicht erfreulich, weil man nie weiß, was nun kommt. Jedenfalls war es für mein Gefühl der Atmosphäre des Raumes nicht zuträglich, und so manövrierte ich sie durch die Fenstertür in unseren goldgelben kalifornischen Garten hinaus.

Es war Hochsommer, aber das frische Wasser aus den Rasensprengern verlieh allem einen frühlingshaften Glanz. Ich sah, wie Brimmer gleichsam seufzend darauf niederblickte – typisch für diese Leute. Er legte hier draußen gewaltig aus – wirkte größer, als ich gedacht hatte, und breitschultrig. Er erinnerte mich ein wenig an einen Übermenschen, der seine Brille abnimmt. Ich fand ihn so anziehend, wie Männer nur sein können, die von Frauen als solchen keine Notiz nehmen. Wir spielten eine Runde chinesisch Ping-Pong, und er hatte einen sehr gewandten Schlag. Ich hörte, wie Vater ins Haus kam und sein verflixtes *Little Girl, You've had a Busy Day* sang, aber dann abbrach, als merke er, daß keine Unterhaltung mehr im Gange war. Es war halb sieben – mein Wagen stand noch in der Auffahrt, und ich schlug vor, zum Essen ins Trocadero hinunterzufahren.

Brimmer hatte genau den Blick wie Pater O'Ney damals in New York, als er seinen Kragen herumdrehte und mit Vater und mir ins Russische Ballett ging. Er fühlte sich nicht ganz am richtigen Platz. Als Bernie, der Fotoreporter, der hier auf irgendein Stück Großwild lauerte, auf unseren Ping-Pong-Tisch zukam, sah Brimmer wie ertappt aus. Stahr schickte Bernie fort, aber das Bild hätte ich haben mögen.

Dann im Trocadero trank Stahr zu meiner Überraschung drei Cocktails nacheinander.

»Jetzt weiß ich, daß Sie Pech in der Liebe gehabt haben«, sagte ich.

»Wie kommen Sie zu dieser Annahme, Cecilia?«

»Die Cocktails.«

»Oh, ich trinke nie, Cecilia. Ich werde magenkrank davon – ich war noch nie betrunken.«

Ich zählte sie ihm vor: »– zwei – drei.«

»Habe ich gar nicht gemerkt. Sie schmeckten nicht. Dachte ich doch, daß etwas nicht stimmte.«

Seine Augen bekamen plötzlich einen dummen glasigen Ausdruck, dann verging es wieder.

»Das war mein erster Drink in der Woche«, sagte Brimmer. »Ich habe das Trinken bei der Marine erledigt.«

Wieder bekam Stahr den komischen Blick – er zwinkerte mir albern zu und sagte:

»Dieser Soap-Box-Köter hat sich an die Marine herangemacht.«

Brimmer wußte nicht recht, wie er das aufnehmen sollte. Dann entschied er sich offenbar, es hingehen zu lassen, denn er lächelte schwach, und ich sah, daß auch Stahr lächelte. Ich war erleichtert zu sehen, daß die Sache sich in den Grenzen der großen amerikanischen Tradition hielt, und ich versuchte, das Gespräch an mich zu reißen, aber Stahr schien plötzlich wieder normal.

»Etwas Typisches, was mir so passiert«, sagte er sehr bestimmt und präzis zu Brimmer. »Der beste Regisseur in Hollywood, ein Mann, mit dem ich nie aneinander gerate, hat einen Tick, in jeden Film einen Homo einzuschmuggeln, oder etwas in der Art. Etwas Anstößiges. Das arbeitet er tief ein wie ein Wasserzeichen, so daß ich es nicht herausbringe. Und jedesmal, wenn er das macht, rückt der Sittlichkeitsverein uns näher auf die Pelle, und irgend etwas aus einem anständigen Film muß geopfert werden.«

»Typischer Ärger mit den Verbänden«, pflichtete Brimmer bei.

»Typisch«, sagte Stahr. »Es ist ein endloser Kampf. Nun sagt mir dieser Regisseur, es sei in Ordnung, weil er eine Regisseur-Gewerkschaft aufgezogen habe, und ich könne auf die Ärmsten keinen Druck ausüben. Auf diese Weise vermehren Sie nur meine Schwierigkeiten.«

»Das liegt ein bißchen weitab von unseren Bestrebungen«, sagte Brimmer lächelnd. »Ich glaube nicht, daß wir mit den Regisseuren viel Erfolg hätten.«

»Das waren aber lange Zeit meine Kollegen«, sagte Stahr stolz. Etwa so, als hätte Edward VII. sich gerühmt, in der besten Gesellschaft Europas verkehrt zu haben.

»Aber einige von ihnen haben mir nie verziehen«, fuhr er fort, »daß ich Bühnenregisseure hergeholt habe, als der Tonfilm kam. Das brachte sie auf Touren und ließ sie nochmal gründlich ihr Handwerk lernen; aber wirklich verziehen haben sie mir das nie. Diesmal nun haben wir eine ganze Ladung Drehbuchschreiber importiert, und ich dachte, es seien gewaltige Burschen, bis sie alle kommunistisch wurden.«

Gary Cooper kam herein und setzte sich in eine Ecke zu einer Gruppe von Männern, die nur zu atmen wagten, wenn er atmete, und aussahen, als lebten sie auf seine Kosten, und sich nicht mucksten. Eine Frau auf der anderen Seite des Raumes blickte umher und entpuppte sich als Carole Lombard. Ich freute mich, daß Brimmer wenigstens etwas zu gucken hatte.

Stahr bestellte einen Whisky-Soda und fast unmittelbar darauf noch einen. Er aß nichts als ein paar Löffel Suppe und redete all das gräßliche Zeug über jeden x-beliebigen Nichtsnutz, aber ihn tangiere das ja nicht, weil er steinreich sei – kurz, die Art von Geschwätz, die man zu hören bekam, wann immer Vater mit seinen Freunden beisammen war. Ich glaube, Stahr merkte selbst, daß es außerhalb der eigentlichen Studiomauern ziemlich gemein klang – vielleicht war ihm das bis dahin nie so zum Bewußtsein gekommen. Jedenfalls verstummte er und trank eine Tasse schwarzen Kaffee. Ich liebte ihn, und seine Reden änderten nichts daran, aber ich haßte Brimmer dafür, daß er diesen Eindruck davontrug. Ich wünschte mir, er sähe Stahr als eine Art von organisatorischem Genie, und nun hatte Stahr sich derart in die Rolle des gemeinen Aufpassers gesteigert, daß er die Szene, hätte er sie auf der Leinwand gesehen, für Schund erklärt hätte.

»Ich bin ein Mann aus der Produktion«, sagte er, wie um das Vorherige abzumildern. »Ich kenne mich mit Schriftstellern aus – ich glaube, sie zu verstehen. Ich bin nicht drauf aus, einen rauszuschmeißen, wenn er ordentliche Arbeit leistet.«

»Wir wollen auch nicht, daß Sie das tun«, sagte Brimmer freundlich. »Wir möchten in Ihnen gern einen Aktivposten sehen.«

Stahr nickte grimmig.

»Und ich möchte Sie einmal mitten unter meinen Partnern sehen. Die wissen alle ein Dutzend Gründe, um Burschen wie Sie aus der Stadt abschieben zu lassen.«

»Wir wissen Ihre Protektion zu schätzen«, sagte Brimmer mit einem Anflug von Ironie. »Offen gesagt, Sie sind für uns ein schwieriger Fall, Mr. Stahr – genau genommen, weil Sie ein patriarchalischer Arbeitgeber und sehr einflußreich sind.«

Stahr hörte nur halb zu.

»Ich habe mir nie eingebildet«, sagte er, »daß ich mehr Grips hätte als so ein Schriftsteller. Aber ich dachte immer, sein Gehirn gehöre mir, weil ich es richtig einzusetzen verstehe. Ganz wie die Römer – ich habe mir sagen lassen, daß die überhaupt keine Erfindungen gemacht haben, aber sie wußten etwas damit anzufangen. Verstehen Sie? Ich behaupte nicht, daß das richtig ist. Aber so habe ich es immer angesehen – schon als Junge.«

Das interessierte Brimmer – zum erstenmal seit einer Stunde zeigte er sich interessiert.

»Sie wissen sehr gut über sich Bescheid, Mr. Stahr«, sagte er.

Ich glaube, er wollte jetzt gehen. Er war neugierig gewesen, was für ein Mann Stahr sei, und jetzt glaubte er, es zu wissen. Ich hoffte immer noch, alles möchte anders sein, und so drängte ich ihn überstürzt, mit uns nach Hause zu fahren, aber als Stahr an der Bar haltmachte und noch einen Drink nahm, wußte ich, daß ich einen Fehler begangen hatte.

Es war ein milder, harmloser, ruhiger Abend mit vielen Wochenend-Autos. Stahrs Hand lag auf der Rückenlehne und berührte mein Haar. Plötzlich wünschte ich mich um zehn Jahre zurückversetzt. Ich wäre dann neun gewesen; Brimmer etwa achtzehn und gerade dabei, auf einem College im Mittelwesten seinen Weg zu machen, und Stahr fünfundzwanzig, im frischen Besitz der ganzen Welt und voller Selbstvertrauen und Lebenszuversicht. Wir hätten beide zu Stahr aufgeblickt, ganz ohne Frage. Und nun waren wir hier in einen Streit unter Erwachsenen verwickelt, der keine friedfertige Lösung zuließ und jetzt durch die Erschöpfung und die Drinks noch komplizierter war.

Wir bogen zu unserem Haus ein, und ich fuhr wieder ums Haus auf die Gartenseite.

»Ich muß jetzt aufbrechen«, sagte Brimmer. »Ich bin noch mit einigen Leuten verabredet.«

»Nein, bleiben Sie«, sagte Stahr. »Ich habe mich noch gar nicht ausgesprochen. Wir werden Ping-Pong spielen und noch einen trinken, und dann gehen wir richtig aufeinander los.«

Brimmer zögerte. Stahr schaltete das Licht ein und nahm seinen Ping-Pong-Schläger, und ich ging ins Haus, um Whisky zu holen – ich hätte nicht gewagt, ihm zu widersprechen.

Als ich zurückkam, spielten sie nicht, sondern Stahr schlug einen ganzen Kasten neuer Bälle zu Brimmer hinüber, der sie seitlich abprallen ließ. Bei meinem Kommen hörte Stahr damit auf, nahm die Flasche und zog sich in einen Sessel am Rande des Lichtkegels zurück, wo er mit finsterer, bedrohlicher Würde sitzen blieb. Er war bleich – so durchscheinend, daß man geradezu sehen konnte, wie sich der Alkohol mit dem Gift der Erschöpfung mischte.

»Erholsam, so ein Samstagabend«, sagte er.

»Sie erholen sich aber gar nicht«, sagte ich.

Instinktiv trieb er einen verlorenen Kampf bis an die Grenze des Wahnsinns.

»Ich werde Brimmer zusammenschlagen«, verkündete er nach einer Weile. »Ich werde diese Sache selbst in die Hand nehmen.«

»Haben Sie keinen, der das für Sie tut?« fragte Brimmer. Ich bedeutete ihm, still zu sein.

»Ich besorge meinen Dreck selber«, sagte Stahr. »Ich werde Sie nach Noten verprügeln und Sie dann auf den Zug setzen.«

Er stand auf und kam heran, und ich legte meine Arme um ihn und packte fest zu.

»Bitte, nicht weiter!« sagte ich. »Ach, Sie sind so eklig.«

»Dieser Bursche hat auch Sie eingewickelt«, sagte er finster. »Alle jungen Leute. Ihr wißt nicht mehr, was ihr tut.«

»Bitte, gehen Sie«, sagte ich zu Brimmer.

Stahrs Anzug war aus glattem Stoff, und plötzlich entschlüpfte er mir und ging auf Brimmer los. Brimmer zog sich hinter den Tisch zurück. Sein Gesicht hatte einen seltsamen Ausdruck, und hinterher fand ich, er habe ausgesehen, als wolle er sagen ›Ist das alles? Dieser schwächliche, halb betrunkene Kerl will die ganze Sache aufhalten?‹

Dann kam Stahr dicht heran, mit erhobenen Fäusten. Mir schien, daß Brimmer ihn mit dem linken Arm eine Minute abwehrte, dann blickte ich fort – ich konnte es nicht ertragen. Als ich wieder hinsah, war Stahr unter der Tischplatte verschwunden, und Brimmer blickte auf ihn hernieder.

»Bitte, gehen Sie nachhause«, sagte ich zu Brimmer.

»Gut.« Er stand, immer noch mit dem Blick auf Stahr, als ich um den Tisch herumkam. »Ich wollte schon immer zehn Millionen Dollar verdreschen, aber so hatte ich es mir nicht vorgestellt.«

Stahr lag regungslos.

»Bitte, gehen Sie«, sagte ich.

»Tut mir leid. Kann ich helfen –«

»Nein. Bitte gehen Sie. Ich verstehe alles.«

Wieder blickte er etwas beklommen auf den unten liegenden Stahr, den er in Sekundenschnelle dorthin befördert hatte. Dann ging er rasch über den Rasen hinweg, und ich kniete mich hin und schüttelte Stahr. Im nächsten Augenblick kam er mit einem fürchterlichen Ruck zu sich und sprang auf die Füße.

»Wo ist er?« brüllte er.

»Wer?« fragte ich unschuldig.

»Dieser Amerikaner. Weshalb zum Teufel mußtest du ihn heiraten, du verdammte Närrin?«

»Monroe – er ist fort. Ich habe niemand geheiratet.«

Die Ping-Pong-Bälle lagen im Gras umher wie ein Sternbild. Ich drehte einen Rasensprenger auf und kam mit einem nassen Taschentuch zurück, aber Stahr wies keine Verletzung auf – er mußte seitlich am Kopf getroffen worden sein. Er ging hinunter zwischen ein paar Bäume und übergab sich, und ich hörte, wie er etwas Erde darüberscharrte. Danach schien er ganz in Ordnung, wollte aber nicht ins Haus gehen, ehe ich ihm etwas zum Mundspülen brächte, und so nahm ich die Whisky-Flasche fort und holte ein Mundwasser. Sein gräßlicher Anlauf, sich zu betrinken, war vorüber. Ich bin schon mit jungen Kommilitonen ausgewesen, aber dies war ohne Frage ein Rekord an purer Unfähigkeit und Stillosigkeit. Alles Schlimmste stieß ihm zu, aber damit hatte sich's auch.

Wir gingen ins Haus; die Köchin sagte, Vater und Mr. Marcus und Fleishacker seien auf der Veranda, darum blieben wir in dem ›Kunstleder-Salon‹. Wir setzten uns mal hier, mal da hin, kamen ins Rutschen, und am Ende saß ich auf einem Flauschteppich und Stahr auf einem Hocker neben mir.

»Habe ich's ihm gegeben?« fragte er.

»Oh, ja«, sagte ich. »Gründlich.«

»Das glaub ich nicht.« Nach einem Moment fügte er hinzu:

»Ich wollte ihm nicht weh tun. Ich wollte ihn nur hinausjagen. Ich glaube, er hat was abbekommen und zurückgeschlagen.«

So deutete er sich das, was geschehen war, und mir sollte es recht sein.

»Sind Sie weiter auf ihn böse?«

»Oh, nein«, sagte er. »Ich war einfach betrunken.« Er blickte umher. »Hier bin ich noch nie gewesen. Wer hat den Raum ausgestattet – jemand aus dem Studio? Aber ich muß sehen, hier wegzukommen«, sagte er in seinem alten freundlichen Ton. »Was meinen Sie, sollen wir zu Doug Fairbanks Ranch hinausfahren und dort übernachten?« fragte er. »Ich weiß, daß er Sie gern einmal dahätte.«

So also begannen die zwei Wochen, in denen er und ich uns herumtrieben. Aber für Louella genügte schon eine, um uns als verheiratet auszugeben.

An dieser Stelle bricht das Manuskript ab. Die folgende Inhaltsangabe der weiteren Geschichte ist nach Fitzgeralds eigenen Notizen und Plänen und nach Berichten von Personen zusammengestellt worden, mit denen er über seine Arbeit gesprochen hat.

Kurz nach seinem Zusammentreffen mit Brimmer unternimmt Stahr eine Reise in den Osten. Im Studio hat man mit einer Lohnkürzung gedroht, und Stahr ist zu den Aktionären gefahren, um mit ihnen zu reden – vermutlich in der Absicht, sie zu einer Einsparung an anderer Stelle zu bewegen. Er und Brady haben lange gegeneinander gearbeitet, und der Kampf zwischen ihnen um die Macht in der Firma nähert sich jetzt schnell einem entscheidenden Punkt. Wir wissen nichts über die Ergebnisse der Reise in geschäftlicher Hinsicht, aber ob es nun eine Geschäftsreise ist oder nicht, Stahr kommt zum erstenmal nach Washington und möchte die Stadt kennenlernen. Man darf annehmen, daß der Autor hier zu dem Motiv im ersten Kapitel, dem Besuch von Hollywood-Typen beim Haus von Andrew Jackson (wo sie weder Einlaß erhielten noch sich überhaupt ein Bild machen konnten) zurückkehren und so die Beziehung der Filmindustrie zu den amerikanischen Idealen und Traditionen darstellen wollte. Es ist Hochsommer, und Washington ist stickig heiß; Stahr holt sich eine sommerliche Grippe und geht, von Fieber und Hitze betäubt, in der Stadt umher. Es gelingt ihm nicht, sie wirklich kennenzulernen, wie er gehofft hatte.

Als er sich wieder erholt hat und nach Hollywood zurückkommt, merkt er, daß Brady sich seine Abwesenheit zunutze gemacht hat, um eine fünfzigprozentige Lohnkürzung durchzusetzen. Brady hatte eine Versammlung von Schriftstellern einberufen und ihnen in einer tränenreichen Ansprache gesagt, er und die anderen leitenden Herren würden selbst eine Lohnkürzung hinnehmen, wenn die Schriftsteller bei sich einer solchen zustimmten. In diesem Fall würde es nicht nötig sein, die Gehälter der Stenotypistinnen und anderen kleinen Angestellten herabzusetzen. Die Schriftsteller hatten diese Lösung akzeptiert, waren aber dann von Brady hintergangen worden, der die Stenotypistinnen gleichwohl empfindlich kürzte. Stahr ist darüber aufgebracht, und er und Brady haben eine heftige Auseinandersetzung. Stahr ist zwar gegen die Gewerkschaften, weil er glaubt, daß jeder tüchtige Bürojunge sich – wie er selbst einst – bis zur Spitze emporarbeiten könne, aber zugleich ist er ein altmodischer, patriarchalischer Arbeitgeber, der die Menschen, die für ihn arbeiten, gern zufrieden sehen und mit ihnen auf freundschaftlichem Fuß stehen möchte. Andererseits streitet er sich auch mit Wylie White herum, der sich, ganz deutlich, offen feindselig gegen ihn eingestellt hat, ungeachtet der Tatsache, daß Stahr persönlich für die Lohnkürzung nicht verantwortlich ist. Stahr hat in der Vergangenheit viel Geduld mit Whites Trunksucht und seinen dummen Streichen bewiesen, und es verletzt ihn, daß White ihm nicht die gleiche persönliche Loyalität entgegenbringt – die einzige Solidarität, die Stahr auf dem Felde beruflicher Beziehungen gelten läßt. »Die Roten sehen in ihm jetzt einen Konservativen; Wallstreet sieht in ihm einen Roten.« Aber er sieht sich durch die logische Entwicklung dazu getrieben, die Bildung einer betriebseigenen Gewerkschaft mitzumachen, die von Brady angeregt und wärmstens unterstützt worden ist.

Bezüglich seiner eigenen Stellung hatte er in Washington schon an einen Rücktritt gedacht; aber, eng in den Kampf verstrickt, krank, elend und verbittert, wie er ist, fällt es ihm schwer, sich Brady zu beugen. In der Zwischenzeit ist er viel mit Cecilia zusammengewesen. Das Mädchen war so unvorsichtig, in einem Gespräch mit ihrem Vater über die offensichtlichen Avancen Stahrs, Brady wissen zu lassen, daß Stahr eine andere liebt. Brady entdeckt die Sache mit Kathleen, mit der Stahr sich noch mehrmals getroffen hat, und versucht, Stahr zu erpressen. Stahr, von den Bradys angewidert, läßt Cecilia abrupt fallen. Seinerseits weiß er seit Jahren – was er von dem alten Kindermädchen seiner Frau erfahren hat –, daß Brady bei dem Tod des Mannes einer Frau, die er (Brady) liebte, die Hand im Spiel gehabt hat. Die beiden Männer drohen einander, ohne daß einer dem anderen schlüssig etwas beweisen kann.

Aber Brady hat einen wirksamen Hebel zur Hand. Der Mann, den Kathleen geheiratet hat – er heißt W. Bronson Smith –, arbeitet als Techniker in den Studios und betätigt sich aktiv in seiner Gewerkschaft. Es läßt sich unmöglich genau sagen, wie Fitzgerald sich die Fronten auf dem Arbeitsmarkt für die Zwecke seiner Geschichte vorgestellt hat. Zu der Zeit, von der er schreibt, waren die verschiedenen Arten von Technikern längst in dem Internationalen Bühnenarbeiter-Verband organisiert; offenbar beabsichtigte er, das Bandenunwesen und Gangstertum, das durch den Fall William Bioff in dieser Organisation ans Licht kam, als

Motiv zu benutzen. Brady sollte zu Kathleens Mann gehen und seine Eifersucht ins Spiel bringen. Wir wissen nicht, was – nach Fitzgeralds Intention – diese beiden Stahr antun sollten. Robinson, der Cutter (s. die Notizen über seinen Charakter im *Anhang*), sollte es ursprünglich auf sich nehmen, Stahr zu ermorden; die Pläne des Autors machen es aber wahrscheinlicher, daß Stahr in irgendeine Falle gelockt werden sollte, wodurch Kathleens Mann Gründe bekäme, Stahr wegen Abspenstigmachung seiner Frau zu verklagen. In Fitzgeralds Aufriß des Romans ist das Thema des achten Kapitels durch die Worte ›Die Klage und der Preis‹ bezeichnet. Das findet offenbar seine Erklärung in der folgenden Arbeitsnotiz, die Fitzgerald zu benutzen gedachte, obwohl sich nicht sagen läßt, wie er sie mit den Forderungen der Geschichte in Einklang bringen wollte: ›Einer der ... Brothers wird von einem Angestellten wegen Verführung seiner Frau verklagt. Verklagt wegen Entfremdung. Sie versuchen, sich außergerichtlich zu vergleichen, aber der Kläger ist ein Arbeiterführer und läßt sich nicht kaufen. Auch will er sich nicht scheiden lassen. Er erwägt krassere Maßnahmen. Er verlangt, daß ... auf ein Jahr fortgehen soll ... hat den Impuls, zu bleiben und die Sache durchzustehen, aber die anderen finden einen Arzt, der ihm seinen baldigen Tod voraussagt und ihm zum Ausspannen rät. Er versucht, das Mädchen zum Mitkommen zu bewegen, fürchtet aber die Mann-Akte*. Sie soll ihm später folgen, und sie wollen ins Ausland fahren.‹

Jedenfalls sollte Stahr durch das Dazwischentreten des Kameramannes, Pete Zavras, gerettet werden, den er sich zu Beginn der Geschichte zum Freund gemacht hat, als Pete Zavras in den Studios arbeitslos geworden war.

In der Zwischenzeit wird Stahr ernstlich krank. Er und Kathleen haben ›bei nervenaufreibenden Gelegenheiten viel

---

* *James Robert Mann brachte 1910 ein Gesetz im Kongreß durch, das den »Transport von« (allenfalls auch das Reisen mit) Frauen von einem Bundesstaat in den anderen zu unmoralischen Zwecken verbietet.*

178

riskiert‹. Ein ›letzter Seitensprung‹ ist ihnen geglückt, und das war während der überwältigenden Hitzewelle Anfang September. Aber ihre gemeinsamen Stunden haben sich als unbefriedigend erwiesen. In einer frühen Skizze hat der Autor angedeutet, daß Kathleen von sehr einfachen Eltern abstammen sollte – ihr Vater sollte Käptn eines neufundländischen Fischkutters gewesen sein, und an anderer Stelle sagte er, daß Stahr Schwierigkeiten hatte, Kathleen für immer in sein Leben hineinzunehmen, weil sie ›arm und glücklos ist und in ihrem Äußeren etwas von Mittelstand an sich hat, das sich mit den großartigen Lebensvorstellungen Stahrs nicht verträgt‹. Möglicherweise war der Lohnstreit, in den ihr Mann verwickelt ist, dazu bestimmt, sie und Stahr einander zu entfremden. Stahr wird nun durch Brady und gleicherweise durch die Gewerkschaften auf ein totes Gleis geschoben.

Die Kluft zwischen den Geldgebern der Filmindustrie einerseits und den verschiedenen Gruppen von Arbeitnehmern andererseits wird immer größer und bietet keine Chance mehr für Individualisten des Geschäftslebens wie Stahr, deren Erfolge auf persönlicher Leistung beruhen und deren Karriere immer mit einer gewissen persönlichen Ausstrahlung verbunden war. Er hat sich stets unmittelbar für jeden seiner Mitarbeiter verantwortlich gefühlt; er wollte seine Feinde immer selbst erledigen. In Hollywood ist er ›der letzte Taikun‹.

Stahr hat sich, wie wir in der Konferenzszene in Kapitel 3 gesehen haben, nie gescheut, Geld für unpopuläre Filme zu riskieren, wenn sie ihm eine künstlerische Befriedigung versprachen. Er interessierte sich als Fachmann für den Film, und es war nur natürlich, daß er ihn immer besser machen wollte. Aber seit der Lohnkürzung hat er sich ›zurückgehalten‹ und allmählich ganz aufgehört, Filme zu machen. Es sollte eine zweite Reihe von Szenen folgen – bei einer Story-Besprechung, bei den täglichen Kopien, im Atelier

– als Gegensatz zu den entsprechenden Szenen in Kapitel 3 und 4, wobei die inzwischen vorgegangene Veränderung in Stahrs Position und Haltung gezeigt werden sollte.

Dennoch muß er sich Brady stellen, der, wie er weiß, vor nichts zurückschrecken wird. Er fürchtet offenbar, daß Brady ihn ermorden will, denn er entschließt sich nun, Bradys eigene Methoden anzuwenden und seinen Partner umbringen zu lassen. Anscheinend läßt er sich dieserhalb direkt mit einer Gangsterbande ein. Es ist nicht klar, wie der Mord bewerkstelligt werden soll, aber Stahr arrangiert für sich, um zu dem Zeitpunkt nicht da zu sein, eine Reise nach New York. Er sieht Kathleen zum letztenmal auf dem Flughafen und trifft auch Cecilia, die mit einer anderen Maschine ins College zurück will. Im Flugzeug überkommt ihn ein Widerwille gegen den Weg, den er eingeschlagen hat; es wird ihm klar, daß er sich zu derselben Niedrigkeit und Brutalität wie Brady hat hinreißen lassen. Er entschließt sich, den Mord abzublasen, und will bei der Landung auf dem nächsten Flughafen sogleich telegrafisch seine Weisungen geben. Aber das Flugzeug hat eine Panne und stürzt vor Erreichen der nächsten Etappe ab. Stahr kommt ums Leben, und der Mord an Brady wird ausgeführt. Der unheilschwangere Selbstmord von Schwartz im Einleitungskapitel erhält so in dem Tod Stahrs ein Pendant. Schwartz hatte in der Mitteilung, die er Stahr geschickt hatte, versucht, ihn vor Brady zu warnen, der Stahr schon lange aus der Firma heraushaben wollte.

Stahrs Begräbnis, das ausführlich beschrieben werden sollte, ist eine Orgie der Hollywooder Kriecherei und Heuchelei. Jedermann vergießt reichlich Tränen oder sucht möglichst auffällig seine Bewegung zu unterdrücken – mit einem Seitenblick auf die Leute, auf die es ankommt. Cecilia stellt sich Stahr als anwesend vor und hört ihn förmlich sagen ›Pack!‹ Der alte Cowboy-Mime, Johnny Swanson, von dem schon im zweiten Kapitel die Rede war und für den in seiner verzweifelten Situation Cecilia bei ihrem Besuch in Vaters

Büro etwas tun wollte, ist irrtümlich – durch eine Namensverwechslung – zum Begräbnis eingeladen und gebeten worden, zusammen mit den engsten und gewichtigsten Freunden des verstorbenen Produzenten, den Sarg zu tragen. Johnny läßt, etwas verdutzt, die Zeremonie über sich ergehen und muß danach zu seiner Verwunderung erleben, daß das Glück sich ihm herrlicher denn je wieder zuwendet. Von da an wird er mit Stellenangeboten überhäuft.

Inzwischen wird uns ein letzter Blick auf Fleishacker, den ehrgeizigen Syndikus der Gesellschaft, einen ganz gewissenlosen und unschöpferischen Mann, gegönnt und uns gezeigt, wie er sich die nächste Zukunft der Filmindustrie vorstellt. Gegen Ende sollte auch eine Szene zwischen Fleishacker und Cecilia folgen, in der Fleishacker, der die New Yorker Universität besucht hat und womöglich Cecilia heiraten möchte, versucht, ein Gespräch ›auf geistiger Ebene‹ mit ihr zu führen.

Cecilia, von Stahr zurückgestoßen, hat ein Verhältnis mit einem Mann angefangen, den sie nicht liebt – wahrscheinlich Wylie White, der ihr von Anfang an nachgestellt hat und der Stahr gegenüber die Opposition vertritt. Unter dem Eindruck von Stahrs Tod und der Ermordung ihres Vaters klappt Cecilia nun völlig zusammen. Eine Tuberkulose bricht auf, und wir erfahren erst ganz zum Schluß, daß sie sich in einem Sanatorium darangemacht hat, ihre Geschichte aufzuschreiben.

Noch ein letztes Mal sollte uns Kathleen gezeigt werden, wie sie vor den Toren der Studios wartet. Vermutlich hat sie sich von ihrem Mann aufgrund der Verschwörung gegen Stahr scheiden lassen. Ihre besondere Anziehung für Stahr bestand unter anderem darin, daß sie außerhalb der Welt von Hollywood stand; und nun weiß sie, daß sie nie daran teilhaben wird. Sie wird für alle Zeit draußen bleiben – eine Situation, die auch ihre Tragik hat.

Anhang

Vorwort

Scott Fitzgerald starb plötzlich an einer Herzattacke (21. Dezember 1940), nachdem er am Tage zuvor die erste Episode von Kapitel 6 seines Romans niedergeschrieben hatte. Der hier veröffentlichte Text ist eine Fassung, die der Autor nach gründlicher Überarbeitung hergestellt hat, aber es ist keinesfalls eine endgültige Version. Zu fast jeder Episode hat Fitzgerald Bemerkungen an den Rand geschrieben – einige davon finden sich hier im Anhang – worin er sein Ungenügen ausdrückte und sich über seine Ideen für eine revidierte Fassung aussprach. Seine Absicht war, einen ebenso dichten und sorgfältig gebauten Roman zu schreiben, wie es *Der große Gatsby* gewesen war, und er würde fraglos die Wirkung der meisten dieser Szenen, so wie sie uns vorliegen, durch Verknappung und stärkere Farbgebung erhöht haben. Ursprünglich hatte er vorgehabt, den Roman auf einen Umfang von etwa 60 000 Worten zu begrenzen, doch als er starb, hatte er schon ungefähr 70 000 Worte geschrieben, ohne – wie aus dem Aufriß zu ersehen ist – auch nur die Hälfte seiner Story erzählt zu haben. Als er anfing, hatte er einen Spielraum von 10 000 Worten für Kürzungen einkalkuliert; aber es erscheint so gut wie sicher, daß der Roman über die geplante Länge von 60 000 Worten hinausgegangen wäre. Das Thema war hier viel komplexer als im *Großen Gatsby* – das Bild der Filmstudios von Hollywood erforderte für seine Darstellung mehr Raum als die Folie der alkoholischen Geselligkeit von Long Island, und die Charaktere brauchten mehr Raum für ihre Entwicklung.

Diese Fassung von *Der letzte Taikun* zeigt also jenen Punkt im Werk des Schriftstellers, wo er sein Material gesammelt und gesichtet und sein Thema sicher in den Griff bekommen, es aber noch nicht endgültig zur Anschauung gebracht hat. Bemerkenswert, daß unter diesen Umständen die Geschichte schon so viel Überzeugungskraft hat und der Charakter von Stahr so prall von Wirklichkeit herauskommt. Dieser Hollywooder Filmproduzent in seinem Leid und seiner Größe ist ganz gewiß eine von Fitzgeralds zentralen Figuren, die er am weitesten zu Ende gedacht und am tiefsten verstanden hat. Seinen Notizen über diesen Charakter kann man entnehmen, wie er sich drei Jahre oder mehr mit ihm beschäftigt hat, indem er Stahrs Idiosynkrasien und seiner Verflechtung mit den einzelnen Abteilungen seines Unternehmens nachging. Amory Blaine und Antony Patch waren romantische Projektionen des Autors; Gatsby und Dick Diver waren mehr oder weniger objektiv entworfen, aber nicht tiefer ausgelotet. Monroe Stahr ist wirklich aus dem Innersten geschaffen und zugleich der Kritik durch eine Intelligenz unterworfen, die ihrer selbst jetzt ganz sicher ist und die weiß, welche Stelle ihm in einem größer geplanten Zusammenhang zukommt.

So ist denn *Der letzte Taikun*, sogar in seinem unvollendeten Zustand, Fitzgeralds reifstes Werk. Es hebt sich auch dadurch von seinen anderen Romanen ab, daß es sich zum ersten Mal mit einem Berufs- oder Geschäftszweig auseinandersetzt. Die früheren Bücher Fitzgeralds beschäftigten sich vornehmlich mit Debütantinnen und Collegeboys, mit dem hektischen Leben der sich verschwendenden Jugend der Zwanziger Jahre. Die Hauptbeschäftigung der Leute in diesen Geschichten, die Anlässe, für die sie leben, sind große Parties, auf denen sie losgehen wie Feuerwerkskörper, um hinterher meist nur noch als Wracks zu existieren. In dem Roman *Der letzte Taikun* hingegen sind die Parties rein beiläufig und unwichtig; Monroe Stahr ist, ungleich allen anderen Helden Scott Fitzgeralds, mit einer Industrie verquickt, die er selbst mit geschaffen hat und deren Schicksal denn auch von seiner persönlichen Tragödie mitbestimmt wird. Die amerikanische Filmindustrie wird hier aus nächster Nähe betrachtet, aufmerksam und gründlich studiert und mit einem solchen Scharfsinn dramatisiert, wie er in keinem anderen Roman zu diesem Thema zu finden ist. *Der letzte Taikun* ist bei weitem der beste Roman über Hollywood, den wir je hatten, und zudem der einzige, der es uns von innen sehen läßt.

Glücklicherweise bestand die Möglichkeit, diese unvollendete Fassung durch eine Skizze der restlichen Geschichte, wie Fitzgerald sie fortzuführen gedachte, und durch Auszüge aus den Notizen des Autors zu ergänzen, die uns eine oft lebhafte Vorstellung von den Charakteren und Szenen geben.

Es empfiehlt sich also, die beiden Romane *Der große Gatsby** und *Der letzte Taikun* im Zusammenhang zu lesen, weil dann klar wird, auf was Fitzgerald in dem letzteren abgezielt hat. Wenn seine Konzeption von *Zärtlich ist die Nacht* sich im Laufe der Arbeit daran gewandelt hat, so daß zwischen den einzelnen Teilen dieses faszinierenden Romans nicht immer ein klarer Zusammenhang besteht, so hat er hier zu der Zielstrebigkeit zurückgefunden und zu der handwerklichen Meisterschaft, die auch jenen früheren Roman auszeichnet. Wenn man den gewaltigen Stapel von Neufassungen und Notizen des Autors zu diesem Roman durchgeht, fühlt man sich bestätigt und bestärkt in dem Eindruck, daß Fitzgerald eine der

* *Der große Gatsby*. Roman. Revidierte Übersetzung von Walter Schürenberg. Zürich 1974 (= detebe 97/i).

herausragenden Figuren unter den erstrangigen Schriftstellern seiner Zeit bleiben wird. Die letzten Seiten vom *Großen Gatsby* sind sowohl in dramatischer Hinsicht wie auch als reine Prosa mit das Beste, was unsere Erzählergeneration aufzuweisen hat. T. S. Eliot sagte von dem Buch, Fitzgerald habe damit im amerikanischen Roman den ersten großen Schritt über Henry James hinaus getan. Und ganz gewiß hat *Der letzte Taikun,* auch in dieser unvollendeten Fassung, seinen Platz unter den Büchern, die Maßstäbe setzen.

Edmund Wilson

Notizen, Entwürfe, Fragmente

Kapitel 1

Folgende Notiz von der Hand des Autors steht über dem Anfang der letzten Fassung von Kapitel 1:

Aus der Stimmung heraus neuschreiben. Klingt vom vielen Überarbeiten gestelzt. Nicht hinsehen [auf frühere Fassung]. Neuschreiben aus der Stimmung.

Seite 29. Fitzgeralds erste Skizze für den Schluß des Kapitels veranschaulicht seine Idee vielleicht besser und vollständiger, als er ihm in der vorliegenden Fassung gelungen ist:

Dem Folgenden liegt ein Gespräch mit – zugrunde, an dem Tag (1927), als ich zum erstenmal mit ihm allein war und er etwas über Eisenbahnstrecken sagte. Soweit ich mich erinnere, sagte er etwa dies:

Wir saßen in der alten Kantine – und er sagte: »Scottie, angenommen, es muß ein Weg durch ein Gebirge gebahnt werden – eine Eisenbahnstrecke, und zwei oder drei Bauinspektoren und noch andere kommen zu Ihnen, und einigen trauen Sie und anderen wieder nicht, aber alles in allem scheint es ein halbes Dutzend möglicher Strecken durch dieses Gebirge zu geben, von denen eine jede, soweit Sie das beurteilen können, ebenso gut wie die andere ist. Nun nehmen wir an, Sie sind zufällig der Chef von dem Ganzen, dann kommen Sie an einen Punkt, wo Sie nicht Ihr gewohntes Urteilsvermögen anwenden, sondern nur eine willkürliche Entscheidung fällen. Sie sagen: ›Ja, ich glaube, wir werden die Strecke dort legen‹, und Sie ziehen sie mit dem Finger nach und wissen dabei in Ihrem Innersten, was kein anderer weiß, daß Sie gar keinen Grund haben, diesen Verlauf der Strecke den anderen möglichen Streckenführungen vorzuziehen, aber Sie sind der einzige, der weiß, daß Sie nicht wissen, warum Sie so entscheiden, und dabei müssen Sie bleiben und so tun, als wüßten Sie es und hätten es aus ganz bestimmten Gründen getan, obwohl Ihnen zuzeiten schwere Zweifel an der Richtigkeit Ihrer Entscheidung kommen, weil alle jene anderen möglichen Entscheidungen Ihnen in den Ohren klingen. Aber wenn Sie ein neues Unternehmen in großem Stil planen, dürfen die Ihnen unterstellten Leute niemals wissen oder auch nur vermuten, daß Sie irgendwie unschlüssig sind, weil die alle jemand haben müssen, zu denen sie aufschauen können, und es darf ihnen nicht im Traum einfallen, daß Sie über irgendeine Entscheidung im Zweifel sind. Aber das kommt immer wieder vor.«

An diesem Punkt des Gesprächs kamen einige andere in die Kantine und setzten sich, es war eine Gruppe von vieren, und ich merkte sogleich, daß unser vertrauliches Gespräch unterbrochen war, aber mir blieb der starke Eindruck von der Klugheit dessen, was er gesagt hatte – ja mehr als Klugheit – von der Weite seines Denkens und wie er das mit seinen sechsundzwanzig Jahren zuwege gebracht hatte. Denn so alt war er damals.

So ungefähr denke ich mir diese Episode, wenn Stahr hinaufgeht und vorne neben dem Piloten sitzend mitfliegt, und der Pilot erkennt in Stahr jemand, der auf seinem eigenen Feld ebenso sicher, ebenso entschlossen, ebenso couragiert sein muß, wie auch er es ist. Zwischen Stahr und dem Piloten werden nur wenige Worte gewechselt – denn faktisch erleben wir diese Episode lediglich mit den Augen von Cecilia, die einmal hineinlugt, oder der Stewardess, die Cecilia berichtet, was sie im Cockpit gesehen hat, oder mit den Augen von Schwartz, der immer noch versucht, vor Los Angeles an Stahr heranzukommen. Es ist durchaus möglich, daß wir diese ganze Episode hindurch bis zu ihrem faktischen Ende mit Stahr nicht allein sein dürfen, aber hier am Schluß möchte ich jenes starke Gefühl vermitteln, das schon in der noch unentwickelten Bemerkung über die gedrosselten Motoren, das sich zur Erde senkende Flugzeug und die Lichter von Los Angeles enthalten ist, und da möchte ich für eine Minute wie ein Riesenfeuerwerk Stahrs leidenschaftlich gespannte Seele aufleuchten lassen, seine Liebe zum Leben, seine Liebe zu dem großen Werk, das er hier draußen errichtet hat, seine Befriedigung (das trifft es vielleicht nicht), aber jedenfalls sein Gefühl, nachhause zu kommen in sein eigenstes Reich – ein Reich, das er geschaffen hat.

Dies möchte ich in scharfen Kontrast zu den Gefühlen derer setzen, die lediglich einem anderen sein Reich abgeluchst haben, wie die vier großen Eisenbahnkönige der Ostküste . . . Er ist daran nicht interessiert, denn es gehört ihm allein. Er ist nur daran interessiert wie ein Künstler, weil er das geschaffen hat, und in dieses große Triumph- und Glücksgefühl mischt sich unweigerlich eine tiefe Unzufriedenheit bei allen kühnen Entschlüssen – ein Gefühl, daß die Sache bis zu einem gewissen Grade fertig und abgetan ist, ein Zweifel, was als nächster Schritt zu tun ist und wieweit er überhaupt noch gehen kann.

Nach dem Niedergehen des Flugzeugs ist es wohl am besten, das Kapitel mit jenem Feuerwerk zu beenden – meine eigenen Angstgefühle bei meiner Landung 1937 in Los Angeles, ich müsse dort neue Welten erobern, wieder vergegenwärtigen und dies auf Stahr übertragen, oder aber, vielleicht am besten, mit der Kakophonie eines Rivalen zu enden.

Kapitel 2

Seite 35. Neben den Absatz, der mit den Worten beginnt: »Robby wird sich um alles kümmern, wenn er kommt«, *versicherte Stahr Vater, hatte Fitzgerald nur leidlich gut* an den Rand geschrieben. *Dies sollte das erste Auftreten einer Person sein, die noch eine wichtige Rolle zu spielen haben würde, und vermutlich wünschte der Autor, bei dieser beiläufigen Einführung von ihr einen schärfer umrissenen Eindruck zu geben. Seine Bemerkungen zu Robinson finden sich weiter unten bei den vorläufigen Skizzen der einzelnen Charaktere.*

Kapitel 3

Dieses Kapitel war noch nicht zu des Autors völliger Zufriedenheit gestrafft und durchgeformt. Es wird hier so wiedergegeben, wie es im Manuskript steht, mit nur ein paar Änderungen, um es in sich schlüssig zu machen.
Im Manuskript lautet die Passage auf Seite 65 folgendermaßen:

Wahrscheinlich war der Angriff geplant, denn Popolos, der Grieche, griff das Thema in einer Art von Kauderwelsch auf, das Prinz Agge an Mike Van Dyke erinnerte, nur daß es sich mit einem gewissen Erfolg um Klarheit statt Konfusion bemühte.

Der Autor hatte eine Szene geschrieben, mit der er unzufrieden war; darin kam es zu einer Begegnung des Prinzen mit Mike Van Dyke, dem alten Gag-Mann. Aber das Kauderwelsch von Mike Van Dyke war für eine andere Szene vorgesehen. Hier die betreffende Passage:

»Hello, Mike«, sagte Monroe. Er stellte ihn dem Besucher vor: »Prinz Agge, dies ist Mr. Van Dyke. Sie haben gewiß oft über sein Zeug gelacht. Er ist der beste Gag-Mann, den wir im Film haben.«

»In der ganzen Welt«, sagte der glotzäugige Mann ernst, »– der komischste Mann der Welt. Wie geht es Ihnen, Prinz?«

Sogleich fand sich der Prinz in eine Unterhaltung mit Mike Van Dyke verstrickt. Er antwortete höflich, ohne den Sinn von dessen Reden zu verstehen. Irgendwie ging es um die Kantine, wo Mr. Van Dyke den Prinzen gesehen zu haben glaubte, als der etwas bestellte, das sich wie ›Fischtwist und ein Katzenlenker‹ anhörte, obwohl der Prinz sicher war, nicht recht verstanden zu haben.

Er versuchte zu erklären, daß er nicht in der Kantine gewesen sei, aber mittlerweile waren sie so weit in das Thema eingestiegen, daß er es für den einfachsten Weg hielt, zuzugeben, er sei dort ge-

wesen, und Mr. Van Dykes verdrehte Behauptungen, was er dort
getan habe, abzuwehren. Mr. Van Dyke bestand nicht darauf, war
aber seiner Sache sicher, und außerdem redete er sehr schnell . . .

Der Prinz wurde Mr. Spurgeon und Mr. und Mrs. Tarleton vorgestellt, aber er steckte so tief in der Unterhaltung mit Mr. Van
Dyke, daß er sich stammeln hörte »Erfreut mich kennenzulernen«,
denn er war gerade dabei, Van Dyke zu erklären, daß er Techni-
garbo in Gretacolor *nicht* gesehen habe. Wieder hatte er nicht begriffen. Ob er Albert Edward Butch Arthur Agge David, Prinz von
Dänemark, heiße? »Das ist mein Vetter«, hätte er beinahe gesagt,
und ihm wirbelte der Kopf.

Stahrs Stimme, klar und beruhigend, brachte ihn in die Wirklichkeit zurück.

»Laß gut sein, Mike. – Das war ›Kauderwelsch‹«, erklärte er
Prinz Agge. »Es gilt in den unteren Einkommensklassen als besonders komisch. Mach's nicht zu arg, Mike.«

Mike protestierte höflich:

»Bei seinem Einkommen heute morgen am Tor –« Er zeigte auf
Stahr, »– oder etwa nicht?«

Verdutzt biß der Däne sich wieder auf die Lippen.

»Was? Da tat er was?« Dann lächelte er: »Ich seh schon. Das ist
so wie mit Ihrer Gertrude Stein.«

Kapitel 4

*Zu der Episode mit dem Regisseur am Beginn dieses Kapitels hat
Fitzgerald folgendes notiert:*

Was in der Ridingwood-Szene fehlt, ist Leidenschaft und Vor-
stellungskraft usw. Was für eine außerordentliche Sache, daß es das
alles für Ridingwood gegeben haben sollte und dann auf einmal
nicht.

Kapitel 5

Seite 132. Hinter den Worten Und so hatte er Toleranz, Freundlichkeit, Nachsicht und sogar Liebe gelernt wie Lektionen *hat der
Autor für sich als Mahnung notiert:* (Hier der Gedanke über Jugend
und Edelmut.)

Notiz hinter dem Abschnitt, der auf Seite 135 oben endet:

Das ist vielleicht nicht überzeugend und klar genug. Oder vielleicht nicht stark genug. Hier wäre womöglich der richtige Platz

für den Urteilsspruch des Arztes. Ich möchte bei Stahr hier einen stärkeren Ton anschlagen.

Zwei Aufrisse

Der folgende Brief und Aufriß wirft einiges Licht auf den Gang der Geschichte und zeigt, wie sie sich seit der ersten Konzeption des Autors entwickelt und gewandelt hat.

Ein Brief Fitzgeralds vom 29. September 1939 an seinen Verleger und an den Redakteur einer Zeitschrift, in der er sich einen Abdruck in Fortsetzungen erhoffte:

Die Geschichte ereignet sich während vier oder fünf Monaten im Jahr 1935. Sie wird erzählt von Cecilia, der Tochter eines Filmproduzenten namens Bradogue in Hollywood. Cecilia ist ein nettes modernes Mädchen, weder gut noch schlecht, im höchsten Maße menschlich. Ihr Vater ist ebenfalls eine wichtige Figur. Ein cleverer Mann, kein Jude, und ein Schurke von der niedrigsten Sorte. Ein Emporkömmling aus eigener Kraft, hat er seine Tochter zu einer Prinzessin aufgezogen, sie in den Osten aufs College geschickt, nahezu einen Snob aus ihr gemacht, obwohl sich ihr Charakter im Lauf der Geschichte *von alledem fort* entwickelt. Das heißt, sie war zwanzig, als sich das, was sie erzählt, ereignete, aber sie ist fünfundzwanzig, wenn sie es erzählt, und natürlich erscheint ihr vieles davon nun in einem anderen Licht.

Cecilia ist die Erzählerin, weil ich genau zu wissen glaube, wie eine solche Person auf meine Geschichte reagieren würde. Sie ist *vom* Film, aber steckt *nicht darin.* Sie ist etwa an dem Tag der Voraufführung von *The Birth of a Nation* geboren, und Rudolf Valentino kam zu ihrem fünften Geburtstag. So ist sie, alles in einem, intelligent, zynisch, aber verständnisvoll und freundlich gegen die Großen und die Kleinen von Hollywood.

Durch sie werden zwei Hauptpersonen zum Mittelpunkt unseres Interesses – Milton Stahr und Thalia, die Frau, die er liebt.

Zu Beginn des Buches möchte ich meinen Gesamteindruck von diesem Manne Stahr wiedergeben, gesehen während einer Flugreise von New York zur Westküste – gesehen, versteht sich, mit Cecilias Augen. Sie ist lange hoffnungslos in ihn verliebt gewesen. Aber sie wird nie mehr von ihm erlangen als einen Blick herzlicher Zuneigung, und selbst der ist von seiner Aversion gegen ihren Vater getrübt.

Stahr ist überarbeitet und zu Tode erschöpft; er herrscht mit einer Ausstrahlung, einer Phosphoreszenz, die fast schon moribund wirkt. Man hat ihn gewarnt, daß seine Gesundheit untergraben sei, aber da er sich vor nichts fürchtet, bleibt die Warnung unbeachtet. Er hat alles im Leben gehabt, nur nicht das Glück, sich selbst an ein anderes menschliches Wesen hingeben zu dürfen. Dieses findet er am Abend eines halbernsten Erdbebens (wie das von 1935) ein paar Tage nach dem Beginn der Geschichte.

Stahr hat einen sehr anstrengenden Tag hinter sich – angesichts der geborstenen Wasserrohre, die das ganze Freigelände des Studios fast meterhoch überschwemmen, scheint sich in seinem Innern etwas zu lösen. Als man ihn nach draußen ruft, damit er seine Anweisungen für die Rettung der elektrischen Kraftstation gibt (er hat einen Finger in jedem Kuchen dieser großen Bäckerei), entdeckt er zwei Frauen, die auf dem Dach einer Farmhaus-Attrappe gestrandet sind, und kommt ihnen zu Hilfe.

Thalia Taylor ist sechsundzwanzig und verwitwet, und nach dem Bild, das ich mir im Augenblick von ihr mache, sollte sie die bezauberndste und sympathischste aller meiner Heldinnen werden. Bezaubernd in einem neuen anderen Sinn, denn ich stimme insgeheim mit dem Publikum überein, das jenen Typ weiblicher Arroganz verabscheut, wie er im Falle von – usw. herausgestellt wurde. Die Leute nehme nun mal keinen tieferen Anteil an jenen, die *alle* Hürden spielend geschafft haben, und so werde ich dieses Mädchen, wie Rosalba in Thackerays *Rose and the Ring,* mit einem ›kleinen Mißgeschick‹ ausstatten. Sie und die andere Frau (als deren Begleiterin sie fungiert) haben sich aus Neugier jener Frau eingeschlichen und wurden dort ertappt, als die Katastrophe hereinbrach.

Es kommt nun zu einer Liebesbeziehung zwischen Stahr und Thalia, eine spontane, dynamische, außergewöhnliche, körperliche Liebe – und ich werde das so schreiben, daß Sie es getrost veröffentlichen können. Gleichzeitig werde ich Ihnen eine Abschrift der Fassung schicken, wie es im Buch erscheinen soll: etwas kräftiger im Ton.

Diese Liebesgeschichte ist das Kernstück des Buches – dabei werde ich sie, wie gesagt, so wiedergeben, wie Cecilia allmählich davon erfährt. Will sagen, indem ich Cecilia, zu dem Zeitpunkt, da sie die Geschichte erzählt, zu einer intelligenten und aufmerksamen Beobachterin mache, nehme ich mir, wie schon Joseph Conrad getan hat, das Vorrecht, sie die Handlungen der Charaktere imaginieren zu lassen. Auf diese Weise hoffe ich die Wirklichkeitsnähe einer Ich-Erzählung zu erreichen und zugleich ein gottähnliches Wissen von allem, was meinen Charakteren zustößt.

Zwei Ereignisse, neben der Liebesgeschichte, nehmen einen großen Raum in den dazwischenliegenden Kapiteln ein. Es besteht ein regelrechtes Komplott seitens Bradogue, Cecilias Vater, Stahr aus

193

der Filmgesellschaft loszuwerden. Er hat ernstlich und faktisch erwogen, ihn umbringen zu lassen. Bradogue ist der Monopolist schlimmster Sorte – Stahr ist, trotz des unvermeidlichen Konservatismus eines Selfmade-Mannes, ein patriarchalischer Arbeitgeber. Der Erfolg fiel ihm zu, als er noch jung war, dreiundzwanzig, und so blieben gewisse Ideale seiner Jugend unverletzt erhalten. Mehr noch: er ist ein Arbeiter. Er krempelt, bildlich gesprochen, die Ärmel auf und stürzt sich hinein, während Bradogue am Filmemachen nur insoweit interessiert ist, als es seinem Bankkonto zugute kommt.

Das Zweite ist, auf welche Weise die junge Cecilia sich in ihrer verzweifelten Liebe zu Stahr an ihn heranschmeißt. Als Erwiderung auf seine Gleichgültigkeit gibt sie sich einem Mann hin, den sie nicht liebt. Diese Episode ist für den Abdruck in Fortsetzungen *nicht* unbedingt notwendig. Man könnte sie abmildern, aber vielleicht am besten ganz weglassen.

Zurück zum Hauptthema: Stahr bringt es nicht über sich, Thalia zu heiraten. Es scheint einfach nicht zu seinem Leben zu passen. Er erkennt nicht, daß sie für ihn unentbehrlich geworden ist. Früher wurde sein Name mit dieser oder jener bekannten Schauspielerin oder Gesellschaftsgröße in Verbindung gebracht, und Thalia ist arm, vom Glück nicht begünstigt, und ihr haftet jenes Air von Mittelklasse an, das mit seinen hohen Lebensansprüchen unvereinbar ist. Als sie dies merkt, verläßt sie ihn für einige Zeit, verläßt ihn nicht, weil er keine Heiratsabsichten mit ihr hat, sondern weil sie das verletzt – der Überrest einer Eitelkeit, von der sie sich frei geglaubt hatte.

Stahr sieht sich nun unmittelbar in den Kampf gestürzt, die Kontrolle über das Unternehmen zu behalten. Während einer Reise nach New York, wo er mit den Aktionären sprechen will, hat er einen plötzlichen Kollaps. Er stirbt nahezu in New York, kommt aber noch einmal davon und findet, zurückgekehrt, daß Bradogue während seiner Abwesenheit Maßnahmen getroffen hat, die Stahr überhaupt nicht billigen kann. Er stürzt sich wieder in die Arbeit, um die Dinge wieder hinzubiegen.

Als ihm nun klar wird, wie sehr er Thalia braucht, wird zwischen ihnen alles bereinigt. Für einen oder zwei Tage sind sie ideal glücklich. Sie werden heiraten, aber zuvor muß er noch einmal in den Osten, um den Sieg, den er durch seine Vermittlung in den Angelegenheiten der Firma errungen hat, fest an sich zu reißen.

Nun kommt die abschließende Episode, die dem Roman seine Eigenart – und seinen Rang des Ungewöhnlichen geben sollte. Erinnern Sie sich an den Fall von 1933, als eine Transportmaschine im Südwesten an einer Bergwand zerschellte und ein Senator zu Tode kam? Was mich dabei besonders berührte, war der Umstand, daß die Landbewohner die Leichen der Verunglückten ausplünderten. Eben dies stößt der Maschine zu, mit der Stahr von Hollywood fliegt. Augenzeugen sind drei Kinder, die auf einem Picknick-Ausflug am Sonntag als erste das Wrack entdecken. Unter denen, die bei dem Unfall ums Leben kamen, sind noch zwei andere Personen, denen wir im Roman schon begegnet sind. (In dieser kurzen Inhaltsangabe konnte ich auf die kleineren Charaktere nicht näher eingehen.) Von den drei Kindern, zwei Jungen und ein Mädchen, die die Verunglückten finden, raubt der eine Junge die Taschen von Stahr aus, der andere plündert die Leiche eines bankrotten Exproduzenten, und das Mädchen die einer Filmschauspielerin. Die Besitztümer, die ein jedes der Kinder findet, bestimmen symbolisch dessen Haltung zu dem Diebstahlsakt. Das Mädchen wird durch das, was es bei der Filmschauspielerin findet, zur Selbstsucht und Besitzgier verführt; die Besitztümer des gescheiterten Produzenten lassen den einen Jungen in seiner Haltung schwankend werden, während der Junge, der Stahrs Aktentasche findet, nach einer Woche alle drei rettet und straffrei macht, indem er zum Richter des Ortes geht und ein volles Geständnis ablegt.

Für das Finale blendet die Geschichte noch einmal nach Hollywood über. Während des Verlaufs der Geschichte hat Thalia *nicht ein einziges Mal ein Studio von innen* gesehen. Als sie nach Stahrs Tod wieder vor der großen Filmfabrik steht, die er geschaffen hat, wird ihr klar, daß ihr das niemals vergönnt sein wird. Sie weiß nur, daß er sie geliebt hat, daß er einer der Großen war und daß er für das, woran er glaubte, gestorben ist . . .

Es gibt nichts in dem Roman, das mir noch problematisch und dessen ich mir nicht sicher wäre. Es ist, anders als *Zärtlich ist die Nacht*, nicht die Geschichte eines Niedergangs – sie hat nichts Deprimierendes oder Morbides, trotz des tragischen Endes. Wenn ein Buch überhaupt einem anderen ›gleichen‹ kann, so würde ich sagen, es ›gleicht‹ mehr dem *großen Gatsby* als irgendeinem anderen meiner Bücher. Dennoch hoffe ich, daß es ganz anders sein wird – ich hoffe, es wird etwas Neues sein, neue Empfindungen wecken, vielleicht sogar eine neue Art, gewisse Phänomene zu sehen. Ich habe die Geschichte sicherheitshalber um fünf Jahre zurückverlegt, um Abstand zu gewinnen, aber jetzt, da Europa uns in den Ohren dröhnt, ist das wohl auch so am besten. Es ist ein Ausweichen in eine üppige, romantische Vergangenheit, die wir in unserer Zeit wohl nie wieder erleben werden.

EPISODEN

A	1. Das Flugzeug. 2. Nashville. 3. Weiterflug. Andere Situation.	28. Juni	6000
B	4. Johnny Swanson – Marcus geht – Brady. 5. Das Erdbeben. 6. Das Freigelände hinter den Studios.	28. Juli	3000
C	7. Der Kameramann. Stahrs Arbeit und Gesundheitszustand. Nach ihren Aufzeichnungen. 8. Erste Konferenz. 9. Zweite Konferenz und danach. 10. Kantine und Idealistisches über profitlose Filme. Probedurchläufe. Telefonanruf usw.	29. Juli	5000
D	11. Bei Probedurchläufen. 12. Zweite Begegnung an diesem Abend. Die falsche Frau – Lichtblick.		2500
E	13. Cecilia, Stahr und der Ball. 14. Verführung in Malibu. Versuch, auf das Filmgelände zu kommen. Ausweglose Mitte. 15. Cecilia und ihr Vater. 16. Telefonanruf und Hochzeit.	6. August	6000
F	17. Dammbruch durch Brimmer. 18. Der Gürtel – Markt – (Das Theater mit Benchley.) 19. Die vier treffen sich. Erneuerung. Palomar. 20. Wylie White im Amt.	10. August 20. August	5000
G	21. In Washington erkrankt. Rücktritt? 22. Brady und Stahr – gegenseitige Erpressung. Streit mit Wylie. 23. Läßt Cecilia fallen, die das ihrem Vater erzählt. Hört auf, Filme zu machen. Eine Story-Besprechung – Probevorführungen und Ausstattungsfragen. Hält sich nach Lohnkürzung im Hintergrund. 24. Letztes Liebestreffen mit Kathleen. Alte Stars bei Hitzewelle in Encino.	28. August – 14. Sept.	6500
H	25. Brady macht sich an Smith heran. Fleishacker und Cecilia. 26. Stahr erfährt von dem Plan. Kameramann o.k. Stoppt die Sache – sehr krank. 27. Problem lösen. Kathleen am Flughafen; Cecilia zum College.	15.–30. September	7000
I	28. Flugzeug stürzt ab. Zukunftsausblick mit Fleishacker. 29. Draußen vor den Studios. 30. Johnny Swanson beim Begräbnis.	30. Sept. – Okt.	4500

Kapitel (A) Einführen: Cecilia, Stahr, White, Schwartz.	Akt I Juni (Das Flugzeug) STAHR 6 000
Kapitel (B) Führt ein: Brady, Kathleen, Robinson und Sekretärinnen. Nächtliche Atmosphäre – durchhalten.	Akt II Juli – Anfang August (Der Zirkus) 21 000
Kapitel (C & D) entsprechen der Gästeliste und Gatsbys Party. Alles dahinein packen, mit Auswahl. Sie müssen jeder eine Fabel haben, was zu 13 hinüberleitet.	STAHR UND KATHLEEN
Kapitel (E) Drei Episoden. Atmosphäre in 15 sehr wichtig. Anspielung auf Waste Land des Hauses zu spät.	
Kapitel (F) Dies gehört den Frauen. Es führt Smith ein (zum ersten Mal?)	Akt III August – Anfang Sept. (Die Unterwelt) 11 500 DER KAMPF
Kapitel (G) Das Unglück trifft Stahr. Die ganze Zeit Empfindung von Hitze, gipfelnd in 25.	
Kapitel (H) Der Heiratsantrag und der Preis.	Akt IV (Die Mörder) NIEDERLAGE 7 000
Kapitel (I) Stahrs Tod.	Akt V Oktober (Das Ende) EPILOG <u>4 500</u> 50 000

CECILIA

Das erste der folgenden Fragmente war ursprünglich geschrieben, um als Einführung der Geschichte zu dienen; aber Fitzgerald entschied sich dafür, es fortzulassen, weil er fürchtete, es wäre für den Anfang zu deprimierend. Das Bild von Cecilia in dem Lungensanatorium sollte indessen am Ende des Buches erscheinen.

Wir zwei Männer waren von dem jungen Gesicht dort fasziniert. Vor ein paar Monaten hatten wir einen kurzen Ausflug zu den Canyons des Colorado unternommen, wie um zum letzten Mal das Leben anzustaunen; jetzt wieder im Hospital schien das Gesicht dieses Mädchens, fiebrig und von der untergehenden Sonne beschienen, etwas von der uranfänglichen Röte jenes ›Naturwunders‹ mitbekommen zu haben.

»Los, erzählen Sie uns«, sagten wir. »Wir wissen nichts von diesen Dingen.«

Sie begann zu husten, besann sich dann anders – wie das manchmal geht.

»Ich hab nichts dagegen, *Ihnen* davon zu erzählen. Aber warum sollten unsere Freunde, die Asthmatiker, das mithören?«

»Die gehen gleich«, beruhigten wir sie.

Wir drei warteten, im Liegestuhl zurückgelehnt, während eine Schwester sich der kleinen verstörten Gruppe, die die Bemerkung gehört haben mußte, annahm, um sie ins Sanatorium zu bugsieren. Die Schwester blickte vorwurfsvoll auf Cecilia zurück, als wenn sie sie am liebsten geohrfeigt hätte – aber dieser Blick entschärfte sich, und die Schwester ging eilends hinter ihren Schützlingen hinein.

»Sie sind weg. Nun erzählen Sie uns.«

Cecilia starrte zu dem strahlenden Arizona-Himmel empor. Sie betrachtete ihn – die blaue Luft, die einst des Morgens unsere Hoffnung gewesen war – nicht wehleidig, sondern eher mit der selbstsicheren Bestürzung jener, die die Krise im Stadium der beginnenden Reife betroffen hat. Sie war jetzt fünfundzwanzig.

»Alles was Sie wissen wollen«, versprach sie. »*Denen* bin ich keinerlei Loyalität schuldig. O ja, sie kommen herübergeflogen und besuchen mich manchmal, aber ich mache mir nichts draus – ich bin erledigt.«

»Wir alle sind erledigt«, sagte ich freundlich.

Sie setzte sich auf; die Aztekenfiguren auf ihrem Kleid hoben sich von dem Navajo-Muster der Decke ab. Das Kleid war dünn – wieder einheimisch geworden in dem Sonnenland – und ich erinnerte

mich an die durchscheinenden Schulterknochen eines anderen Mädchens an anderem Ort und zu anderer Zeit, aber hier mußten wir
uns alle im Schatten halten.

»Sie sollten nicht so reden«, versicherte sie. »Ich bin erledigt, aber
Sie sind nur zwei gute Jungen, die zufällig einen Virus eingefangen
haben.«

»Sie billigen uns aber auch gar keine interessante Vergangenheit
zu«, protestierten wir mit ironischer Altersweisheit. »Mit über vierzig wird das keinem mehr geboten.«

»Das habe ich nicht gemeint. Ich meinte nur, daß Sie *gesund*
werden.«

»Für den Fall, daß wir das nicht werden, erzählen Sie uns die
Geschichte. Sie hören doch immer noch das Gerede über ihn. Was
war er: ein Christus der Industrie? Ich kenne junge Leute, die an
der Küste gearbeitet haben und die ihn gründlich haßten. Waren Sie
verrückt nach ihm? Sprechen Sie sich aus, Cecilia. Etwas für einen
strapazierten Gaumen! Denken Sie an die Krankenhauskost, die uns
in einer halben Stunde erwartet.«

Cecilias Blick beargwöhnte unsere Existenz und verschmähte sie
dann – nicht unser Recht zu leben, sondern unser Recht darauf,
einen Verlust oder Leidenschaft oder Hoffnung oder große Erregung überhaupt zu empfinden. Sie begann zu sprechen, wartete,
bis sich ein Juckreiz in ihrer Kehle gelegt hatte.

»Er hat mich nie angesehen«, sagte sie verärgert, »und ich möchte
nicht von ihm sprechen, solange Sie in dieser Stimmung sind.«

Sie warf die Decke ab und stand auf, ihr in der Mitte gescheiteltes
Haar fiel von ihren bleichen Schläfen, kleine Wellen von einem braunen Deich. Sie war hochbrüstig und abgezehrt, aber immer noch die
vollendete junge Frau ihrer Zeit. Eine gewisse Arroganz lag in dem
Klappern ihrer Absätze, als sie durch die offene Tür in den Korridor
des Hauses ging – unser einziger Weg ins Wunderland. Offenbar
glaubte Cecilia im Augenblick an nichts, aber es schien, daß sie einst
einen anderen Weg gekannt hatte und ihn vor langer Zeit gegangen war.

Dennoch waren wir sicher, daß sie uns irgendwann davon erzählen würde – und das tat sie auch. Was hier folgt, ist unsere unzulängliche Version der Geschichte.

Hier nimmt Cecilia die Erzählung der Geschichte auf. Ich sollte
vielleicht erklären, wieso ich mich im Sommer so viel bei den Studios herumgetrieben habe. Nun, zunächst war ich jetzt zu erwachsen,
um mich rauszuhalten, und ich wußte, wie man es macht, ohne zu
stören. Zweitens hatte ich eine Meinungsverschiedenheit mit Wylie
White darüber, wer über meinen Körper zu verfügen habe, und so

war da ein Mann namens X, den ich nicht zu heiraten beabsichtigte, der aber so tat, als könnte er *meistens* das Mädchen von drei Filmen auf einmal haben, und der mußte auf dem Filmgelände sein. Und drittens, ganz wichtig, ich hatte nichts anderes zu tun. (Viertens, mit Beschreibung von Hollywood Boys.)

[Cecilia und Kathleen]

Sie trug ein kleines Sommerkleidchen von Saks, zu etwa $ 18.98 und einen rosa und blauen Hut, der auf einer Seite hochgeschlagen war. Ihre Fingernägel waren blaß rosa, fast natürlich, und ihr Haar – da konnte man nicht ganz sicher sein. Sie war sehr höflich und ziemlich beeindruckt. X bemühte sich eine Zeitlang, ihr beizubringen, wer ich war, stieß aber immer wieder auf die schlichte Tatsache, daß Kathleen More noch nie von meinem Vater gehört hatte.

»Ich habe mich nach einem Job umgetan«, sagte sie.

»Was für eine Art von Job?«

»Ich habe die Annoncen durchgesehen. Was ist ein Swami?«

X erklärte es ihr – es war sehr interessant.

»Das war das verlockendste Angebot«, sagte Kathleen. »Aber ich fürchte, das haut nicht hin – immer dieses schmutzige Handtuch um seinen Kopf.«

Vater hatte ständig große Reibereien mit den Juden über jüdische und irische Tricks. Die Juden behaupteten immer, er verkaufe seine Ideen zu teuer. Vater glaubte sich nur im Recht. Beispiel [sein] Heul-Trick.

STAHR

Stahrs Tag pflegte oft genug gleich im Studio zu beginnen. Seit dem Tode seiner Frau schlief er oft dort; zu seinen Räumen gehörte ein Bad und ein Ankleidezimmer, und der Divan diente ihm als Bett. Bei den riesigen Entfernungen im Umkreis von Los Angeles – drei Autostunden täglich sind keine Ausnahme – bedeutete dies eine große Zeitersparnis.

Er wollte bei Filmen nie seinen Name genannt haben – »Ich will meinen Namen nicht auf der Leinwand, weil Anerkennung etwas ist, das nur anderen gegeben werden kann. Wenn man in einer Position ist, sie sich selber zu geben, braucht man keine Anerkennung mehr.«

Ich möchte auch von seinem großen Fehler sprechen, sich mit Männern zu umgeben, die weit unter ihm standen. Doch mag dies daran gelegen haben, daß er seiner Gesundheit so sicher war; weil er in seinen zwanziger Jahren sich für fähig hielt, selbst auf alles ein Auge zu haben, so daß von sich überzeugte Männer in leitenden Positionen ihm eher hinderlich als hilfreich sein würden. Sein Verhältnis zu den Regisseuren, wobei er Gewicht darauf legte, sich so wenig wie möglich in ihre Arbeit einzumischen, und während er sich Feinde machte – und dies ist wichtig –, war bis zu seinem Auftreten ein Regisseur im Film, seit Griffith *The Birth of a Nation* drehte, immer König gewesen. Daher nahmen jetzt einige Regisseure ihm übel, daß er ihre Position von der eines unumschränkt herrschenden Königs auf die eines bloßen Elements in einer großen Maschinerie reduzierte. Sein unmittelbares Interesse für das Studiogelände, sein demokratisches Wesen, seine Beliebtheit bei der Belegschaft der Studios sind wichtig.

Indessen heißt das noch nicht, Stahr von seinen Anfängen her wirklich zu verstehen. Dazu muß ich auf seine Kindheit zurückgreifen und an jenen Ausspruch seiner Mutter erinnern: »Wir wußten schon immer, daß Monroe seinen Weg machen würde« ... Erinnern wir uns auch, daß er eine Kampfnatur war, obwohl er nur klein war – bestimmt nicht über 1,66 groß und von geringem Körpergewicht (ein Grund, weshalb er die Menschen immer gern sitzend vor sich hatte), und erinnern Sie sich noch, als jener Mann in Venedig sich an seine Frau ranmachen wollte, wie er da unversehens in Wut geriet und einen Ringkampf anfing ... Er muß schon als kleiner Junge ein Raufbold gewesen sein, wahrscheinlich für die ganze Nachbarschaft. Auch zu bedenken, wie gut er von Anfang an auf eine freie, unbeschwerte Art mit Männern auskam, will sagen, als ein Mann, der es liebte, mit den Füßen auf dem Tisch dazusitzen, zu rauchen und unter ›seinesgleichen‹ zu sein. Er war im Grunde mehr ein Mann für Männer als für Frauen.

In seinen beiläufigen Gesprächen war nie etwas von Affektiertheit oder Überheblichkeit, was Männer in Männergesellschaft so gehemmt macht. Zuzeiten trieb er sich mit einer eher ausschweifenden Horde von Regisseuren herum – viele von ihnen starke Trinker, obwohl er selbst keiner war. Und sie akzeptierten ihn als einen der ihren, als ›patenten Kerl‹ sozusagen – das heißt: trotz der zunehmenden Enthaltsamkeit, die ihm die Überarbeitung in späteren Jahren aufzwang, hatte Stahr nie im geringsten etwas von den Snobs und Laffen um ihn, und das war, glaube ich, seine wirkliche Natur und nicht nur Tünche. Insofern war er napoleonisch und liebte den Kampf – was mich zu der Vermutung zurückführt, daß er als Junge ein Raufbold gewesen und es immer geblieben war.

Wenn er, zu voller Macht gelangt, manchmal zu einer Ausflucht griff, um seinen Willen durchzusetzen, so war das eher durch seine Stellung bedingt als durch seine Naturanlage. Ich glaube, daß er von Natur sehr direkt, offen und anspruchsvoll war. Muß versuchen herauszufinden, wie nach dem oben Gesagten seine Jugend ausgesehen haben kann.

Dieses Kapitel darf sich nicht zu einer bloßen Charakteranalyse entwickeln. Jede Aussage, die ich über ihn mache, muß am Ende der jeweils paar hundert Worte irgendeine pointierte Anekdote oder Geschichte bringen, die die Sache lebendig macht. Ich will nicht, daß es den Anstrich einer Analyse hat. Ich möchte es durchgängig so dramatisch wie möglich haben, wie die Story des alten Laemmle persönlich am Telefon.

Stahr verfügte über ein brauchbares technisches Wissen, aber weil er so lange an der Spitze gestanden hatte und so viele Lehrlinge unter seiner Ägide herangereift waren, traute man ihm mehr Kenntnisse zu, als er wirklich besaß. Er ließ sich das gefallen, weil es so am einfachsten war, und entwickelte sich zu einem geschickten, wenn auch sehr vorsichtigen Bluffer. Im Synchron-Atelier – das war für den Ton das, was der Cutterraum fürs Auge war – verließ er sich nur auf sein Ohr und war manchmal ratlos bei den ihn umschwirrenden, immer neuen Fach- und Spezialausdrücken. So auch bei den Takes. Mit der heimlichen Genugtuung eines Kindes verfolgte er die neuen Entwicklungen im Vortäuschen belebter Hintergründe, wobei bewegte Bilder gegen den Hintergrund anderer bewegter Bilder aufgenommen werden. Mit dem Verstand hätte er das leicht begreifen können, aber oft verzichtete er lieber darauf, um sich seine sinnliche Aufnahmefähigkeit beim Anschauen der Muster zu bewahren. Es gab clevere junge Männer – wie beispielsweise Reinmund –, die ihre Bemerkungen so formulierten, daß man den Eindruck gewinnen sollte, sie wären für alles beim Film sachverständig. Nicht so Stahr. Wenn er irgendwo eingriff, dann nur von seinem Standpunkt aus, nicht von ihrem. Darin unterschied sich seine Funktion von der von Griffith in den frühen Tagen des Films, der noch für jede vollendete Produktion das A und O gewesen war.

Es ist zu bezweifeln, ob einer dieser Spitzenfunktionäre pro Jahr auch nur ein einziges imaginatives Werk gelesen hat. Und Stahr, der überhaupt keine Zeit zum Lesen hatte und sich auf Kurzfassungen verlassen mußte, war sich nicht sicher, ob irgendeiner seiner Abteilungsleiter mehr las als das, wozu er verpflichtet war; auch kamen ihm Zweifel, ob sein Besetzungsbüro (hier eine Charakternotiz einfügen) den Umkreis in Betracht zog, den er sich wünschte. Anderthalb Jahre lief eine Show in San Franzisko – aber als etwas Besonderes wurde sie erst entdeckt, als sie nach Los Angeles kam, wo junge Grünschnäbel ein abgeschlafftes Strandpublikum anzogen, und die Besonderheit wurde binnen einer Woche zu einem Boom auf dem Markt. Und jetzt mußte sie – auf Kosten gewichtiger Budgets – teuer bezahlt werden, wo sie bei einiger Findigkeit für so gut wie nichts zu haben gewesen wäre.

Um Stahr vergeben zu können, was er an jenem Nachmittag tat, sollte daran erinnert werden, daß er aus dem alten Hollywood kam, wo es rauh und hart zuging und wo man mit den tollsten Bluffs durchkam. Er hatte die glänzende Fassade und die Machtstellung des neuen Hollywood geschaffen, aber zuweilen kam ihn die Lust an, es niederzureißen, nur um zu sehen, ob es noch da war.

Aber jetzt, als er so dastand und das Orchester zu spielen begann und die Tänzer sich erhoben, kam ihm ein Satz in den Sinn, der ihn überraschte: »Ich bin über alle Maßen gelangweilt«, lautete er.

Selbst die Worte schienen nicht zu ihm zu passen. »Über alle Maßen« klang theatralisch, und er fragte sich, ob er das wohl kürzlich irgendwo gelesen habe. Er ging nicht oft genug aus, um sich gelangweilt zu fühlen oder so darüber zu denken. Er wußte, wie man mit Langeweilern fertig wird, und er hatte gelernt, Hochachtung und Bewunderung als etwas hinzunehmen, das man mit bescheidenem Anstand zu tragen hatte; und so kam er fast immer auf seine Kosten.

Ein paar Männer wurden bei ihm vorstellig, und er redete mit ihnen, die Hände in den Taschen. Einer davon war ein Agent, der ihn nicht leiden konnte und von ihm, wie man Stahr erzählte, immer nur als dem ›Vine Street-Jesus‹, dem ›Wandelnden Oscar‹ oder dem ›Verspäteten Napoleon‹ sprach.

Einmal, nachdem er Kritik geübt hat, empört sich Monroe über kindische Albernheit.

Stahr zeigen, wie er sich irgendwohin zurückzieht oder Leuten ausweicht, ohne sie zu verletzen.

Gleich vielen Männern mochte er keine Blumen, ausgenommen ein paar wildwüchsige – jene waren ihm zu hochentwickelt und zu anspruchsvoll. Aber er liebte Blätter und kahle Zweige, Roßkastanien und sogar Eicheln, unreife, reife und wurmstichige Früchte.

Stahr ist zum Ende hin elend und verbittert.

Vor dem Tod Gedanken aus *The Crack-Up*.*
Sehe ich nach Tod aus? (im Spiegel um 6 Uhr nachmittags).

Männer, die mit ungewöhnlicher Arbeitskraft oder einem analyti-
schen Verstand begabt sind oder jene Ingredienzien besitzen, die
große persönliche Erfolge garantieren, vergessen anscheinend, sobald sie zu Reichtum gekommen sind, daß solche Fähigkeiten nicht
gleichmäßig unter Männern ihrer Art verteilt sind. So kommt es,
daß Stahr, als die Maßnahmen Bradogues [Bradys] zur Gründung
einer Gewerkschaft zu führen drohen, scheinbar eine Kehrtwendung
macht, sich auf die andere Seite schlägt und sich um ein Haar mit
Bradogue verbündet. Auch will ich ja im Epilog zeigen, daß Stahr
ein gewisses Maß an Unrecht hinter sich zurückließ, wie er auch
Gutes zurückließ. Daß einige seiner reaktionären Erfindungen, wie
zum Beispiel die des Drehbuchschreibers, sich noch lange nach seinem
Tod gehalten haben, ebenso wie vieles Wertvolle, das er geschaffen
hat, ihn überlebte. Jedoch daran denken, daß dies in dem Kapitel
nur eine kleine Rolle spielen soll und gleichsam epigrammatisch
gefaßt werden muß, pointiert und vielleicht einem in den Mund
gelegt, den wir in diesem Kapitel Hollywood verlassen sehen [die
letzte Abreise von Stahr im Flugzeug]. Keinesfalls darf es die
eigentliche Stimmung dieses kurzen Kapitels stören, das – entweder
in Nahaufnahme oder indirekt – ganz Thalia [Kathleen] gehört
und sie dem Nachsinnen des Lesers überläßt.

KATHLEEN

Es wurde ihr klar, daß die Wege des Lebens nie irgendwohin führen würden und den Bahnen eines Flugzeugs am Himmel glichen;
daß niemand wußte, wo sie verliefen, seit es keinen Daniel Boone**
mehr gab, der den Weg freihackte; daß die Welt weitergehen mußte
und außerhalb von ihr und daß es dennoch diese Wege geben mußte.
Es war eine schrecklich einsame Lebensfahrt.

Sie dachte an Ventilatoren in kleinen Restaurants mit Hummern auf
Eis im Schaufenster und an perlende Leuchtreklamen, die sich vor
dem obskuren Großstadthimmel, dem heißen, dunklen Himmel
drehten. Und alles durchdringend ein fremdes, brütendes Geheimnis
von Hausdächern und leeren Apartments, von weißen Kleidern auf

* Dreiteiliger autobiographischer Essay von Fitzgerald, zuerst 1936 im ›Esquire‹
erschienen.
** Daniel Boone (1734–1820), amerikanischer Grenzer.

Parkwegen, und Finger anstelle von Sternen und Gesichtern anstelle von Monden, und Leute mit fremden Leuten, die einander kaum beim Namen kannten.

Strahlende ungenutzte Schönheit, die sie noch im Spiegel ärgerte.

[Kathleen und ihr Ehemann?]

Er fand sie in der Hütte, wie sie nur so dastand und nachdachte. Er hatte Angst vor ihr, wenn sie in ihren Gedanken war, denn er wußte, daß in diesem von ihm entferntesten Teil von ihr ein unablässiges Sinnieren vor sich ging, dessen Quintessenz immer das beruhigende Gefühl von der Ungerechtigkeit und Unzulänglichkeit des Lebens ist. Er kannte das [?], womit ihr Geist arbeitete, aber es überraschte ihn jedesmal, daß am Ende nur rein abstrakte Proteste dabei herauskamen, in denen er lediglich ein Element war, ebenso hilflos dahintreibend wie sie selbst. Dies fürchtete er mehr, als wenn sie, was oft vorkam, sagte »Das war dein Fehler« – denn hiermit schien sie die Situation und ihre Interpretation auf eine Ebene zu heben, die über seinen Verstand ging. In dieser Region war sein Geist weiblicher als der ihre – er fühlte sich leicht und aus dem Gleichgewicht gebracht – ein bißchen wie jener Mann bei Dickens, der seine Frau beschuldigte, sie bete gegen ihn.

STAHR UND KATHLEEN

Ziel: Ich wollte eine Verführung – sehr kalifornisch und doch neu – sagen wir: sehr à la Hollywood. Wenn er auch keine Illusion hat, so doch viel Erbarmen und Güte, Erregbarkeit, Stimulus, Faszination.

Woher soll nun hier die Wärme kommen? Wieso meint er, sie ist warm? Wärmer als die Stimme in Hemingways *In einem andern Land.* Meine Mädchen strahlten alle so viel Wärme und Verheißung aus. Was kann ich tun, damit es echt und anders wirkt?

Das nächtliche Meer. Como. St. Pol (schon in *Zärtlich ist die Nacht* verwendet). Warum sind französische Liebesaffären kalt und *au fond* traurig? – Warum spürt man bei H. G. Wells Wärme?

Allgemeine Stimmung. Erschrocken über den plötzlichen Gefühlsausbruch, gehen sie zurück, sie immer noch in dem Gedanken, sie könne da wieder heraus. Sie erträgt es nicht, nachzudenken. Es war heute abend. Es herrscht eine trübe, regnerische Dämmerung, ein trauriger Tag (vorherige Zeitangabe in Sonnenuntergang ändern). Sie verließen das Hotel vor etwas mehr als drei Stunden, aber es kam ihnen länger vor. Sie schnell dorthin gelangen lassen. Seltsamer Eindruck des Hauses: wie ein Bühnenbild. Die Gefühlslage sollte sein: zwei freie Menschen. Er verspürt einen übermächtigen Drang zu dem Mädchen, das ihm wieder neue Lebenshoffnung gibt – obwohl er da noch gar nicht an Heirat denkt, ist sie für ihn der Inbegriff von Hoffnung und Frische. *Er verführt sie, weil sie ihm zu entgleiten droht* – sie läßt sich verführen, weil sie ihn restlos bewundert (der Telefonanruf). Nachdem es einmal so weit ist, ist es rein sinnlich, atemlos, spontan, dann eine Weile sanft und zärtlich.

Sie war ganz bereit, und es schien ihr richtig so. Es wäre zu jeder Zeit gut gewesen, aber für das erste Mal war es sehr viel mehr, als er erhofft oder erwartet hatte. Nicht wie bei sehr jungen Leuten, sondern klug und liebevoll und beklemmend süß, wie es manchmal mit Minna gewesen war, wenn sie viele Tage weg gewesen waren. Er war an die hundert Meilen weit weg, gleichsam auf Besuch bei sich, aber er ließ es sie nicht merken.

Dieses Mädchen hatte ein eigenes Leben – es kam sehr selten vor, daß er jemand begegnete, der mit seinem Leben nicht auf irgendeine Weise von ihm abhing oder abhängig zu sein hoffte.

ROBINSON

Diese Passagen über Robinson beziehen sich alle auf einen früheren Plan für die Story. Der Autor hatte seine ursprüngliche Idee, wonach Kathleen eine Liebesaffäre mit Robinson haben sollte, verworfen, aber Robinson sollte doch wohl weiter als der fungieren, den Brady sich erwählt hatte, um Stahr aus dem Weg zu schaffen. Kathleen heißt hier noch Thalia.

Ich möchte, daß diese Episode einen Eindruck von der Arbeit eines Cutters, Kameramannes oder Aufnahmeleiters während der Produktion solch eines Brockens wie *Winter Carnival* gibt, und dabei die Fixigkeit hervorheben, mit der Robinson arbeitet, seine Reaktionsfähigkeit, warum er ist, der er ist, anstatt nur der hochbezahlte Mann, der zu sein er aufgrund seiner technischen Kenntnisse ein Anrecht hat. Immerhin könnte ich etwas von der Dartmouth-Atmosphäre, wie Schnee usw. verwenden, dabei sorgsam vermeiden, auf irgendwelches Material überzugreifen, das Walter Wagner vielleicht in *Winter Carnival* benutzt oder das ich ihm womöglich irgendwann als brauchbares Material empfohlen habe.

Ich könnte das Kapitel aus der Sicht von Cecilia beginnen lassen,

die als Gast bei dem Karneval ist, rasch zu Robinson hinüber-
blenden und die beiden sich vielleicht auf einem Telegrafenbüro
treffen lassen, wo sie sieht, wie er ein Telegramm an Thalia auf-
gibt. Aber mittlerweile und durch das Material, das ich wähle –
Hintergründe für die Schneeszenerie fotografieren – sollte ich
nicht nur den Charakter von Robinson, so wie er ist, entwickeln,
sondern in einem Nebenaspekt zugleich die Möglichkeit andeuten,
daß er sich später bestechen läßt. In einem sehr kurzen Übergang
oder einer Montage verlege ich die ganze Gesellschaft in den Westen.
Cecilia, vielleicht im Kreis ihrer Freunde, überredet den gerade mit
der Leitung betrauten Produzenten (einen Versager) und Robinson.
Der Mann, der versuchsweise ausersehen ist, Stahr aus dem Weg
zu schaffen, ist Robinson, der Cutter. Muß Robinsons Charakter so
entwickeln, daß dies möglich wird – das heißt, Robinson hat jetzt
drei Aspekte. Seinen Hauptaspekt als eine Art von Feldwebel –
Charakter wie vorgesehen. Dann sein Verhältnis zur Umwelt, das
konventionell, fast stereotyp und lax ist; und dann dieses neue
Element mit der Möglichkeit, daß er durch die Umstände so weit
korrumpiert wird, um sich in eine solche Affäre hineinziehen und
sich von Bradogue ausnutzen zu lassen. Um das zu erreichen, ist es
praktisch notwendig, daß Robinson von Anfang an, trotz seiner
Couragiertheit, seiner Findigkeit, seines technischen Könnens und
seiner Feldwebeltugenden, die ich ihm mitgeben möchte, einen
schwachen Punkt hat. Eine heimliche Schwäche – vielleicht sexueller
Art. So könnte es gehen, aber wenn ich es so mache, könnte er wieder kein Verhältnis mit Thalia gehabt haben, die einen derartigen
Liebhaber niemals akzeptiert haben würde. Vielleicht hat er also
irgendeinen Makel, nicht sexuell – nicht unmännlich –, jedenfalls
habe ich im Augenblick noch keine genaue Vorstellung, und das bleibt
noch zu erfinden. Anderseits würde eine gehabte Liebesbeziehung zu
Thalia ihn zu einem ganz natürlichen Werkzeug für Bradogue
machen, der ihn nur bei seiner natürlichen Eifersucht auf Stahr zu
packen brauchte.

[Thalia] hatte gelegentlich eine Liebschaft, deren sie sich halb
schämt, mit dem Mann, den ich Robinson genannt habe, dem Cutter,
der (und das ist sehr wichtig) in seinem beruflichen Leben ein ungewöhnlich interessanter und feiner Charakter ist, basierend etwa
auf der Vorstellung eines Sergeanten in der Armee oder jenes Cutters bei United Artists, den ich so bewunderte, oder jeder anderen Person vom Typ eines Pannenhelfers oder Filmtechnikers – und
ich möchte dies scharf absetzen gegen sein Spießertum und seinen
Hang zu Platitüden im Umgang mit der sogenannten gebildeten

Welt. Frauen können ihn um den kleinen Finger wickeln. Er wäre imstande, in einem Schneesturm oben an einem zwanzig Meter hohen Telegraphenmast mit nicht mehr Werkzeug als einer aus seinen Schuhnägeln behelfsmäßig hergestellten Kneifzange das vertrackteste Durcheinander von Drähten zu entwirren, aber einer Situation gegenüber, die noch die ungebildetste und nichtsnutzigste Person einigermaßen lösen würde, ließ ihn hilflos und tolpatschig erscheinen – so sehr, daß er den Eindruck erweckte, er wäre ein Babbitt oder ein stupider, linkischer, alberner Kerl.

Dieser Widerspruch wird irgendwann im Verlauf der Geschichte von Stahr erkannt, der möglichst bei jedem Anlaß als jemand herausgestellt werden muß, der unter der Oberfläche die wahre Wirklichkeit sieht.

Ihre Haltung gegenüber diesem Mann [Robinson] war immer so, daß auch noch in den heiklen Liebesmomenten sie die Überlegene sein mußte, und seine tiefe Dankbarkeit ist mit seiner Liebe zu ihr untrennbar verbunden. Obwohl er die ganze Geschichte hindurch immer das Bewußtsein von ihrer unbedingten Überlegenheit hat. Bei irgendeiner Gelegenheit erklärt Stahr ihr, daß dies Unsinn sei, und ich möchte hier einen Unterschied zwischen dem männlichen und dem weiblichen Standpunkt aufzeigen: genauer gesagt, daß Frauen dazu neigen, sich an einen Vorteil zu klammern, oder in puncto Charakter weniger menschliche Großmut haben als Männer, oder meine ich: einen engeren Horizont?

Stahr nickte und ging dann weiter an der Spitze seiner Rotte. Robinson, der fast neben ihm ging, nur ein bißchen zurück, war ein verbissen arbeitender Techniker – er galt als der beste Cutter in Hollywood. Ich kam persönlich mit dieser Klasse nicht in Berührung, aber ich weiß, daß Robinson ein so guter Cutter war, daß er oft aufgefordert wurde, eine Regie zu übernehmen. Er hatte es einmal versucht, damals in den Stummfilmtagen, und das war ein Fehlschlag. Nie im Leben würde ein Mann wie Jack Robinson ein riskantes Kommando übernehmen, wenn ich überhaupt etwas davon verstehe. Seit den Tagen, da er von seinem Job oben an Telegraphenmasten bei Unwettern in Michigan abberufen und zu der verzwickten Aufgabe beordert wurde, als Sergeant in seiner Infanteriedivision eine zuverlässige Verbindung mit der Artillerie herzustellen, und dabei entdeckte, daß ein ungebildeter Pannenhelfer mehr wert war als ein Dutzend nichtsnutzige Unterleutnants, die sich ›Verbindungsoffiziere‹ nannten, hatte er das Vertrauen in seine Vorgesetzten verloren und wollte nie wieder etwas anderes sein als ein Bindeglied zwischen dem, was von oben befohlen war, und dem, was sich unten machen ließ.

Es ging etwas Menschliches von ihm aus, das Stahr gern mochte. Oft tauchte er neben Stahr auf mit einem Gespür für die Wahrheit oder Verlogenheit einer Story – aber praktisch schrumpfte sein Rat zu einem ›Ach, was soll's – was wissen die schon? Gut. Also weiter. Wo verlegen wir diese Leitungen? *Richtig*, eine glänzende Idee‹.

DER FLUGZEUGABSTURZ

Fitzgerald hatte einigermaßen ausführlich die Episode der Kinder, die das abgestürzte Flugzeug finden, skizziert, wie sie auch in dem Brief an seinen Verleger erwähnt ist. Er kam dann an einen Punkt, wo er sich für das Weglassen dieser Szene entschied, denn er fand, daß der Bericht von Stahrs Begräbnis einen besseren Epilog abgeben würde; aber eine offenbar später geschriebene Werknotiz zeigt, daß er die Szene doch noch in Erwägung zog.

Es ist wichtig, daß ich dieses Kapitel mit einer feinen Überleitung beginne, weil ich nämlich nicht den Flugzeugabsturz beschreiben, sondern nur ein letztes Bild von Stahr beim Start des Flugzeugs geben und vom Flughafen aus ganz kurz die Leute nennen will, die mit an Bord sind. Das Flugzeug also ist in Richtung New York gestartet, und wenn der Leser an Kapitel 10 kommt, muß ich dafür sorgen, daß er durch den plötzlichen Szenenwechsel nicht verwirrt wird. Der beste Übergang wäre ein einleitender Absatz, worin ich dem Leser sage, daß Cecilias Erzählung hier endet und daß im Folgenden eine Situation beschrieben wird, die der Autor selbst vorgefunden und sich aus dem, was er in einem Städtchen in Oklahoma von einem Gemeinderichter erfuhr, zusammengereimt hat. Weiter: daß diese Vorfälle sich zutrugen einen Monat, nachdem das Flugzeug abstürzte und Stahr und alle anderen Passagiere in einer weißen Dunkelheit begrub. Berichten, wie der Schnee das Wrack zudeckte und das Flugzeug trotz des Einsatzes von Suchkommandos verloren gegeben wurde, und dann die eigentliche Erzählung wieder aufnehmen – daß sich während eines frühen Tauwetters im folgenden März gleichsam ein Vorhang hob. (Ich muß alle Kapitel noch einmal durchgehen und die Zeitfolge so einrichten, daß Stahrs zweiter Flug nach New York – der, bei dem er umkommt – dann stattfindet, als in den Rockies der erste Schnee gefallen ist. Ich möchte dieses Flugzeug jenem anderen angleichen, das für ganze zwei Monate verloren war, bis man es dann mit den Überlebenden wiederfand.) Genau überlegen, ob es nicht ratsam wäre, dem Leser – wenn möglich, durch einen Trick – vorzuenthalten, daß das Flugzeug abgestürzt ist, bis zu dem Moment, da die Kinder es finden.

Das Problem dabei ist, daß der Leser, bei Kapitel 10 angekommen, nicht verwirrt werden darf, daß aber andererseits der dramatische Effekt, selbst wenn der Leser für ein paar Minuten ratlos ist, stärker sein könnte, wenn er nicht gleich zu Beginn des Kapitels von dem Flugzeugabsturz erfährt. Wirklich und fast mit Sicherheit ist das die richtige Methode, und ich muß nur herausfinden, wie sich das auf diese Art bewerkstelligen läßt. Zu Beginn von Kapitel 10 muß noch ein Absatz zwischengeschaltet werden, der den Leser darüber beruhigt, daß er sich noch in derselben Geschichte befindet, aber dies nur obenhin und den Leser ein bißchen irreführend, der nun denkt, der Absatz sei lediglich dazu da zu erklären, daß nicht Cecilia den nächsten Teil der Geschichte erzählt, während ihm nicht gesagt wird, daß das Flugzeug gegen einen Berg gestoßen und für mehrere Monate aus dem menschlichen Gesichtskreis verschwunden ist.

Wenn ich dem Leser ein gewisses Gefühl von Übergang vermittelt und ihn auf einen Szenenwechsel vorbereitet habe, die Erzählung einfach abbrechen, einen Zwischenraum lassen und dann die folgende Story beginnen. Daß eine Gruppe von Kindern einen Tagesausflug unternimmt. Daß in diesem gebirgigen Staat ein vorzeitiger Frühling mit Tauwetter eingesetzt hat. Aus der Gruppe von Kindern drei herausgreifen, die wir Jim, Frances und Dan nennen wollen. Die Atmosphäre ist die typische von Oklahoma, wenn dort der lange Winter endet. Ein durch und durch kaltes Klima, wo dann der Winter urplötzlich und fast mit Heftigkeit abbricht – der Schnee scheint nur ungern und wie in krampfartigen Schüben weichen zu wollen, so als wenn eine riesige Eisscholle plötzlich auseinanderbricht. Es herrscht strahlende Sonne. Die drei Kinder entfernen sich von dem Lehrer oder Anführer oder dem sonstwie für die Expedition Verantwortlichen, und das Mädchen, Frances, stößt auf das Schwungrad und Motorteile eines geborstenen Flugzeugs. Sie hat keine Ahnung, was es ist. Sie ist etwas ratlos, und für den Augenblick beschäftigt sie mehr ihr kleiner Flirt mit Jim und Dan. Immerhin ist sie ein aufgewecktes Kind von dreizehn oder vierzehn, und wenn sie das Fundstück auch nicht als von einem Flugzeug stammend erkennt, so weiß sie doch, daß es komisch ist, ein solches Maschinenteil in den Bergen zu finden. Zuerst denkt sie, es ist ein Überbleibsel von irgendeiner besonderen Bergbauapparatur. Sie ruft Dan und dann Jim, und über der Entdeckung weiterer Trümmer von dem Flugzeugabsturz vergessen sie, was immer sie in jugendlichem Übermut hatten anstellen wollen. Instinktiv wollen sie zuerst die anderen von der Gruppe herbeirufen, denn Jim, der intelligenteste von den dreien (beide Jungen sind etwa fünfzehn), erkennt, daß es sich um ein abgestürztes Flugzeug handelt – obwohl er es nicht mit dem Flugzeug in Zusammenhang bringt, das im vorigen November verschwunden war; da aber stößt Frances auf ein Portemonnaie und eine offene Reisetasche, die der Schauspielerin gehörte. Sie enthält Dinge, die für sie einen unerhörten Luxus darstellen, darunter auch ein Schmuck-Etui. Die Tasche ist unbeschädigt, weil sie durch die Zweige eines Baumes gefallen ist. Da finden sich Flacons mit Parfums, die in der Stadt, in der das Mädchen lebt, wohl nie zu haben sein würden, vielleicht ein Négligée oder was mir sonst noch einfällt, was eine Schauspielerin bei sich haben könnte und was der letzte Schrei filmischer Eleganz ist. Das Mädchen ist ganz verzückt.

Gleichzeitig hat Jim Stahrs Aktentasche gefunden – eine Aktentasche hat er sich schon immer gewünscht, und diese ist ein gutes Stück aus feinstem Leder – dazu noch andere Reiseutensilien von Stahr. Dinge, die sich vornehmlich im Besitz sehr reicher Männer finden. Ich habe da noch keine genaueren Vorstellungen, aber man denke nur, was ein sehr reicher, bestens ausgestatteter Mann wahrscheinlich bei solch einer Gelegenheit mit sich führt; und dann macht Dan den Vorschlag »Warum sollen wir von dieser Sache erzählen? Wir können später wieder hier herauf kommen, und da gibt's wahrscheinlich noch eine Menge mehr von diesem Zeug und womöglich ist Geld dabei und noch allerlei sonst – diese Leute sind tot und werden es nie wieder brauchen – und dann können wir etwas von dem Flugzeug sagen oder andere mögen es finden. Niemand wird wissen, daß wir hier oben gewesen sind«.

Dan hat in der Art, wie er so etwas sagt, eine schwache Ähnlichkeit mit Bradogue. Das muß ganz fein angedeutet werden und darf nicht nach einer Parabel oder Moralpredigt aussehen, dennoch muß der Eindruck entstehen, aber nur einmal und nicht dick aufgetragen. Wenn der Leser es nicht merkt, auch gut – nur nicht wiederholen. Zeigen, daß Frances in dieser Situation amoralisch und für alles zu haben ist, aber auf Jims Seite von Anfang an entschiedene Skrupel erkennen lassen, ob diese Handlungsweise selbst Toten gegenüber noch fair ist. Episode damit schließen, daß die Kinder wieder zu ihrer Gruppe zurückkehren.

Nach einigen Wochen haben die Kinder mittlerweile mehrere Expeditionen auf den Berg unternommen und die Stelle von allem geplündert, was irgendeinen Wert hatte. Dan ist besonders stolz auf seine Funde, wozu auch einige anrüchige Dinge aus dem Besitz von Ronciman gehören. Frances ist sorgenvoll, hat entschieden Angst und möchte für Jim Partei nehmen, der über die ganze Sache todunglücklich ist. Er weiß, daß Suchkommandos auf einem benachbarten Berg gewesen sind – daß man die Spur des Flugzeuges hat, daß mit dem voll ausbrechenden Frühling alles ans Licht kommen wird und daß mit jedem Mal, wenn sie hier heraufgehen, die Gefahr größer und größer wird. Dies mögen indessen die Gefühle von Frances sein, denn Jim hat inzwischen die Papiere aus Stahrs Aktentasche durchgelesen und ist, wenn er in tiefer Nacht die Aktentasche aus ihrem Versteck in einem Holzschuppen hervorholte, von Bewunderung für den Mann ergriffen worden. Natürlich wissen zu diesem Zeitpunkt alle drei Kinder, um welches Flugzeug es sich handelte, wer die Insassen waren und wessen Besitztümer sie sich angeeignet haben.

Eines Tages haben sie auch die noch halb vom Schnee bedeckten Leichen der sechs oder sieben Opfer gefunden, obwohl ich diese Szene nicht irgendwie grauenvoll ausmalen will. Jedenfalls wird Jim durch irgendetwas in einem von Stahrs Briefen, das er in später Nacht gelesen hat, dazu gebracht, zum Richter zu gehen – und er erzählt die ganze Geschichte, ungeachtet der Drohungen von Dan, der größer als er und ihm physisch überlegen ist. Lassen wir also die Kinder bei ihrer Überzeugung, daß sie in guten Händen sind, daß sie keine Strafe erwartet, daß sie volle Wiedergutmachung geleistet haben und daß sie schließlich vor Gericht geltend machen könnten, sie hätten von der Sache weiter nichts gewußt und lediglich Gefundenes behalten. Es kommt zu keinerlei Bestrafung für eins der drei Kinder. Den Eindruck vermitteln, daß Jim ein redlicher Kerl ist, daß Frances leicht korrupt ist und womöglich in einem Jahr oder so auf Abenteuer ausgeht und schließlich zu einem Mittelding zwischen Kokotte und Prostituierter wird, und daß Dan durch und durch verdorben war und für den Rest seines Lebens nur auf Gelegenheiten wartet, für nichts möglichst viel zu kriegen.

Ich kann nicht genug darauf achten, dies nicht zu dick aufzutragen oder ihm den Anstrich einer moralischen Fabel zu geben. Ich sollte ganz ausdrücklich [zeigen], daß Jim ein ordentlicher Junge ist, und vielleicht mit Frances enden und die Leser hoffen lassen, daß auch sie noch anständig wird, und dann diese Hoffnung wieder wegnehmen, indem ich einen letzten Blick auf Frances tun lasse, die immer noch die Überzeugung mit sich herumschleppt, hinter dem nächsten Hügel sei eitel Glück und Wohlleben; so gebe ich dem Vorfall einen bitteren Nachgeschmack, um alles Sentimentale und Moralische, das sich eingeschlichen haben könnte, fernzuhalten. Auf jeden Fall sollte die Episode mit Frances schließen.

Die Idee mit den Kindern bleibt bestehen. Flugzeug könnte auch in Vorort von Los Angeles abstürzen. Er glaubt, es seien Berge gewe-

sen, aber es ist genau da – ein Trümmerfeld, das er selbst mit geschaffen hat.

HOLLYWOOD USW.

Es ist unmöglich, Ihnen irgendetwas von Stahrs Tagesablauf zu erzählen, oder nur auf die Gefahr hin, den Hörer zu langweilen. Die
Leute im Osten geben vor, sich dafür zu interessieren, wie Filme
gemacht werden, aber wenn man ihnen wirklich etwas darüber
erzählt, merkt man, daß sie sich nur für die Garderobe von Claudette Colbert oder für Clark Gables Privatleben interessieren. Sie
sehen nur die Puppe, nicht den Bauchredner. Selbst die Intellektuellen, die es besser wissen sollten, hören gern von der Prunksucht, den
Extravaganzen und den Intrigen – aber erzähl ihnen, daß der Film
eine ganz eigene Grammatik hat, wie die Politik oder die Auto-
industrie oder die Gesellschaft, und beobachte dann, wie ihre Gesichter immer leerer werden.

Ich könnte zum Beispiel versuchen, Ihnen begreiflich zu machen,
was Stahr mit seinem besonderen Gebrauch des Wortes ›nice‹
meinte, nämlich etwas Ähnliches wie Saint-Simon mit ›la politesse‹,
und Sie würden das, was ich gesagt habe, als eine Lektion in Sachen
Geschmack abtun.

Den Märchenton von Warner Brothers und den dramatischen Ton
von Metro Goldwyn zusammengepackt – mit Rück- und Voraus-
blende über Stahr schreiben.

[Stahr und Prinz Agge]

»Kommen Sie, wir werden etwas frühstücken gehen.« Beiläufig
fügte er hinzu: »Broaca ist der beste Mann in Hollywood, ausgenommen Lubitsch und Vidor. Aber er wird langsam alt und das
macht ihn bitter. Er sieht nicht ein, daß heutzutage ein Regisseur
im Film nicht mehr alles sein kann. Das hat er aus den alten Tagen,
als man noch von der Manschette weg filmte.«

»Von der Manschette?«

Sie gingen durch die Tür hinaus. Stahr lachte.

»Vom Regisseur erwartete man, daß er den Plot auf seiner
Manschette hatte. Es gab überhaupt kein Script. Alle Autoren wurden *Gag-men* genannt – gewöhnlich Reporter und sämtlich Trun-
kenbolde. Sie standen hinter dem Regisseur und machten Vorschläge, und wenn ihm einer gefiel und zu dem paßte, was er auf
seiner Manschette hatte, setzte er's in Szene und drehte seine Film-
meter.«

Die Situation in dem großen Betrieb war die, daß jeder Produzent, Regisseur und Drehbuchautor von sich behaupten konnte, daß er gut verdiene. Mit dem aufkommenden Mißtrauen der Geldgeber gegenüber der Industrie, mit dem Ausscheiden der besseren Männer wegen des immer schnelleren Arbeitstempos, mit der Höherbewertung der niederen Tugenden, als handele es sich um einen Bergbaubetrieb, und schließlich mit der immer komplizierter werdenden Technik und ihrer Vielschichtigkeit – konnten doch alle, die dabei blieben, von sich sagen, daß sie gut verdient hatten, obwohl faktisch nicht mal ein Drittel der Produzenten oder ein Zwanzigstel der Filmautoren ihren Lebensunterhalt im Osten hätten verdienen können. Es gab nicht einen von diesen Männern, wie unwichtig und inkompetent er auch sein mochte, der nicht von sich behaupten konnte, weitgehend am Erfolg beteiligt gewesen zu sein. Das machte den Umgang mit diesen Männern so schwierig.

An mein Resümee in *Crazy Sunday** denken – nicht den Eindruck erwecken, als ob diese Menschen schlecht seien.

Schauspielerin – so ganz allmählich eingeführt, so hautnah, so real, daß man an sie glaubt. Irgendwie sitzt sie auf einmal neben einem, nicht eine Schauspielerin, aber mit all den Erfordernissen dazu, die einem laut und mißtönend in den Ohren klingen. Dann ist sie *doch* eine, aber das darf nicht in eine detaillierte Beschreibung ihrer Karriere auslaufen. Immer nahe dran bleiben. Nie auch nur ihren Namen nennen. Stets mit einem Manierismus beginnen.

Der Bart. Monty Woolleys Vollbart. 50 propagieren den Fußsack. Lebensunterhalt der Familie durch Bart. Seit sieben Wochen klappt's nicht mehr. Er war fabelhaft in *Hurricane*. Letzten Mittwoch brachte er so gut wie nichts. Für einen Gag will er ihn abschneiden lassen – ich werde arbeitslos. Wieviel Prestige-Verlust, *amour propre*. Trauma des Ego. 30 000 Dollar. Trügerischer Bart ab.

Tillie Losch machte sich Gedanken darüber, was mit ›exotisch‹ gemeint sein könnte.

Er war so neu im Metier des Filmautors, daß er, als der Reisevertreter hereinkam, dachte, der wolle von ihm etwas für die Zeitung geschrieben haben. [Dies bezieht sich auf die Usancen der Holly-

---

* Die Story *Verrückter Sonntag* schrieb Fitzgerald 1932 nach seiner zweiten Hollywood-Reise. Der Filmproduzent Irving Thalberg in dieser Geschichte diente auch als Modell für Monroe Stahr im *Letzten Taikun* (A. d. Ü.).

wooder Fachpresse, Neuankömmlinge für die Reklame einzuspan-
nen mit der Drohung, andernfalls schlecht oder gar nicht über sie zu
schreiben.]

Der Mann [von einem Hollywooder Fachblatt], der mich warnt,
das Buch zu lesen.

Charakter von X, ein *mittelmäßiger* Produzent. – Später von ihm
sagen, daß er mit dem Stummfilm gestorben sei. Wir brauchen eine
neue Formel.

Das geschickt formulierte Gegenargument einer jeden allgemein
gültigen Idee kann irgendwem ein Vermögen einbringen.

Scherz über »Schieß es mit Gegenschuß«.

»Wir könnten das ein bißchen ausflicken«, sagte sie – so wie ein
Dienstmädchen sagt »Ich werde mal eben Ihre Strümpfe aus-
waschen«, um die Sache zu verharmlosen.

Massenhaft Leitungen auf dem Fußboden – er kann jeden über das
Dictaphon hören.

Ihr aschblondes Haar schien wetterbeständig zu sein, bis auf einen
kleinen Vorhang von Ponyfransen, dem offenbar gestattet, wenn
nicht aufgegeben war, sich in einem leichten Wind ein bißchen zu
bewegen. Von ihrer Person ging etwas aus, das auf sorgfältige Planung schließen ließ. Unter winzigen Bögen, die kaum noch Brauen
waren, ihre Augen usw. Ihre Zähne waren so weiß gegen die Son-
nenbräune, ihre Lippen so rot, daß zusammen mit dem Blau ihrer
Augen die Wirkung im ersten Moment verblüffend war – so verblüffend, als wären die Lippen grün und die Pupillen weiß gewesen.

Sie fürchtete das schwarze kegelförmige Ding, das von einem
metallenen Arm herabhing und wieder und wieder durch den son-
nigen Raum gellte. Für eine Minute hörte es auf, stattdessen nur
ihre Herzschläge; dann begann es von neuem.

Hollywood-Kind. Das kleine verhärtete Gesicht einer erfolgreichen
Straßendirne auf dem Körper eines Tanzpüppchens, der klare ge-
pflegte Quengelton der Stimme.

Die meisten von uns könnte man vom Tag der Geburt bis zum Tag des Todes aufnehmen und dann den Film zeigen; es bliebe keine andere Gefühlsregung als Ekel und Langeweile. Es würde alles aussehen wie das Krickelkrakel von Affen. Was empfinden wir denn, wenn unsere Freunde hausgemachte Filme vom Baby oder von der Reise vorführen? Ist es nicht eine gottsjämmerliche Langeweile?

Eine Football-Mannschaft an einem glühend heißen Julitag. Zwei schwitzende Teams, die sich für 500 Dollar Tagesgage abhetzen. Schauspieler, Edelkomparsen und ein Kamerateam. Hoch oben im leeren Stadion Stahr und sein Mädchen.

Es gab zum Beispiel einen Mann, der ihn in allem Ernst um folgenden Gefallen bat: Stahr sollte eines Morgens »Halloh, Tim« zu ihm sagen und ihm am Eingang der Kantine auf die Schulter klopfen. Stahr überprüfte die Personalakte des Mannes, und dann klopfte er ihm auf die Schulter. Der Mann fuhr zum Himmel auf.

Dies nahezu buchstäblich, denn er wurde auf einen der besten Posten berufen – etwa das, was George Gershwin mit dem Ausspruch »Feiner Job« wenn man ihn kriegen kann« meinte. Da sitzt er nun heute noch, mit einem Foto seiner Frau und seiner Kinder an der Wand, und läßt sich im Beverly Hills Hotel maniküren. Sein Leben ist ein einziger langer glücklicher Traum.

Stahr erinnerte sich, wie sie damals 1927 die drei Kretins eingesetzt hatten. X. hatte unter den Nachstellungen einer wirklich fürchterlichen Frau zu leiden. Am Tage bevor die Sache zur Verhandlung kam, schickte er einen Zwerg [und zwei andere Mißgeburten] mit Botschaften zu ihr. Sein Anwalt begann mit der Feststellung, daß die Frau verrückt sei. Im Zeugenstand sprach sie von ihren Besuchern – die Geschworenen schüttelten den Kopf, zwinkerten einander zu und erkannten auf Freispruch.

Cecilias Onkel ist ein Dummkopf, wie der Bruder von –
»– der rauhe Individualismus von Tommy Manville, Barbara Hutton und Woolie Donahue«. Habe Wylie nie vergeben, daß er das in seine Rede einfließen ließ, als er sich für Landon einsetzte.

Es gibt irgendwo eine Stelle für einen Wink eines Mächtigen, den Film zu Ende zu drehen.

Ein großer junger Mann mit runden Schultern, einer Hakennase und sanften braunen Augen in einem empfindsamen Gesicht.

Der fürchterlich widerhallende Donner seiner Abwesenheit.

[Flugreise]

Mein blauer Traum, in einem Korb zu sitzen und gleich einem Drachen an einer Schnur gegen den Wind gehalten zu werden.

Es ist lustig, sich zu recken und zu sehen, wie sich am blauen Himmel azurne Schenkel zum Abenteuer öffnen.

Ein Mädchen wie eine Schallplatte, bei der die Rückseite leer ist.

In amerikanischen Lebensläufen gibt es keine zweiten Akte.

Das Tragische an diesen Männern war, daß nichts in ihrem Leben wirklich tief eingeschnitten hatte.
    Robuste Hemingway-Charaktere.

geschickter Plagiator
anspruchsvolle Oberherrschaft
nicht einer überlebte die Kastration

Nur nicht die Geister von Tarkington aufwecken.

HANDLUNG IST CHARAKTER

F. Scott Fitzgerald
im Diogenes Verlag

Carson McCullers
im Diogenes Verlag

Die besten Geschichten von
Carson McCullers
Herausgegeben von Anton Friedrich
Aus dem Amerikanischen von Elisabeth Schnack
Diogenes Evergreens

Wunderkind
Erzählungen I. Deutsch von Elisabeth Schnack
detebe 20140

Madame Zilensky und der König von Finnland
Erzählungen II. Deutsch von Elisabeth Schnack
detebe 20141

Die Ballade vom traurigen Café
Novelle. Deutsch von Elisabeth Schnack. Diogenes Evergreens
Auch als detebe 20142

Das Herz ist ein einsamer Jäger
Roman. Deutsch von Susanna Rademacher
detebe 20143

Spiegelbild im goldnen Auge
Roman. Deutsch von Richard Moering
detebe 20144

Frankie
Roman. Deutsch von Richard Moering
detebe 20145

Uhr ohne Zeiger
Roman. Deutsch von Elisabeth Schnack
detebe 20146

Als Ergänzungsband liegt vor:

Über Carson McCullers
Elf Essays und Aufsätze über Carson McCullers erstmals deutsch.
Essays, Aufsätze und Rezensionen über Carson McCullers von Edward Albee
bis Gabriele Wohmann. Übersetzungen von Elisabeth Schnack und Elizabeth Gilbert
Mit Chronik und Bibliographie. Herausgegeben von Gerd Haffmans
detebe 20147

Raymond Chandler
im Diogenes Verlag

Die besten Detektivstories
Aus dem Amerikanischen von Hans Wollschläger. Diogenes Evergreens

Der große Schlaf
Roman. Aus dem Amerikanischen von
Gunar Ortlepp. detebe 20132

Die kleine Schwester
Roman. Deutsch von Walter E. Richartz
detebe 20206

Das hohe Fenster
Roman. Deutsch von Urs Widmer
detebe 20208

Der lange Abschied
Roman. Deutsch von Hans Wollschläger
detebe 20207

Die simple Kunst des Mordes
Briefe, Essays, Notizen. Herausgegeben von
Dorothy Gardiner und Kathrine Sorley
Walker. Deutsch von Hans Wollschläger
detebe 20209

Die Tote im See
Roman. Deutsch von Hellmuth Karasek
detebe 20311

Lebwohl, mein Liebling
Roman. Deutsch von Wulf Teichmann
detebe 20312

Playback
Roman. Deutsch von Wulf Teichmann
detebe 20313

Mord im Regen
Frühe Stories. Vorwort von Philip Durham.
Deutsch von Hans Wollschläger
detebe 20314

Erpresser schießen nicht
Gesammelte Detektivstories I. detebe 20751

Der König in Gelb
Gesammelte Detektivstories II. detebe 20752

Gefahr ist mein Geschäft
Gesammelte Detektivstories III. detebe 20753
Alle drei Bände deutsch von Hans Woll-
schläger

Englischer Sommer
Geschichten, Parodien, Sprüche, Essays. Mit
einem Vorwort von Patricia Highsmith,
Zeichnungen von Edward Gorey und einer
Erinnerung an den Drehbuchautor Chandler
von John Houseman. Deutsch von Hans
Wollschläger, Wulf Teichmann u.a.
detebe 20754

Außerdem liegt vor:

Frank MacShane
Raymond Chandler
Eine Biographie
Mit vielen Fotos. Deutsch von Christa Hotz,
Alfred Probst und Wulf Teichmann
detebe 20960

William Faulkner
im Diogenes Verlag

Briefe
Nach der von Joseph Blotner edierten amerikanischen Erstausgabe von 1977, herausgegeben und übersetzt von Elisabeth Schnack und Fritz Senn. detebe 20958

Als Ergänzungsband liegt vor:
Über William Faulkner
Aufsätze und Rezensionen von Malcolm Cowley bis Siegfried Lenz. Mit Essays und Zeichnungen und einem Interview mit William Faulkner. Chronik und Bibliographie. Herausgegeben von Gerd Haffmans.
detebe 20098